對你心動的預言

Prophecy to Love You

琉影——著

我要怎麼違逆喜歡上你的預言？
我不可能不喜歡上你的，
除非這個世界從來不曾有過你。

楔子

梅雨過後，暑氣日漸攀升，蟬鳴在校園裡開始喧囂起來，高一的生活即將進入尾聲。

「關於量子力學提出的多重空間理論，」物理老師一邊畫圖一邊講解，「舉個簡單的例子，當老師下課走出教室後，可以選擇從走廊左邊的樓梯下樓，或是從走廊右邊的樓梯下樓，一旦決定從左邊離開，時空就會在那一刻產生分支。依照這個論點，我們每做出一個選擇，例如穿不同顏色的衣服出門，就可能產生不同的時空和分身……」

教室裡氣氛凝重，同學們聚精會神地聽課，手上拚命抄寫著筆記。

我一刻都不敢鬆懈，努力集中精神，就怕漏聽了哪段重點。

有人說，十七歲是人生中最美的一場花季。

但是在這一場花季裡，每天總有考不完的試，老師分分計較著成績，同學都是笑裡藏刀的敵人，考試考差了還會被媽媽罵。

這樣的青春究竟是爲了什麼而盛開？

第一章　沒有最慘只有更慘

二〇一八年六月二日

清晨六點整，我背起書包準備出門上課，背後突地傳來一聲叫喚，「可珣。」

「媽，早安。」我回頭望向媽媽，她穿著絲質睡衣慵懶地倚在房門邊。

「妳什麼時候期末考？」

「六月二十七到二十九日。」

「考完就放暑假了？」

「嗯，三十日是休業式。」

「妳還有參加三年級畢冊封面的競圖嗎？」媽媽的語氣轉爲嚴肅。

「我沒有時間畫圖，所以就放棄了。」況且妳也不贊同我參加。

「同學誇妳很會畫畫，只是想要妳接下學校的雜務而已，並不是眞心欣賞妳的才華，妳不要傻傻把麻煩往自己身上攬。」

「我已經退出畢籌會了。」

「身爲語文資優班的學生，最重要的就是把書念好，其他的事就不要多管了。」

「我知道。」

「知道就好，快去上課吧。」

跟媽媽道別後，我懷著低落的心情下樓，才推開公寓大門便遠遠看見校車剛駛過站牌。

「司機叔叔！等等我！」我揮手追著校車跑，可是司機叔叔似乎沒聽見我的喊叫聲，一路揚長而去。

「奇怪……明明還不到發車時間，校車怎麼提前出發了？」我氣喘吁吁地看著手錶，滿腹疑惑。

因爲家住得比較遠，我每天固定早上五點半起床，趕搭六點十分的校車。

我家這站是校車的起始站，只有我一個學生上車，司機叔叔平常若發現我還沒上車，都會好心多等個幾分鐘，但是今天不知道怎麼了，司機叔叔居然提前發車。

沒搭上校車就得改搭一般的市區公車，偏偏市區公車的載客量多，幾乎每一站都會停靠，就算搭上車往往也是遲到。

約莫等了五分鐘，終於看見公車慢悠悠地駛來，我上車找了個位子坐下，拿出手機瀏覽何秉勛的IG。

「終於買到我的夢幻球鞋，明天就穿著它上場！」

IG上多了一張白色球鞋的照片，上傳時間是昨晚十一點，代表他當時還沒睡。

「放學我會去幫你加油！」

我在照片上點讚並留言，接著點開與何秉勛的LINE對話視窗。

姚可珣：我現在一看到我媽就緊張，怕她發現其實我沒有退出畢籌會。

姚可珣：期末考要到了，這週末要不要一起去圖書館念書？

姚可珣：你在忙嗎？

姚可珣：你睡了嗎？

姚可珣：晚安。

昨晚十點多傳給何秉勛的訊息全都顯示未讀，這樣的情況已經持續三天了。

我煩躁地想打電話問何秉勛爲什麼不讀訊息，指尖卻遲遲無法按下撥號鍵。

是不是我傳了太多訊息，讓秉勛覺得我很煩人？

如果我質問他，他會不會覺得我很無理取鬧？

思索了幾秒，我頹然地將手機塞回書包，轉頭望著車窗外發呆。

何秉勛是我的男友。

我們是國中資優班的同學，起初只是在成績上暗中較勁的對手，爭著爭著就擦出了火花。畢業典禮當天，何秉勛向我告白，兩人正式開始交往，也很幸運地一同考上新苑高中。

新苑高中位於小山崗上，得天獨厚的地理優勢讓在校師生得以遍覽山下的城鎮風光，校園更種植了許多頗有年歲的樹木，一片綠意盎然，素來有「最美高校」之稱。

學校的山腳下有一條熱鬧的商店街，市區公車只在此處的站牌停靠，不像校車直達校門口，因此學生下車後還要爬大約十幾分鐘的坡道才能到校。

眼看就快遲到了，一下公車我便急忙衝往學校。

學校規定遲到三次要記警告，三支警告等於一支小過，這學年我已經遲到八次，若是再加上這次就會換來一支小過，那可不成！

沿路遇到幾個學生，大家像已經放棄似的慢慢前進，只有我死命地往山上跑。

來到坡道中段的三岔路口，左邊的路通往學校後門，右邊的路則通往學校正門，兩條路的中間夾著一個三角形的分隔島。

此時早自習的鐘聲悠揚響起，敲得我心跳加速。

「不行！爬牆進去吧！」我轉向左邊通往學校後門的小路。

這個時間點，學校後門當然已經關了，但有處隱密的地方可以利用，應該不會被糾察隊捉到。

沿著圍牆一路來到體育館的後方，牆邊種著一排樹木，我順利找到那棵之前被颱風吹歪了的樹，樹幹半倒在圍牆上，一半的枝葉垂進牆內的校園裡。

我把書包甩到身後，顧不得自己穿著裙子，小心翼翼地攀著樹身爬上圍牆。

跨坐在牆頭上，我低頭觀察腳下的情況。圍牆裡的地勢較低，使得圍牆更顯高聳，就這麼跳下去很可能會受傷。

「抓到一隻翻牆貓。」

「啊！」突然響起的男聲嚇了我一大跳。

我慌張地循著聲音傳來的方向望去，只見一道頎長身影從體育館的牆角後方轉了出來，那人身穿整齊的制服，左手臂戴著黃色臂章，右手拿著記名板……是糾察隊！

「班級、座號、姓名。」他走上前，舉起筆作勢要寫字。

「拜託通融一下，我已經遲到八次了。」我雙掌合十，低聲懇求。

「很好呀。」他神色冷淡，不爲所動，「加上這次就可以換到一支小過。」

「我會被我媽媽罵死！」

「那就不要遲到。」

「你都沒有同情心嗎？」

「那種會引來麻煩的東西，我的確沒有。」

「求求你饒了我這一次，我等等請你喝飲料。」我放軟姿態，用可憐兮兮的聲音撒嬌。

「賄賂無效。」他眉間略有不悅之色，口氣轉為不耐煩，「妳不要再浪費時間，快點報上班級、座號、姓名！」

「一年二班、十七號、姚可珣。」我沮喪地放棄掙扎。

他迅速抄下資料後，轉身就走。

「喂！」

他停下腳步回過頭，皺眉看著我。

「圍牆太高我下不去，你身為糾察隊不會見死不救吧？」我有些困窘。

「妳這傢伙還真麻煩。」他嘀咕了句，「一個條件，妳下來後不准跟我講話。」

「不講就不講。」

「轉過來，書包先給我。」

我抬起右腳跨過圍牆，轉正身體，將書包拋給他。他接住書包後，連同記名板一起拋往一旁的地上，同時朝我走近一步。

「抓著我的肩膀。」他高舉雙手扶住我的腰。

我小心翼翼地往前傾，伸手搭住他的肩頭，隨著兩人之間距離的拉近，他的面容在我眼前愈發清晰。

他長相斯文，漆黑的眼眸宛若覆著一層迷濛冬霧，眼神透出冷漠，直挺的鼻梁下是線條優美的薄唇，一頭黑髮蓬鬆輕軟，髮尾稍顯凌亂地捲翹起來。

「抓緊了嗎？」他凝視著我。

我點點頭，在他的眼底看見自己的倒影，不禁雙頰微微一熱。

「跳！」他輕聲命令。

我順勢往前一躍，在他雙手有力的支撐下，平穩地落在地面。

落地後，他馬上鬆開手，彎身撿起記名板就要離開。

我立刻衝上前攔住他，「求求……」

話未說完，他舉起記名板「啪」地一聲拍上我的額頭，「閉嘴。」

那一氣呵成的動作令我感到欲哭無淚，只能呆呆地目送他的背影遠去。這傢伙是預料到我落地後會再次向他求情，才不准我跟他說話嗎？

可是我會再次求情完全是臨時起意，並非事先預謀，而他卻猜到了？

不知道這位糾察隊員是哪一班的？是同學還是學長？叫什麼名字呢？

結束了早上的短暫插曲，我快步走進特科大樓，學校的資優班全都被安排在這棟大樓裡，當然也包括了我就讀的語文資優班。

早自習時間一結束，坐在左邊的黃湘菱拍了拍我的肩頭，關心地問道：「可珣，妳今天又睡過頭啦？」

「沒有啦，是我媽早上又念了我幾句，耽誤了出門時間，然後司機叔叔今天還提前發車，才會沒趕上校車。」我一臉無奈地看著黃湘菱，她留著一頭烏亮的直髮，笑起來帶點傻氣。

「妳媽念妳什麼？」

「還不就是要我專心念書、考出好成績。」

「我爸媽也常常這樣念我。」黃湘菱輕輕嘆氣，又問：「今天第一堂考英文、第二堂考國文、第四堂考歷史，妳昨晚有準備嗎？」

「有看過一遍。」

「我歷史看到一半就睡著了，很怕會考全班最低分……」她眼神黯淡了幾分。

「不要想那麼多，趁現在還有時間趕快背，一定沒問題的！」我爲她打氣，同時攤開英文課本。

黃湘菱害怕墊底，想找個同病相憐的人作伴，那樣的焦慮我完全感同身受。在這個聚集了各個國中校排前幾名的資優班裡，她的平均成績是倒數第五名。

而我，是倒數第六名。

「芯羽、芯羽！」高瑛琪走進教室，她綁著俏麗的短馬尾，是班上嗓門最大的女生。

坐在我右側的吳芯羽正低頭讀英文小說，她是我們班的第一名。

吳芯羽的父母爲了鼓勵孩子念書，只要考一百分或前三名就會給她獎學金，所以吳芯羽的衣服、文具、手機都是時下最流行的款式。成績好、家境不錯，也算是人生勝利組了，不過人總是不滿足的，她老愛說自己長得不夠漂亮，從小到大都沒有男生緣。

「我昨天看了一齣韓劇，裡面的本部長超帥的！」高瑛琪大剌剌地跑到吳芯羽旁邊，不小心碰歪了我的桌子，「可珣，對不起。」

「沒關係。」我搖頭表示不介意，將桌子擺正。

「妳在背第一堂要考的英文？」

「對呀。」

「這樣……很像在作弊耶！」

「爲什麼？」我不解。

「妳昨晚就應該要背好，考前才背……感覺很那個耶！」高瑛琪右眉一挑。

那個，是哪個？我不懂，考前複習有錯嗎？

「我最近都在看美劇，劇裡有個警探很帥氣。」吳芯羽出聲解除了我的尷尬。

「我對美劇沒興趣。」高瑛琪拉開吳芯羽前面座位的椅子坐下。

「看美劇可以訓練英文聽力。」

「我比較想學韓語，昨晚追劇追到十二點，都沒念書，這下完蛋了！」

「現在趕快念吧。」吳芯羽微笑著建議。

「哎！沒念就沒念，何必臨時抱佛腳，把自己搞得那麼緊繃。」高瑛琪拿出手機邊滑邊笑。

那話裡的嘲諷意味十足，彷彿狠狠在我頭上踩了一腳。

中午，黃湘菱虛脫地趴在桌上，吁了一口氣，「呼……終於捱過那幾場考試了，幸好我不是全班最低分。」

「結果妳歷史考得比我還好。」我對著七十六分的歷史考卷嘆氣。

「我昨晚眞的看到一半就睡著了，只不過今天運氣好，考題剛好是我看過的部分，沒看過的也猜對了好幾題。」

「我從小到大都沒有猜題的運氣。」

「芯羽又是一百分！」高瑛琪轉頭看著吳芯羽的考卷。

「妳也不錯呀，三科都考了九十幾分。」吳芯羽眼帶笑意。

「哎呀！我隨便亂寫的，昨晚眞的沒念書。」

「隨便亂寫就能考九十幾分，如果妳認眞念書不就贏過我了。」

吳芯羽的話裡帶點火藥味，似乎將班上第二名的高瑛琪當成勁敵。

資優班裡有許多怪物等級的同學，那些沒念書的、胡亂猜題的、上課睡覺下課看漫畫，只花幾十分鐘背補習班題庫的，每個人都考得比我好。

記得國中老師說過：天才是百分之一的天分，加上百分之九十九的努力。

但是身處在這個班級，我常常覺得天才只靠百分之一的天分，就可以打趴普通人百分之九十九的努力。

「可珣，我剛剛看到中廊貼出的海報，你們畢籌會做得好漂亮喔！」黃湘菱笑著稱讚我。

畢籌會，就是畢業典禮籌辦委員會，由全校一、二年級各班推派一名學生所組成，其中分爲祕書、典禮、活動、美宣和影片五個小組。上個月遴選代表時，班上同學都不想參加，最後由我自願成爲代表，隸屬於美宣組，不過媽媽對此非常反對。

「那張海報是我和三班、四班的同學共同設計的。」談到美工，我的自信都來了。

「可珣很會畫圖，每次美術成績都是班上最高分。」吳芯羽忽然插進我們的話題。

「的確是很厲害，」高瑛琪跟著搭腔，「怎麼沒去美術班？」

「美術班入學要考素描和水彩，我只是喜歡塗鴉而已，沒有受過正規的訓練，不夠資格參加術科考試。」我尷尬地解釋。

「有些大學的設計科系不用考術科，一般學生也可以報考。」吳芯羽似乎有意鼓勵我。

「那也要成績夠好呀。」高瑛琪的一句話又將我打入谷底。

「不過可琦除了很會畫畫之外，還有一個那麼帥的男友，真是讓人羨慕！」黃湘菱語帶欣羨。

「對呀！哪像我是個書痴，難怪交不到男朋友。」吳芯羽低低嘆了口氣。

「聽說有很多女生喜歡何秉勛，對吧？」高瑛琪瞥了吳芯羽一眼。

「對呀，他從國中時期就很受歡迎。」我敷衍地笑了笑，心頭又被高瑛琪的話刺了一下。

一考上新苑高中，媽媽便要求我參加校內資優班的甄試，進了語文資優班。

而何秉勛選擇待在普通班。他在班上成績中上，參加了炙手可熱的籃球社，憑著陽光帥氣的外貌，成爲一年級的風雲人物。

資優班和普通班的教室分處不同大樓，加上何秉勛後來搬到離學校較近的爺爺家，不再跟我搭同一班校車上學，見面的機會就更少了，即使有電話和通訊軟體可以維繫感情，但是我們之間的共同話題明顯愈來愈少，導致我心裡的不安也與日俱增。

放學後，校門口聚集了許多等待校車的學生，我沒有加入他們的行列，逕自背著書包走向體育館。

行經中廊時，我忍不住停下腳步抬頭看向公布欄，上面貼著之前期中考各年級全校排名前五十名的榜單。在一年級的榜單上，只有四個是普通班的學生，其餘清一色是數理資優班和語文資優班的學生。

第一名陳柏鈞，一年一班〈數資班〉

第二名宋紹偉，一年一班〈數資班〉

第三名白尚桓，一年十班

第四名吳芯羽，一年二班〈語資班〉

資優班學生成績優異似乎是理所當然的事，顯得那些穿插在榜單裡的普通班學生格外引人注目。

就像那位普通班的白尚桓同學，竟能打趴其他資優班學生、奪下全校第三名，簡直比第一名還威啊！

望著榜單，我輕輕嘆了一口氣，離開中廊朝體育館走去。

回想國中時期，我也曾經校排前十五名，然而升上高中後，不管我怎麼努力讀書都只能居於人後，過去名列前茅的光環突然就褪去了。

走進體育館，籃球隊分成兩隊，正準備進行一場友誼賽。

何秉勛瞥見我來了，揚起陽光的笑容朝我揮揮手，他剪了個清爽的髮型，球衣底下是結實的身材，看起來非常帥氣。

哨聲一響，場內球員霎時爭相奔跑，抄截、妙傳、搶攻、投籃，急促的運球聲和球鞋擦過地板的聲音，讓人看了不禁熱血沸騰。

在眾多的球員裡，何秉勛腳下的那雙新球鞋白得特別顯眼，使得他更受矚目。

「秉勛！加油、加油！」我站在場邊不停爲他大聲打氣。

「喵嗚……」

感覺腳邊有個毛茸茸的物體摩娑著，我低頭一看，果然發現有隻小花貓正貼著我，慢條斯理地用舌頭理毛。

學校裡有兩隻校狗和一隻校貓，校貓的名字叫小花，是隻米克斯貓，身上的毛色雜亂無章，有黃有黑也有白，又稱爲玳瑁貓。

「小花也來幫秉勛加油嗎？」我蹲下身，摸摸小花的頭。

小花磨蹭著我的掌心撒嬌，喵嗚、喵嗚地叫了起來。

「有，我有帶喔。」我翻開書包拿出一袋給貓吃的零食，抽出一條小魚乾遞過去。

小花一口咬住小魚乾，津津有味地吃著。

「原來體育館在放學後還有這麼多人。」

一道熟悉的聲音從身後傳來，我轉頭一瞧，居然是吳芯羽。

「可珣妳怎麼會在這裡？」吳芯羽露出訝異的表情，也跟著蹲下，摸摸小花的頭，「也對，籃球隊在練球，妳不在這裡才奇怪。」

「妳今天不用補習嗎？」我記得她每天放學都要趕搭校車去補習班上課。

「今天補習班調課，所以我留下來請教老師幾個問題。問完以後我不太想直接回家，就在校園裡到處晃晃，發現體育館裡好像有比賽，就進來看熱鬧了。」她笑著解釋。

「妳好用功。」我不由得感到慚愧。

「不拚不行呀，有個勁敵我一直無法超越。」

「誰？」

「十班的白尚桓。」

「全校排名第三的那個男生？」才剛看過校排名的榜單，我對這個名字有印象。

「嗯，他每次段考都是第三名，硬是把我擠了下去。」吳芯羽一臉不是滋味。

「對我來說，能夠考進全校前五十名就已經很厲害了。」我情緒有些低落，又抽出一條小魚乾餵小花。

「別這樣說，只要盡力就好。」她拍著我的肩頭安慰。

就在此刻，尖銳的哨聲和群眾的尖叫聲引得我往場上看去，只見何秉勛頎長的身姿輕輕一躍，手中的籃球劃出一道完美的弧線，準確地落進籃框，結束了這一場比賽。

「哇！是零秒出手！贏了、贏了！」我興奮地跳起來，嚇得小花急忙竄開。

隊友們衝上前勾住何秉勛的脖子，他露出自豪的笑容，以手背擦拭額角的汗水，扭頭朝我的方向看過來。

「秉勛，你太厲害了！」我尖叫著拍手。

何秉勛的視線一垂，注意到還蹲在地上的吳芯羽，擦汗的動作頓了一下。

「我要回家了。」吳芯羽突然站起。

「嗯，再見！」我向她道別。

吳芯羽離開後，籃球隊的人也開始收拾場地，隨後各自解散回家。但這個時間已經沒有校車了，必須走路下山到商店街搭市區公車。

「你最後那球眞的超帥的！」我和何秉勛並肩走在下山的路上。

「今天的手感和運氣特別好，打起球來非常順。」他謙虛地笑道。

「因爲買了新球鞋？」

「哈哈，大概吧！」

「你這幾天晚上都在做什麼？」

「寫功課和看書。怎麼了？」

「我傳訊息給你，你都沒讀……」我提出心裡的疑惑。

「因爲我們聊LINE都會聊很久，期末考快到了，我不想害妳分心。」他收起笑容，垂下眼簾盯著路面，「每次聽妳說考不好被媽媽罵，我心裡都很難受，怕妳媽認爲是我影響到妳的成績。」

上高中後成績不好，老是被媽媽叨念，所以我時常跟何秉勛訴苦，他也總是耐心地安慰我、鼓勵我，但我從沒想過負面情緒傾倒多了，會連帶造成他的壓力。

「對不起，書讀不好是我自己的問題，我以後不會再跟你吐苦水、帶給你壓力了。」我覺得自己很差勁，不曾設想過他的心情。

「這不算什麼壓力啦，身爲男友本來就要傾聽女友的煩惱，不是嗎？」何秉勛溫柔地拍拍我的頭，「只不過……快要期末考了，我們還是給彼此一段時間專心念書，等考完試以後，我們愛怎麼聊都行。」

何秉勛又一語點醒我，原來我跟他訴苦時，同樣也占用了他的讀書時間。

「我明白了，那在期末考之前，我們晚上就各自專心念書。」我頗爲慚愧地說。

「好，一起加油！」他微笑點頭。

「我……以爲你不想理我了。」

「笨蛋，妳想到哪裡去了。」

「你在學校那麼受歡迎，我怕你會喜歡上其他女生。」

「妳眞的想太多了！」他伸手揉了揉我的髮頂，接著牽住我的手。

我回握他的手，十指緊扣，連日纏繞心頭的不安全都一掃而空。

翌日早上，我特地早點出門，準時搭上校車。

「司機叔叔，你昨天爲什麼提前發車？」我一上車便問。

「昨天我有事請假，請另一位同事代班。他提前發車了嗎？」司機叔叔有些意外。

「嗯，不過也怪我自己沒有提早出門啦。」我承認這不全是司機的錯。

沒多久，校車抵達校門口，因正值上學的尖峰時段，校門前的交通相當擁塞，除了不同路線的校車匯集，也有家長開車送子女來學校，教官和糾察隊都站出來幫忙管制交通。

我走進校門，從書包裡掏出手機，邊走邊點開訊息。

何秉勛：早安，今天也要加油喔！

看到他傳來的訊息，我的心情豁然開朗，立刻想要回訊。

「同學。」我的肩頭突然被人輕拍一下，「這個是從妳書包裡掉出來的。」

「什麼東西？」我停下腳步回頭，一張數學考卷映入眼簾，刺目的紅字寫著大大的數字十。丟臉死了！

我一把抽回考卷，冷不防對上一副熟悉的面孔，竟是昨天記我遲到的糾察隊員。

「是你！」我詫異地驚呼。

「又是妳。」他微微皺眉。

想到這種丟人的分數被別人看見，我覺得非常難堪，將考卷胡亂揉成一團。

「可惜。」他的語氣微訝，「是一百分呢。」

「你的眼睛不好嗎？」我頓時惱羞成怒，口氣略帶激動，「十分跟一百分差很多！」

啪！記名板又被輕輕拍上我的頭，他說：「我指的是背面加正面。」

「什麼意思？」我不懂。

「妳不會自己看嗎？」他冷冷丟下一句便轉身走向校門口。

他那差勁的口氣讓我又氣又窘，忿忿地走向特科大樓。

背面加正面……什麼意思？

忽然一個念頭閃過，我連忙攤開揉成一團的考卷，翻到背面一看，竟是我之前手繪的畢冊封面設計草圖。

可惜當我想依草圖進行電繪時被媽媽發現，還被她訓斥了一頓，叫我不要把心思放在課業以外的事，所以我最後沒有參加競圖。

那位糾察隊員的言下之意，是覺得我的設計可以打九十分嗎？

如今多想也沒用，沒能完成的作品就像賽跑跑了一半放棄，只能以零分計算。

畢籌會早已排定今天下午要進行畢業典禮的布置工作，我請了公假前往禮堂，卻在走廊的轉角處差點撞上一個身材高大的男人。

我反射性伸手擋在身前，不小心揮落了那人拿著的牛皮紙袋，我立刻蹲下撿起紙袋，拍了拍上面的灰塵，看到紙袋上寫著：

新苑高中綜合活動大樓興建工程招標

康敬堯建築師事務所

我起身望著面前的中年男子，他穿著一襲白襯衫，搭配黑色西裝褲，頭髮略長，下巴留了一點鬍鬚，看起來既成熟又性格。

「對不起……」我歉然地遞回牛皮紙袋。

「沒關係。」中年男子伸手接過紙袋，一雙眼卻盯著我看，眼神有些奇怪。

我沒想太多，又對他道了一次歉，這才繞過他朝禮堂的方向走去。

禮堂裡已聚集了一群畢籌會的成員，我立刻加入美宣組的行列，利用氣球和剪紙製作出海浪、帆船、雲朵和海鷗的圖樣，打算貼在舞臺的紅色布幕上，象徵鵬程萬里。

七班的畢籌會代表叫余浩彥，他原本是影片組的，負責拍攝和製作宣傳影片，由於影片的部分已經完成了，便被會長指派過來支援美宣組。

我跟他面對面坐在地上，拿著剪刀在壁報紙上裁剪出海浪的形狀。

「欸，昨天何秉勛打球好威，尤其是神來的最後一球，連我看了都差點跪下來膜拜。」

余浩彥一邊剪紙一邊跟我閒聊。

「昨天你也在場？」我抬頭問他。

「我同學昨天有下場比賽，就是頭上綁花頭巾的那個，我去替他加油，當時就站在妳正對面。」

「抱歉，我沒有注意到你。」我回想了一下，昨天確實有一位頭綁花頭巾的男同學一直在跟何秉勛爭球。

「妳眼裡只有男朋友，根本看不見四周有誰吧？」余浩彥的口氣略帶揶揄。

「這……不是很正常嗎？」我害羞地傻笑。

「不過何秉勛的運氣眞好，他昨天穿的那雙鞋是限量潮鞋，一雙八千多塊，而且有錢還不見得買得到！」

「咦？眞的嗎？」

「對啊，必須事先線上登記，被抽中才有購買權。那雙球鞋限量三百雙，全臺灣卻有四千多人登記，我們學校也有不少人登記，最後只有何秉勛搶購到。」

「原來那雙鞋那麼貴，還那麼難買。」聽到價格，我有點咋舌，雖然我和何秉勛是男女朋友，但不曾干涉對方的消費習慣。

「潮鞋本來就不便宜，我是不會花那個錢去追逐流行啦。」余浩彥撇了撇嘴。

「我也是，我媽為了養家幾乎天天加班，賺錢很不容易的。」我心有同感。

幾個小時過去，夕陽慢慢照進禮堂，我和余浩彥合力將剪好的海浪圖樣貼到紅色布幕上，美宣組的其他同學也陸續完成布置，隨後畢籌會會長拿出手機替大家和舞臺合影留念。

當我們收拾好東西走出禮堂時，早已過了放學時間，昏暗的天邊殘留著一絲夕霞，我跟畢籌會的成員一起走到山下的商店街搭車。

公車站牌的後方是一間寵物店，店面有個流浪動物送養櫥窗，每次等車時，我都會站在櫥窗前看看裡面的小貓小狗。

專爲小花準備的小魚乾快吃完了，再去買一包吧。

我推開寵物店的門，熟門熟路來到貓咪的零食區，其中一款正在促銷的鮪魚絲貨架上只剩最後一包。

偶爾替小花換換口味也不錯。我伸手要拿那包鮪魚絲，一隻手突地從旁伸過來，和我同時抓住那包零食。

「啊！又是你。」我傻眼看著那個糾察隊男生。

「妳還眞是陰魂不散。」他面無表情地說。

「這是我先看中的，你不准跟我搶。」我撥開他的手，迅速搶過那包零食藏到背後。

「我幹麼跟妳搶？」他舉起手中的籃子，裡面裝著十幾包鮪魚絲。

「大戶喔，出手這麼闊氣，你家的貓咪眞幸福！」我酸溜溜地說。

「懶得跟妳解釋。」

眼看快到公車的到站時間，我快步來到櫃臺前，拿出錢包準備結帳。

他跟著排在我的後面，淡淡地說道：「何姊，她是我同學，可以送她幾包貓咪零食的試吃包嗎？」

「好。」櫃臺小姐抓了一把試吃包給我。

「謝謝。」我伸手捧住那些試吃包，感到有些受寵若驚，忍不住扭頭問他：「爲什麼你說送就送？」

「因爲我闊氣，我是大戶。」他沒好氣地回。

「哈哈哈哈哈……」我尷尬陪笑，眼角餘光瞥見公車駛近，連忙對他說：「謝謝你，我的車來了，再見！」

說完，我飛快離開寵物店，順利搭上公車。

晚上回到家，我傳訊息問何秉勛關於購買潮鞋的事。

何秉勛回訊說他其實也沒有抽到購買權，而是跟抽中的人買鞋。

之後他聊了很多球鞋經，我這才了解原來球鞋是很多男生的最愛，就像女生喜歡買包包一樣。

後來的幾天，我不曾再在校門口見到那個糾察隊男生，他大概是負責顧守後門，專門抓爬牆的學生吧。

那天在寵物店總共拿到六包零食試吃包，每包都不同口味，我趁每天放學跑去看何秉勛練球時，全都餵給小花吃了。

時間過得飛快，轉眼迎來高三學長姊的畢業典禮，全體二年級生都得出席歡送畢業生，一年級生則正常上課。

待畢業典禮結束，畢籌會成員還須負責拆除所有的布置，將禮堂恢復原狀，但畢竟那些布置花了大家三個星期的心血，拆下時難免令人感到不捨。

之後我回到特科大樓，進教室前先去了一趟廁所，正要解決生理需求時，門外忽然傳來兩個女孩的談話聲。

「早上我有繞去禮堂看看，畢業典禮的會場布置得很漂亮耶！」是吳芯羽的聲音。

「是喔？我沒興趣欸，看都不想看。」高瑛琪的聲音接著傳來。

「妳好像不太喜歡可珣？」

「只是看不慣她自以爲很會畫圖，又很愛炫耀男朋友而已。」

「她眞的很會畫畫呀。」

「她畫的圖可以跟美術班同學一樣，掛在藝廊展覽嗎？」高瑛琪不屑地冷嗤，水龍頭的流水聲響起。

那句話彷彿在我心頭重擊了一拳，就像有人認爲彈奏流行樂曲稱不上是音樂家一樣，在高瑛琪的認知裡，無法進藝廊展覽的作品也不能稱之爲藝術。

「不過，可珣幫班上接下很多有關美術的事。」吳芯羽似乎有意替我說話。

「不然那些事妳想做嗎？」

「當然不想。」

「那種雜事沒人想做吧，她愛做就給她做，我寧願把時間拿來念書。」高瑛琪笑了笑，水龍頭的水聲跟著停止，「況且就算畫圖拿了第一名，成績不好一樣考不上好大學。」

「這倒是沒錯。」吳芯羽嘆了一口氣，「有時候……我會覺得不公平。」

「什麼事不公平？」

「每天努力讀書、考出好成績的人，人緣卻比不上長得漂亮的女生。」

「可珣長得很漂亮嗎？」高瑛琪忽然噴笑，像聽見什麼笑話，「我覺得還好吧，學校有很多女生都長得比她漂亮，她穿的衣服也沒有妳的好看。何秉勛各方面都明顯比她好，要不要打賭，她遲早會被何秉勛甩掉！」

「妳幹麼唱衰人家？」吳芯羽笑了出來。

「我是就事實分析。」高瑛琪冷哼一聲。

兩道腳步聲逐漸遠去，我用力咬住下唇，胸口彷彿被捅了很多刀，痛得幾乎不能呼吸。

我承認自己的成績不如語資班的其他同學優異，外表也沒有何秉勛那麼耀眼，才會努力發揮專長，想為自己加分，結果就像媽媽說的一樣，同學們表面上稱讚我，背地裡卻講得那麼難聽，大家只是想省麻煩而已，根本不在乎我為班上的付出。

我頹然地回到教室，吳芯羽和高瑛琪像沒事般的與我說笑，誇讚畢籌會把禮堂布置得很美，似乎將我當成笨蛋，而我卻唯唯諾諾地應和她們，即使內心很受傷。

但是比起討厭她們，我更加厭惡自己，厭惡自己在無止盡的挫折裡，讓自卑感凌駕了自信心。

ღ

隨著畢業典禮結束，期末考即將到來，每天的隨堂小考也愈來愈多。

既然決定不再對何秉勛吐苦水，我只能把吳芯羽和高瑛琪的話壓在心底，將所有的不服氣轉為念書的動力。

「各位同學，這個學期結束後，學校會刷下成績未達資優班標準的學生，請大家一定要好好念書。」班導一臉嚴肅地叮嚀，接著發下昨天的小考試卷，「高瑛琪，九十二分。吳芯羽，八十六分……芯羽，妳最近退步了。」

黃湘菱轉頭看了我一眼，眼裡的驚惶讓我手心跟著冒汗。

昨天的考題滿難的，如果連吳芯羽都沒有考好，就代表其他人的分數可能會很難看。

語資班最看重的科目就是英文和國文，身爲英文老師的班導，自然格外要求英文成績，當老師發到七十分以下的考卷時，臉色愈加難看，發考卷的速度也變快了。

「……姚可珣。」

聽到自己的名字，我立刻起身走到講臺前，老師看也不看我一眼，逕自把考卷朝我一扔。我連忙伸出右手要接，卻撲了個空，慌得我又伸出另一隻手才狼狽揪住考卷一角。我轉身回座，低頭不敢看大家的表情，卻瞥見高瑛琪抿脣竊笑，令我胸口忽地狠狠一痛。

從那天起，胸痛的症狀開始伴隨著各種考試頻繁發生，且感覺疼痛的時間逐漸拉長。

我沒把這件事告訴任何人，日漸低落的情緒讓我封閉起自我，成天只想著念書、念書、念書，害怕考不好會被踢出資優班。

期末考當天，監考老師發下考卷，四周傳來筆尖落在考卷的沙沙聲，恍若置身在肅殺的戰場上……我的胸口又是一陣絞痛，無法集中精神思考題目。

好不容易熬過爲期三天的期末考，趁著放學前的打掃時間，我到廁所用冷水洗了把臉。

高瑛琪從廁間裡走出來，旋開水龍頭洗手，同時透過鏡子打量著我。

「妳的臉色很差，是不是哪裡不舒服？」她問。

我搖搖頭，沒有回答，我不想接受她的關心。

「難不成妳知道那件事了？」

我一愣，「什麼事？」

「當我沒說。」她馬上關緊水龍頭想要離開。

我連忙抓住她的手臂，「妳講清楚！那件事是什麼事？」

「我聽到一則關於妳男友何秉勛的八卦，之前他在IG上發過一篇即時動態，提到他想要抽籤買潮鞋，但是抽到的機率很低。學校裡崇拜他的女生知道後，都偷偷幫他參加抽籤。」

「有人抽中了？」

高瑛琪嘴角勾起，帶著一絲嘲諷。

「那個人是誰？」我的手微微顫抖。

「我不知道。」她聳聳肩，用力掙脫我的手，「我最近領悟到一件事，談戀愛眞的會影響成績，我寧可把時間花在念書上，等將來考上好大學，再好好談一場戀愛。」

我的思緒亂成一團，不明白她此刻說這番話是什麼意思。

何秉勛曾說那雙鞋子是他跟別人收購的，難不成賣家是學校裡的某個女孩？

從他買鞋至今已經過了半個多月，我晚上打電話或傳訊息給他，他都說他在念書或寫功課，還常常鼓勵我要好好用功，態度上沒什麼異樣。

難道我們之間眞的出了什麼變故，而我卻沒發覺？

放學鐘聲響起，班上同學紛紛背著書包走出教室，我內心亂糟糟的，將課本胡亂塞進書包，準備去找何秉勛求證潮鞋的事。

頭一抬，發現吳芯羽還坐在座位上滑手機，嘴角噙著淡淡的微笑，那笑容似是帶點嬌羞，就像是……在跟男朋友聊天？

最近的她有些奇怪，下課時常滑手機，小考成績也明顯退步，好幾次考試都考輸高瑛琪，甚至被老師約談。還有何秉勛比賽那天，平常體育課都坐在一旁的她，竟然會繞到體育館看球賽，而那天何秉勛剛好穿了新球鞋上場……

一個很可怕的念頭倏地竄過腦海。

我背起書包假裝從教室後門離開，再放輕腳步走到吳芯羽的座位後方，她正專心與某人互傳訊息，完全沒有察覺。

我偷偷瞄向她的手機螢幕，發現她的聊天對象赫然就是何秉勛！

我只覺腦袋轟然一響，沒多想便氣急敗壞地搶走吳芯羽的手機，察看兩人的聊天內容。

吳芯羽：昨天我在麥當勞幫你畫的重點，今天都有考出來喔！

何秉勛：謝謝，妳抓題眞是精準，比可珣還要有效率。

吳芯羽：你要怎麼謝我？

何秉勛：妳想要什麼？

吳芯羽：教我打籃球。

何秉勛：可以呀，我爺爺家附近有個社區籃球場，妳來，我教妳。

長久以來的擔心和不安竟然成眞，何秉勛眞的出軌了。

「手機還我！」吳芯羽急得跳腳，用力扯住我的手臂想要搶回手機。

肩上的書包被她扯落，我理都不理，只拚命舉高了手，不停地將訊息往上滑，發現他們不僅每晚都在聊天，就連下課時間也時常會聊個幾句，兩人之間往來的訊息量比我和何秉勳的多出數倍。

「妳侵犯到我的隱私了！」吳芯羽用力推開我。

我一時失去平衡，撞上一旁的桌子，她趁勢把手機搶了回去，大動作引來其他尚未離開教室的同學側目。

「侵犯？」我冷笑，一股被背叛的憤怒湧上心頭，「妳搶了我的男朋友，還好意思說我侵犯隱私？」

「秉勛已經不喜歡妳了。」吳芯羽的臉瞬間脹紅。

「喜不喜歡不是由妳來說的。」

「是他親口跟我說的，不信的話，我可以找出那段訊息給妳看。」她一副理直氣壯的樣子。

「不管他跟妳講了什麼，只要他沒有親口對我說，那就不是事實。」

「他早就想跟妳分手了，只是還沒跟妳說！」她大聲強調。

「那就代表我現在還是他的女朋友，而妳，什麼都不是！」

吳芯羽的臉色一陣青一陣紅，半晌說不出話來。

「請妳不要再纏著我的男友。」我冷冷地瞪她一眼，撿起書包走出教室。

體育館內，何秉勛正在籃球場上練球，我向他招招手，他大概是看出我臉色不對，便向隊友要求換人，隨後快步朝我跑來，跟著我來到體育館外面。

「妳怎麼了？」他滿臉疑惑。

「你的鞋子是不是吳芯羽抽到購買權後，轉賣給你的？」我低頭看著他的鞋，心頭感到陣陣刺痛。

「嗯。」他一愣，直接點頭承認。

「這件事你爲什麼沒有跟我說？」

「妳網拍買東西會跟我說賣方是誰嗎？」

「情況不一樣，她是我的同班同學！」我的聲音略微拔高。

「對我來說，這就跟普通網購一樣，難道我買的每樣東西都要跟妳報告來歷嗎？」何秉勛雙手抱胸，似乎覺得我大驚小怪。

「普通？」我冷笑，眼眶發熱，「你們因此牽上線，每天瞞著我傳LINE聊天，這樣叫普通？」

「我又不是只有跟她聊，跟其他同學和籃球隊的朋友也都有聊啊。」

「所以只有不跟我聊，每天只會傳『早安』、『晚安』、『加油』、『要認眞讀書喔』？」

「我解釋過了，我不想打擾妳念書。」

「那就可以跟吳芯羽去麥當勞念書嗎？」我咄咄質問，「我每次約你去圖書館念書，你都不願意！」

「我是眞的有事，又不是不想跟妳去！」他理直氣壯地辯駁，「況且芯羽有補習班的重點筆記，我們也只是像普通同學一樣討論功課，又沒有怎樣。」

「芯羽……叫得可眞親暱。」我一把火又騰上心頭，情緒變得更加激動，「你們不但私底下約出去念書，你還答應要教她打籃球，這些事都沒有經過我的同意！」

「我在班上也會跟女同學討論功課，在籃球隊也會教女隊員打球，這些事難道都要一一跟妳報備，得到妳的允許嗎？」他語氣急促，臉上閃過一絲怒氣，「反正我沒有做出對不起妳的事！」

我們吵得愈來愈大聲，引來不少人的圍觀和討論。

「我覺得你至少要知會一聲，而不是把我瞞在鼓裡。」我哽咽出聲。

「我們先離開，不要在這裡吵。」何秉勛煩躁地環顧四周。

離開學校，我們一起朝山下的商店街走去。

滿心的委屈讓我忍不住落淚，何秉勛應該有發現我在哭，可他卻不發一語地走在我身旁，沒有牽我的手，也沒有任何安慰。

來到公車站，他突然停下腳步。

我轉頭看他，夕陽斜照，泛紅的陽光灑在他身上，夏蟬在行道樹上高歌，畫面看起來是那樣美好。

「可珣，我想了很久，我覺得……我們還是分手吧。」他一臉認眞。

我呆了好幾秒，才啞聲問：「因爲吳芯羽嗎？」

「不是，跟她無關。」

「那是爲什麼？」

何秉勛深深吸了一口氣，委婉解釋：「因爲目前的我……生活重心都擺在朋友和社團上，而且我被選爲下一屆的籃球社社長，以後會變得更忙，可能沒辦法再兼顧妳，或許還會比現在更加冷落妳。再者……我希望妳能專心念書，不要讓我的一舉一動影響到妳的心情。」

「我不會阻止你經營社團，也不會再跟你抱怨，造成你的困擾。」我急切地握著他的手，卑微地懇求，「能不能再試著交往一段時間，若是眞的不行，我們再分手好嗎？」

「對不起，如果妳還喜歡我的話，我希望妳能夠體諒我的決定。」何秉勛神情絕決，用力抽回他的手。

我的心狠狠抽痛，淚水瞬間盈滿眼眶，喉頭湧起一股苦澀，無法再出言挽留。

因爲我喜歡他，就必須成全他。

爲什麼要對我這麼殘忍？

公車進站了，這是何秉勛最後一次牽起我的手，將我送上公車。

車門關閉的那一刻，我刻意別過頭不再看他，卻瞥見那個糾察隊男生雙手抱胸地靠在寵物店的櫥窗前，冷眼旁觀我和何秉勛的分手大戲。

坐在公車上，我的眼淚沒有停過，哭到隔壁的乘客主動遞面紙給我，問我發生了什麼事。

回到家，我躲進房間，將自己埋進棉被，任由淚水沿著臉頰滑落，心痛得幾乎無法呼吸，彷彿下一秒就要窒息死掉。

晚上十點多，媽媽加班回來，一如往常地先來房間看看我。

平常我沒那麼早睡，然而此刻我只能窩在棉被裡裝睡，且拚命壓抑情緒，不准自己哭出聲音。

媽媽沒走進房間，靜默了一下便關上房門，我不知道她是否察覺了我的異樣。

這天晚上我失眠了，腦海中不斷閃過跟何秉勛相處的點點滴滴，每一幕都刺痛我的心，卻又無法阻止回憶湧上心頭。

隔天，我沒有去學校參加休業式。

我關掉手機，不敢打開IG，不敢看LINE，不敢面對我和何秉勛分手的事實，甚至不敢去想這段感情因爲吳芯羽的介入，會在學校被傳成怎樣。

大家在背地裡會怎麼評論我們？

會不會像高瑛琪一樣，說我配不上何秉勛，被他甩掉是遲早的事？

會不會說吳芯羽成績好，比我更適合何秉勛？

如果我的成績好一點，可以有多一點時間和他相處，我們是不是就不會分手？

如果我沒有常常抱怨，多體貼他一些，他是不是就不會跟我分手？

接連幾個夜晚我都睡不著覺，翻來覆去地不斷檢討自己，內心充滿懊悔和自責。

就這麼失魂落魄地度過一個星期，這天晚上吃飯時，媽媽忽然開口安慰我：「感情這種事，遇到了就看開一點，如果對方不愛妳了，不管妳再怎麼難過，他也不會可憐妳半分，儘管妳現在心裡很痛苦，但那種痛是會隨著時間慢慢淡去的。」

媽媽見我近日來失魂落魄，又時常眼眶泛淚，大概也猜到我失戀了。

分手後的第二週，我正在整理房間，將一年級的課本裝進紙箱。房門冷不防被打開，媽媽滿面嚴肅地走進來，冷聲說：「剛才妳的班導打電話給我。」

我的心臟又揪痛了起來，手心狂冒冷汗，有一種不祥的預感。

「老師說妳的總成績太差，高二降轉到普通班。」媽媽的怒氣瞬間爆發，大聲怒罵，「妳到底在讀什麼書？我每天辛辛苦苦加班，從沒要求妳做什麼家事，只希望妳能好好念書，而妳卻給我考成這樣！」

「我已經很認眞念書了，但考不過別人我有什麼辦法？」我忍不住回嘴。

「妳眞的有認眞念書嗎？做壁報、布置教室，剛才我問過老師，她說妳沒有退出畢籌會，但妳竟然騙我說退出了，像妳這樣一邊玩一邊談戀愛，叫做有認眞念書？」

「妳都不知道我念書念得有多痛苦！」我被她罵得惱火，起身將課本往地上用力一砸，「因爲成績追不上大家，我在班上被很多同學看不起，變得愈來愈自卑，畫圖至少可以讓我重拾一點自信心，如果不能畫圖，我不知道自己還能做好什麼！」

「我說過，沒有人在意妳畫的怎樣，妳根本是本末倒置！」媽媽氣得渾身發抖。

「反正我就是這麼爛！」我直瞪著媽媽，預感她下一秒可能會一巴掌打過來。

「那我生妳幹麼？」媽媽雙手握拳，像是在壓抑出手打我的衝動。

「是啊，爸爸都不要我了，妳爲什麼還要生下我？」我失控落淚，把這幾年心裡的委屈全部傾倒出來，「妳想要把我培養成優等生，好證明自己當年離婚的決定沒錯，讓爸爸覺得妳比另一個女人更能幹。我不是妳的工具！」

媽媽被我的話堵得啞口無言，眼眶漸漸泛紅。

我揉著眼睛，低聲啜泣：「爲什麼我不能做自己想做的事？爲什麼不管我做什麼，妳都要嫌棄我？爲什麼我什麼事都要聽妳的，而妳卻一句話都不聽我說？爲什麼……」

媽媽張口想說些什麼，最終卻只用力甩上房門離開。

我撲倒在床上，把臉埋進棉被裡哭了又哭。

接連幾天，媽媽和我進入冷戰，她不再下廚，我則把自己鎖在房間裡，餓了就煮泡麵或到超商買東西吃。

某天下午，家裡忽然來了一通電話。

「喂？」我來到客廳接起電話。

「妳好，我要找姚可珣。」話筒裡傳來一道男聲。

「我就是。請問你是……」

「我是暑輔期間，二年九班的代理班長。」

「九班……啊！」我想起自己被降轉到普通班，想來是轉去了九班。

「妳忘了要上暑輔嗎？」

「我不想去上課。」

「理由？」

「我身體不舒服。」

「妳要請多長的病假？」

「我……」我答不出來。

「明天再休息一天，後天來上課可以嗎？」

「你幹麼一直逼我？不能稍微體諒一下我最近心情不好、不想上學嗎？」我被他逼出怒氣。

「我對妳的心情沒興趣。」他毫不留情地說。

「你很冷血耶。」我感到鼻頭一陣酸楚。

「麻煩死了。」他的口氣轉爲不耐煩，「我問妳，妳不想上學是不是因爲跟男朋友分手、被資優班刷下來，還被家人罵了一頓？」

「你明知道還故意挖苦我？」這些事果然在學校鬧得沸沸揚揚、人盡皆知，我因爲被他戳到痛處而忍不住哽咽。

「我只是陳述事實。」他低聲強調，「反正最糟的狀況也不過如此了，現在妳有兩個選擇，一個是休學或轉學。」

「我不可能休學或轉學。」

「另一個選擇就是回學校上課。」

「可是……」

「可是妳不敢來，妳畏懼別人的目光，怕被別人取笑。」

「才、才不是那樣。」我下意識否認。

話筒那頭一片安靜，彷彿刻意留給我一段思考的時間，我頹然地垂下頭，用手指捲著電話線。

不害怕嗎？

其實我很害怕。跟何秉勛分手、被踢出資優班、和媽媽冷戰，這些事雖然讓我很難過，但是真正讓我不敢踏出家門一步的，是我害怕別人不知道會用什麼樣的目光來看待我。

「既然早晚都要來學校，妳同樣有兩個選擇，一個是早點面對，一個是延遲面對。」他的分析簡單卻切中要點，使我不自覺順著他的話進行思考。

如果繼續逃避，大家會認爲我被何秉勛傷得很重，連出現在人前的勇氣都沒有，反而會更加笑話我吧？

「算了，浪費我的口水。」他好像要準備掛電話了。

「等等！」我脫口而出，「我明天就去上課！」

「哦？」

「我明天絕對會去。」

「好，明天我在校門口等妳。」

「你叫什麼名字？」

「白尙桓。」語畢，他直接掛斷電話。

咦？不會吧……我不敢置信地瞠大眼睛。剛才跟我講電話的那個人，就是全校排名第三、吳芯羽的勁敵——白尙桓！

想不到我被踢出語資班後，竟然會跟他同班。

3

隔天我起了個大早，穿上制服站到鏡子前面，發現下巴似乎變尖了，臉色有點蒼白，眼神滿是愁苦，彷彿被衰鬼附身。

嘆了口氣，我打開關機多日的手機，跳出了一堆訊息，還有許多通未接來電，心情又沉重了幾分。

「不行！打起精神來。」我在臉頰上拍了兩掌，用力呼了一口氣，毅然背起書包走出房間。

搭上校車，我挑了左側最後面的靠窗座位坐下，將書包擺在大腿上，閉上眼睛假裝睡覺，爲求逼眞，我的頭還隨著車輛的行進輕輕晃動。

一路上學生們陸續上車，我感覺有人在身側坐下，但因爲一路閉著眼睛，我不知道車上其他人看到我時，臉上是什麼表情。

隔了一段時間，他們似乎以爲我眞的睡著了，或者根本沒發現我在車上，隱隱傳來一陣低低的談話聲。

「昨天放學後，我看到何秉勛和吳芯羽在體育館打籃球。」一個女生輕聲說，「吳芯羽把頭髮燙直了，還化了淡妝，看起來變漂亮了。」

聽到關鍵字，我立刻豎起耳朵。

「我前幾天聽何秉勛說他和姚可珣上高中後，感情就漸漸淡了，連LINE都很少聊，變得和普通朋友沒兩樣。」另一個女生接話。

「所以他不算劈腿嗎？」

「誰曉得。」

「那他跟吳芯羽現在是什麼關係？」

「算是交往了吧，昨天他們還牽著手去搭車。」

「姚可珣眞悲慘……」

聽著聽著，我的鼻尖漸漸泛酸，覺得很不甘心。

什麼希望我好好念書、不想打擾我學習，都是藉口！是我瞎了眼，看不清那些分手的前兆。

倏地睜開眼睛，我找出手機傳了一則訊息給何秉勛。

姚可珣：你不是說我們分手跟吳芯羽無關嗎？說你的生活重心擺在社團上，無法兼顧我，才不得已選擇分手，但現在我們分手才半個月，你就跟吳芯羽無縫接軌交往了，這不是自打嘴巴嗎？

過沒多久，何秉勛回訊了。

何秉勛：我跟芯羽當時眞的沒什麼，間隔半個月就不算無縫接軌吧，況且她成績很好，就算和她交往，也不用擔心她課業會退步。

我第一次體會到人在盛怒時，全身充斥著一股氣，像是要把身體撐得炸開似的，這種時候反而不會想哭。

我淡淡一笑，坐在一旁的女生不安地瞪大眼睛瞅著我，像是不理解爲何我會有此反應。

校車抵達校門口，司機叔叔打開車門，車上的學生陸續下車。

我坐在座位上動也不動，悲涼地望向窗外，注意到校門旁邊的柱子前面站著一個男孩，他左右張望，像是在找人。

他會是白尚桓嗎？似乎沒找到想找的人，於是他轉而看向校車，和我對上了眼。

咦？那人不就是抓我遲到的糾察隊男生！

我呆愣地眨了眨眼睛，沒多想便舉起右手，做了個打電話的手勢。

他脣角勾出一抹笑，半瞇起眼睛，微微頷首。

「你就是白尚桓！」我震驚不已，雙手貼在玻璃窗上盯著他看。

畢竟交談次數不多，昨天我根本沒聽出電話那頭的聲音是他。

突然間，我感覺窗外的景色似乎正慢慢地往前移動……奇怪，是司機叔叔又發動校車了嗎？可是還有不少學生沒下車啊……

不對！是整台校車在倒退，緩緩順著坡道滑下去！

我察覺異狀，同時發現白尚桓的表情變得奇怪，看我的眼神中帶著一絲驚慌。

「剎車壞了！大家快下車！」司機叔叔大叫。

校車下滑的速度愈來愈快，六、七個學生擠在車門前想下車，紛紛驚叫出聲。

我嚇得尖叫，雙手攀著前面的座椅想要站起來，沒想到校車忽然偏移，車尾左側轟然撞上路邊的圍牆。車窗被猛地震裂，我整個人先是被甩到一邊，頭重重地撞上窗框，接著反彈栽進座位底下。

「快跳車！」司機叔叔還在大叫，剛才似乎是他故意驅車去撞牆，企圖緩住校車下滑的速度。

我被卡在座位下面動彈不得，強烈的撞擊使得我的頭既痛且暈，耳邊傳來車身刮著牆面的聲音，應該是校車又開始緩緩下滑。下一瞬間，一陣更加猛烈的衝撞聲震痛了我的耳膜，整個世界頓時天旋地轉，我眼前瞬間一黑……

白尚桓，你錯了，事態只有更糟，沒有最糟。

我還眞是更慘了，被男朋友甩、被踢出資優班、被媽媽罵、前男友還另結新歡，現在甚至連校車刹車故障這種事都被我碰上，我怎麼那麼倒楣啊！

不過，謝謝你特地來校門口等我。

讓我這個全校最悲慘的女生，因爲你的等待，變得沒那麼悲慘一點點……

第二章　不能倒轉只好快轉

「可珣，妳醒醒……」

矇矓中，傳來細微的說話聲。

「她的頭有沒有流血？」

「沒有。」

「會不會腦震盪？」

隨著人聲逐漸清晰，我的後腦勺愈發感到疼痛欲裂。

「啊！她在皺眉，好像醒了。」

「可珣，妳覺得怎樣？」

頭好痛……

我費力地睜開眼，看見幾個模糊的身影在眼前晃動，隨著目光聚焦，幾個身影漸漸清楚，露出幾張面帶擔憂的臉龐。

「可珣，妳聽見我的聲音了嗎？」有個人握住了我的右手。

我眨了眨眼，順著聲音看向那人，她留著鬈鬈的短髮，劉海齊眉，是黃湘菱。才幾天不見，她怎麼突然換了髮型？

「妳感覺怎樣？頭會不會痛？會不會暈？」

我循著聲音看向左前方的男生，他的眉頭皺成了川字型，看起來有點面熟，我在哪裡見過呢……啊！是余浩彥。

「姚可珣，對不起！我不是故意的，請妳原諒我。」

一個男生忽然在我面前跪下賠罪，一旁圍著幾個學生注視著我，他們的臉孔都很陌生，我一個都不認識。

我緩緩坐起，看了看四周，發現這裡是學校的走廊。

「白痴！」余浩彥朝跪地男生的後腦一掌拍下，「掃把是拿來打掃的，不是拿來練星爆氣流斬的。」

「我知道呀，可是、可是……」跪地男生一臉委屈地指著我，「是她求我表演的……」

我愣了下，半晌才擠出聲音問他：「你……是誰呀？」

瞬間，所有人的動作全都定格，夏天的風咻地颳過一片安靜的走廊。

「我是湘菱！」黃湘菱率先打破沉默，右手抖啊抖的指著一旁的男生，「他是浩彥。」

「我知道你們，但是……」我吃力地抬起手，指著面前的那群人，「他們又是誰？」

「我、我是阿霖呀！」仍跪著的男生猛然抬頭，面露驚慌，「我是妳高二的同班同學，就坐在妳的後面，我們還常常聊天，妳忘了嗎？」

「高二的同學……初次見面，你好……」我迷茫地看著他，搞不清現在是什麼情況。

整條走廊又陷入一片死寂，隔了幾秒，眾人才「嘩」的一聲炸鍋了。

「不會吧！她是不是撞昏頭喪失記憶了？」

「怎麼辦？要不要叫救護車？」

「可珣，大家都很擔心妳，妳不要故意整人。」余浩彥沉聲表示。

「對呀，妳眞的忘記大家了嗎？」黃湘菱搗著胸口，神情擔心，「剛才妳站在窗臺上擦窗戶，阿霖拿著掃把在走廊上打鬧，不小心打到妳，害妳從窗臺上摔下來撞到頭……妳是不是撞傷腦袋了？」

「撞到頭嗎？」我伸手摸了摸頭，果眞摸到一個大腫包，輕輕一壓就痛。我吃痛得低下頭，瞥見垂下的髮絲，「咦？我的頭髮……怎麼變長了？」

我從小到大都是短髮，頭髮長度不曾過肩，但是現在明顯超過了。

「妳從高二就開始留長髮，妳不記得了嗎？」黃湘菱的眼神轉爲驚恐。

「可是我才剛剛升上高二……」我愈聽愈覺得困惑。

「姚可珣！妳清醒一點。」余浩彥輕輕拍著我的臉頰，伸手指向斜上方，「現在是高二升高三的暑假，二〇一九年八月十九日，班級返校日，妳已經是高三生了。」

「不對，今年明明是二〇一八年。」順著他指的方向望去，我看見教室門口掛著「三年九班」的班牌。

九班……

腦海裡驀然閃過一連串的畫面——

校車因爲剎車失靈往山下滑去、學生們驚聲尖叫、司機叔叔叫大家趕快跳車，接著車尾撞上圍牆，我被卡在座椅下面動彈不得，之後一個猛烈撞擊將我的世界顚覆……

那個場景、那種恐懼，全都歷歷在目，彷彿是上一秒才發生的事。

「啊——」我嚇得蜷縮起身子，雙手緊緊抱頭，「校車翻了！翻了！」

「姚可珣，這眞的不好笑！」余浩彥用力搖晃我的肩頭，語氣急促，「校車翻車是去年的事，已經過去一年了！」

「浩彥，可珣可能是腦震盪，你別這麼粗魯。」黃湘菱阻止他的動作。

「我下樓去找老師。」一道腳步聲咚咚地跑遠。

「班長來了！」

「阿桓，你快來！」

同學們爭相叫喚著班長，我渾身顫抖地蜷縮在牆角，無法從翻車的恐懼中抽離。

「剛才阿霖拿著掃把……」同學們吱吱喳喳地說明情況。

不久，有個人在我的身側蹲下，並將我擁進他的懷裡。

「這下麻煩大了。」清冷的男聲在我的耳邊響起。

我顫顫地抬起頭，眼前是一個長相俊朗的男生，表情冷漠，眼神卻透著溫柔，我似乎在哪裡見過這個人，偏偏此刻腦袋一片混亂，想不起來。

「你又是誰？」我愣愣地問道。

「我是白尚桓，九班班長，妳的男友。」

「男友？」

「對，妳是我女友。」說話的同時，他一手環著我的背，一手穿過我的膝下。

「等等，我很重的……」我驚慌地瞪大眼睛。

「我知道，我抱過妳很多次了。」他用力把我抱起來。

「嗄？」

「也摔過好幾次。」

我立刻伸手勾住他的脖子，怕他把我給摔了。

白尚桓凝視著我，脣角微微翹起，抱著我往樓梯走去。隨著他的移動，我感覺頭又開始陣陣抽痛。

「班上到底發生什麼事了？」

余浩彥帶著一位男老師匆匆趕來，黃湘菱和其他人圍上前，七嘴八舌的把事情經過說了一遍。聽完大家的敘述，老師立刻向白尚桓借手機通知媽媽，接著開車載我和白尚桓前往附近的醫院掛急診。

到了醫院，醫生替我做了一連串的腦部檢查，當護士小姐扶著我走出檢查室時，媽媽已經來到醫院，正在聽白尚桓和老師說明我的狀況。

我訝然打量著媽媽的穿著，因爲是單親家庭，媽媽獨自支撐著全部的家計，全心栽培我，自己則過得很節儉，總是捨不得買好的衣服穿，可是此刻的她衣著典雅，質料看起來也不錯，整個人亮眼許多。

「可珣，妳的頭還痛嗎？身體有沒有哪裡不舒服？」媽媽朝我走來，伸手撫摸我的臉。

我略帶抗拒地別開臉，想起前幾天她把我痛罵一頓的情景，心裡仍賭氣不想跟她講話。

「姚阿姨，可珣還不舒服。」白尚桓開口替我說話。

媽媽沒再多問，只是露出擔憂的神情，攙著我在椅子坐下。

沒多久，檢查結果出來，護士小姐叫我進看診室聽報告。

媽媽扶起我走進看診室坐下，耐心等待醫生翻閱X光片。

「由報告看來是輕微的腦震盪，可能會有暫時性失去記憶的症狀，患者往往在頭部受到撞擊後，不記得事發前後的經歷。」醫生解釋我的症狀。

「可是醫生，我女兒失去一整年的記憶，她以爲自己還是高一生，連同班同學的模樣都忘記了。」媽媽焦急詢問。

「臨床上也是有這種例子的。我遇過一個病人，大三時發生車禍，醒來後忘了大學時期的事，就連期間學過的知識也忘了……只要沒有腦損傷，休息一段時間就能慢慢想起以前的事。」

我默默聽著，瞥見牆上的電子鐘，日期確實顯示爲二〇一九年八月十九日。

事實證明，校車翻車這件事真的已過去一年了。我是因爲撞到頭，記憶才產生斷層的嗎？但我爲什麼覺得這起事故是剛剛才發生的事呢？

也許，喪失記憶就是會因爲記憶混亂，而覺得某片段的事才剛剛發生？

我心裡愈來愈茫然，不知道要相信眼前的世界，還是要相信自己的感覺。

診療完畢，媽媽領了藥跟老師道謝後，說要去停車場開車過來。

「我們到門口等。」白尚桓溫柔地摟著我的腰。

「對不起……」我輕輕推開他的手，無法接受他親暱的碰觸。

白尚桓沒有表示什麼，只是改攙著我的手臂，扶著我慢慢走到醫院門口。

過沒多久，一輛嶄新的白色BMW轎車突然停在我們的面前。

「上車吧。」白尚桓伸手要拉車門。

「這不是我媽的車。」我拉住他的手。媽媽開的是一輛車齡十五年的小March。

「妳媽換車了。」他逕自拉開車門，把我輕輕塞進後座。

我震驚地看著駕駛座，的確是媽媽在開車。

這是怎麼一回事？我們家中樂透了嗎？

否則憑媽媽一個月四萬多元的薪水養家，怎麼可能買得起這麼貴的車？

「阿桓是要回家？還是要來家裡陪可珣？」媽媽一邊開車一邊問。

「陪她。」他淡淡回道。

不會吧，白尚桓竟然可以進我家門，還一副跟媽媽很熟的樣子，我們的關係到底發展到什麼程度呀？

一路上，白尚桓只是單手托腮望著窗外出神，我不知道該說些什麼，畢竟我們不熟。

明明不熟，但他卻是我的男朋友。

感覺頭又痛了起來，我乾脆閉上眼睛休息，體驗這百萬名車的舒適感，車子的避震和隔音效果都很好，不過沒多久轎車就停下了。

「到家了。」媽媽的聲音傳來。

我困惑地睜開眼睛。從醫院到我家的車程將近一個小時，可是剛剛感覺只開了十幾分鐘而已，任BMW再會跑，也不可能那麼快就到家。

白尚桓替我拉開車門，我跨出車外環視四周，發現這是一間可以容納兩輛轎車的車庫，但……

我家是棟老舊的公寓，下雨天牆壁還會滲水，根本沒有私人車庫呀！

「這是哪裡？」我窘著臉問。

「妳家。」白尚桓忽然笑了。

「可珣眞的什麼都忘了。」媽媽露出勉強的笑容，「沒關係，醫生說好好休息，過幾天可能就會恢復記憶了。」

白尚桓扶著我走出車庫，我轉頭一瞧，眼前是一棟歐式別墅。

沿著車庫旁邊的樓梯往上爬，媽媽掏出鑰匙打開二樓大門，我走進裝潢雅致的客廳，目光呆愣地掃過精緻的沙發和家具，眼前所見已經超出我的思考範圍。

視線緩緩移到牆上，上面掛著一幅婚紗照，新娘是媽媽，新郎……

我眨眨眼睛，歪了歪頭，指著婚紗照說：「那個……某某建築師……」

記得布置畢典會場時，我曾經在學校走廊差點撞上一個男人，那男人的長相跟照片裡的新郎一樣。

「妳叫他康叔叔。」媽媽露出小女人般的幸福微笑，「你們還沒吃午餐吧？」

「還沒。」白尚桓回道。

「那我下廚煮點東西。阿桓，你先帶可珣回房間。」

「好。」

我被白尚桓帶進一間房間，裡頭就像雜誌上的少女風臥室，淺藍淺粉的基調，配上一些簡約可愛的擺設，還有蓬鬆輕軟的棉被，彷彿置身在幻夢中。

我坐在床邊發愣，遲遲無法從各種震撼中回神。

不知道發了多久的呆，我恍然想起房裡還有別人，回過神看向窗邊的那個人。

白尚桓雙手插在褲袋裡，望著窗外出神，不知道在想什麼。

「白尚桓……」我輕喚一聲。

「嗯？」他沒有回頭，但回應的聲音很輕柔。

「請問……我只記得校車翻車了，後來的情況是怎樣？」

「校車在三岔路口翻車，車尾的玻璃全被震碎，妳剛好彈出車外掉到分隔島的草地上，幸運獲救。」

「你有事故那天的照片嗎？」

「那麼嚴重的車禍事故，上網搜尋就可以找到，不過妳剛才在學校裡的反應那麼激動，現在確定要看嗎？」

「我晚點再看好了。」一想起翻車時的驚恐畫面，我的手腳就不自覺開始發抖，「對了，謝謝你那天特地在校門口等我。」

「我只是想激妳來上課而已，如果當時沒有逼妳，妳應該就不會搭上那班校車。」他的語氣略顯低落。

「不，這不是你的錯，是我自己倒楣而已。其實我看到你出現在那的時候，心頭覺得暖暖的。」

「如果當時知道妳是我未來的女朋友，我一定親自去妳家接妳上課。」

那句話讓我心跳了一下，有點不知所措，「請問……我跟你……怎麼會在一起？」

「當然是互相喜歡呀。」他失笑一聲，彷彿我問了一個笨問題，「不過妳現在好像什麼都忘了，對我很生疏，像個陌生人一樣。」

「抱歉。」我窘得不知如何是好，連忙改問：「我媽媽怎麼會和那個建築師結婚？」

「這件事，妳應該問妳媽媽。」他似乎不想解釋。

關於過去一年的事，想問的問題太多了，每件事都想追根究柢，可是我跟白尙桓只有幾面之緣，還帶有一種陌生的距離感，讓我不敢問得太多。

記得國二那年，媽媽帶我去山上度假，當我看到滿山青草和風車的景象時，忽然產生一種既視感，好像我來過這個地方。

媽媽笑說她的確曾經帶我跟著員工旅遊來過一次，只是當時我才五歲，不記得了。曾經去過的地方，即使忘了，但是感知未必會消失。可是……

「白尙桓，我完全沒有住過這裡的感覺。」我環顧房間裡的每一件家具，眞的連一絲熟悉感都沒有，「我只記得翻車後陷入一片黑暗，再睜眼時，我卻躺在學校走廊上，感覺間隔的時間沒有很久，與其說是失去記憶，我反倒覺得……自己像是跳躍時空來到未來，這樣形容……你相不相信？」

「我相信。」

「你相信？」我以爲會被他反駁。

「先前是打死不信的，現在倒是信了一半。」白尙桓終於轉身面對我，眼神帶著困惑，「說不定妳的身體裡，眞的裝著一個從一年前跳躍來的靈魂。」

「這太扯了！還是喪失記憶比較合理。」我推翻自己的想法，同時注意到他的臉色不對勁，「你剛才在想什麼？」

「想一個很麻煩的問題，只有妳能解答，不過這時候問妳，妳應該無法回答了。」

「什麼問題？」

「二年級時，妳曾經跟我提過一件事。」

「對不起，我眞的無法解答。」我沒有二年級的記憶呀！

「算了，我也懶得再想了。」他的表情帶著幾分無奈，「反正當初已經那樣抉擇。」

「什麼抉擇？」我完全聽不懂。

白尙桓來到床邊，一手撐著床頭，徐徐彎下身子看著我的臉，我眨了眨眼睛，不太明白他想要做什麼？

「喜歡妳的抉擇。」他傾身吻上我的唇。

溫熱的氣息拂上我的臉頰，感覺他的唇有點冰涼，柔軟得像棉花糖一樣，令我的心臟瞬間狂跳起來。我瞠大眼睛急著想推開他，白尙桓卻彷彿早已料到一般，馬上站直了身子閃開。

「你怎麼可以……」我雙手摀住嘴脣，心裡又驚又氣。

「我只是想試試能不能吻醒妳的記憶，或者……把妳從另一個時空吻回來。」白尙桓以大拇指輕輕滑過嘴脣，目光卻漸漸黯下，「昨天妳還是喜歡我的，今天我卻像被妳拋棄了。」

叩叩！

房門應聲打開，媽媽端了兩盤炒飯進來，「來吃飯吧，可珣吃完飯記得吃藥。」

「阿姨，我有事得先離開。」白尙桓轉身走向門口。

「你不吃午飯嗎？」媽媽叫住他。

「我不餓，謝謝。」

目送他的背影消失在門外，我不知道該說什麼，只是對他充滿歉意。

「這孩子有點怪怪的。」媽媽喃喃說道，把餐盤遞了過來，「可珣，頭還會痛嗎？」媽媽溫柔地問。

「嗯。」我接過餐盤，拿起湯匙默默吃飯，心裡又湧上一股賭氣感，不想多回應媽媽的話。

媽媽欲言又止地掀了掀嘴唇，最後只是靜靜坐在床邊陪我吃飯，吃完飯又叮嚀我要好好休息，便帶著餐盤走出房間。這種相處模式跟以往不同，像是怕會帶給我壓力似的。

我吞了藥躺在床上，覺得身體愈來愈疲累，隔不久就睡著了。

傍晚，我被媽媽叫醒，起床吃了一點晚餐。

「妳康叔叔在忙學校的建案，最近都加班到很晚。」

我木然地眨了眨眼，想起之前在走廊上差點撞到康叔叔時，他手裡拿著學校招標資料。

「吃完飯想洗澡嗎？」

「嗯。」

「怕妳在裡面突然頭暈跌倒，我幫妳準備一個小椅子，讓妳坐著洗。」

我點點頭，目送媽媽的背影走出房間。

好奇怪！媽媽說話的口氣向來強勢，現在怎麼變得那麼溫柔？

洗完澡要穿衣服時，我對著鏡子摸了摸臉頰、低頭看了看自己的身體，除了頭髮長長了、腰部長了點肉、臉色不像剛失戀時那麼憔悴之外，身上的痣、膝蓋上的小疤痕都還在，代表這個身體確實是「姚可珣」的。

回到房間，大概是吃了藥又休息了半天的關係，頭痛感已經減輕許多，我忍不住想探索這個陌生的房間。

打開衣櫃，裡面掛著的衣服全是我喜歡的款式。是「我」自己挑選的，不喜歡才奇怪吧。

書櫃裡擺著高二的課本和講義，我抽了幾本翻閱，裡面寫了很多筆記，字跡當然也是我的。蹲下身，我打開下層的書櫃門，裡頭放了吊飾、娃娃、音樂盒還有幾張卡片，我看了下卡片的內容，得知這些東西居然是同學們送給我的生日禮物。

二年級的我，生活過得快樂嗎？

腦海閃過語資班同學現實的嘴臉，我忍不住鼻酸了一下。

不過櫃子裡沒有何秉勛之前送我的禮物，可能是我交了新的男友，就不再擺著前男友的東西了。

來到書桌前，我打開抽屜，看見滿滿一大盒用MONO橡皮擦刻成的印章，有動物、花草、樹葉、幾何圖形等圖案，看起來很可愛。

這是我刻的嗎？刻了這麼多個，沒有被媽媽罵浪費嗎？

再打開其它抽屜，裡面裝著一般日常的小東西，沒什麼特別的。

「有沒有相簿呢……」我抬起頭，視線停在桌上的筆記型電腦。

我一直用的是桌上型電腦，規格已經很舊，想不到現在換成筆記型的了。

「對了！平常都是用手機拍照，照片應該都備份在電腦裡才對。」我打開筆電的電源，跑完開機畫面，螢幕上出現輸入密碼的指示。

「咦？竟然鎖了密碼。」我輸入了自己的生日，電腦顯示密碼錯誤，再輸入身分證字號、農曆生日、學號，可是全部都不對。「難道是白尚桓的生日？或者是我和他的交往紀念日？」

那些我全都不知道呀……看來只能放棄筆電了。

「對了！還有手機。」

我把後背包裡的東西全部倒出來，翻找出手機一看，「啊，又是新的！」我心涼了半截，試探性地打開手機螢幕。

好極了！是圖形鎖。

我憑直覺在螢幕上亂畫，但是連錯了幾次後就不敢再猜下去，怕手機被鎖住。

沮喪地拋開手機，我抱住床上的貓布偶，這一隻四腳穿著白襪的黑貓是由日本公司設計的，叫做靴下貓。

這麼大隻的正版布偶一定不便宜，不知道是誰送給我的？

我抱著布偶躺在床上發呆，不由得有點傷感，原來現代人沒了手機和電腦就等於沒了生活記錄。不過剛剛的小探索也發現了不少東西，足以證明我就是這房間的主人。

折騰了半天，不知道是不是撞到頭的緣故，體力消耗得特別快，就像感冒發高燒，身體變得倦倦懶懶的，靈魂隨時會飄出體外一樣。

我突然想起中午和白尚桓討論過的問題，但靈魂跳躍到未來或穿越到過去這種事，真的太荒誕了，應該只存在於小說裡。

我想，我應該只是喪失記憶而已。

隔天早上，我緊閉著眼睛，心裡幻想著再睜開眼睛時，會不會回到二〇一八年？但是當我張開眼時，眼前還是昨天那個陌生的房間，心情忍不住低落。

鬧鐘顯示是早上七點，我下床來到客廳，看見媽媽端著兩個餐盤，背對著我坐到沙發上，沙發的另一端坐著一名男人，他正在看報紙，應該是「康叔叔」吧。

「早餐做好了，來吃吧！」媽媽轉頭對他微笑。

「謝謝。」康叔叔放下報紙，伸手摟住媽媽的肩頭，媽媽像個小女人般偎向他，兩人熱吻了起來。

這畫面對於現在的我來說太過突兀，我悄悄退回走廊，無法接受生活裡闖進一個陌生男人。

隔了一會兒，康叔叔的聲音再次響起：「可珣還在睡嗎？」

「嗯，我晚點再叫她起床吃早餐。」媽媽的聲音聽起來好溫和。

「她的身體有沒有好一點？」

「吃了藥好很多了，不過整個人變得很安靜。」

「可能失去記憶，內心多少有些不安，妳先不要給她壓力。」

「放心，我不會再重蹈覆徹。」

「前幾天跟妳提過，可珣高中畢業後送她出國念書，妳覺得好不好？」康叔叔又問。

「可是出國念書要花很多錢。」媽媽語帶猶豫。

「沒關係，我負擔得起。」

「可是……」

「妳辛苦了那麼多年，獨自把孩子撫養長大，是該好好休息了。等可珣出國念書，我再帶妳去旅遊，好好享受二人世界……」

原來這位康叔叔嫌我是個累贅，想把我踢去國外，我才不要如你們的意！

悄然走回房間，我輕輕關上門，一把火在心頭悶燒著。

我的親生爸爸據說是個性格開朗、說話幽默、人緣很好的男人。

結婚後，媽媽很快就懷上了我，爸爸對媽媽說想找份薪水高的工作養家，就把當時的工作辭了，之後的每一份工作都做不到一個月就離職，晚上還常常跟朋友出去玩樂，甚至跟前女友藕斷絲連。

媽媽很傷心，也對爸爸感到非常失望。就在我出生剛滿月時，家裡收到爸爸積欠一堆卡債的帳單，於是她下了一個人生抉擇，決定跟爸爸離婚。

當時，爸爸的前女友急著想跟他結婚，便催促他盡快簽下離婚協議書。

聽說爸爸簽字時沒看過我一眼，直接放棄監護權，離婚後不到一個月就跟前女友結婚了。

我知道媽媽獨自撫養我很辛苦，從小到大我也一直很乖巧，是師長稱讚的優等生，但是現在，我心裡不知道爲什麼漸漸冒出許多不滿，愈來愈想反抗媽媽，不想安於現狀。

這會是青春期的叛逆嗎？

手機鈴聲突然響起，我拿起書桌上的手機看了眼來電顯示，是白尚桓。

我按下接聽鍵，「喂。」即使手機無法解鎖，我還是可以接聽電話。

「可珣，妳的身體好點沒？」手機那頭夾雜著汽車的呼嘯聲。

「好很多了，頭比較不暈了，但還是會痛。」我伸手摸著後腦勺。

「我有事要去學校一趟。」

「我可不可以跟你一起去？」我不想跟媽媽獨處。

「好，我去接妳。」他一口答應，沒有多問爲什麼。

「謝謝。」

「不用謝。」語畢，他直接掛電話。

我換上外出服，有點擔心媽媽不讓我出門。

門鈴響起，我走出房外，發現客廳裡已不見康叔叔的身影，大概是出門上班了。媽媽確認來人後打開家門，是白尚桓，他簡單說明了來意，媽媽不反對他帶我出門。

「姚阿姨，我們先走了，下午我再送她回來。」白尚桓淡淡表示。

「麻煩你多注意可珣的狀況，如果她身體又不舒服，一定要趕快通知我。」媽媽柔聲叮嚀。

「我知道。」他朝我伸出手，「可珣，走吧。」

「媽媽再見。」我輕輕握住白尚桓的手。

離開家門，我一路紅著臉看著被他握住的手，除了何秉勛，我不曾跟別的男生牽手過。

「怎麼了？」他側過臉看著我。

「你怎麼來得那麼快？」我害羞地低下頭。

「我打給妳的時候已經到妳家路口了。」

「你不是要去學校嗎？」我詫異地問。

「出門時突然很想妳，就繞過來看看能不能見到妳。」

聞言，我仰頭望著白尚桓，他凝視我的神色非常溫柔，微微綻放光彩的眼神充滿愛意，瞧得我身體一熱，彷彿被燙著似的把手抽回。

「竟然被妳嫌棄了。」他眼神黯然，看著自己空空的掌心。

「對不起。」我尷尬不已。

「妳還沒吃早餐吧？」

「嗯。」

公車站旁有一家早餐店，白尚桓買了兩份三明治和奶茶，上車後跟我坐在一起吃早餐。

「你知道我的筆電密碼嗎？」我一邊吃一邊問。

「二〇一九五二〇，我們的交往紀念日。」他咬了一小口三明治。

「密碼眞的是交往日……啊！」我猛然想起什麼，「那今天豈不是……」

「今天是我們交往三個月的紀念日。」他喝了一口奶茶，「之前妳還提議，說想蹺掉返校日去旅行三天。」

蹺掉返校日？這不是我會做的事呀。

還有，旅行三天？這代表我必須跟他在外面過夜。我怎麼會提出這種不要臉的要求？

「我媽同意嗎？」我窘著臉問。

「當然不會同意，可是妳堅持要去，還想要騙妳媽，說妳是跟湘菱出去玩。」

「我不知道自己當時在想什麼。」我尷尬得想找地洞鑽，連忙拿出手機轉換話題：「這個鎖你會解嗎？」

白尙桓在圖形鎖上畫了幾下，解開了手機螢幕鎖。

他眞的什麼都知道耶！

新手機的介面用不習慣，我摸索著找到相簿，點開照片一張張滑過。白尙桓趴在桌上睡覺、白尙桓在跑步、白尙桓在打球、白尙桓在吃飯、白尙桓在糾察隊執勤、白尙桓望著窗外發呆……全是白尙桓的照片。

這是偷窺狂才會做的事吧！

「不要懷疑，妳眞的很喜歡我。」白尙桓像是聽見了我心裡的聲音，忽然失聲笑了。

我糗到不行，馬上關了手機螢幕，無法再當著他的面繼續滑下去。

就在這一刻，白尙桓伸手勾住我的後腦勺，薄唇輕輕吻上我的嘴角，「有土司屑。」

我瞪大眼睛，驚慌地掙開他的手，縮到車窗邊。

「眞麻煩。」他淡淡地笑了，眼神滿是落寞，「我們吻過好幾次了。」

可是我跟你眞的不熟，連一點點喜歡都沒有！

「對不起，我無法想像以這種剛失戀的心情，怎麼可能再喜歡上另一個人？」只要一想起何秉勛，我的心就痛得要死，一點都不想再碰觸愛情。

「剛失戀？」白尙桓愣了一下，雙眸微微瞇起，「這表示，妳連情感狀態都倒退到一年前？」

「對我來說，那些事都才剛剛發生，不是倒退。」

「所以妳不只對我沒感情，甚至還喜歡著何秉勛？」

「我不會再繼續喜歡他了。」我強調。

白尚桓默默凝視了我幾秒，突然失笑：「我怎麼覺得自己有點可憐……」

我不敢再搭腔，因為他的表情看起來很寂寞……幸好現在的家離學校不遠，公車很快就抵達商店街。

時值暑假，走在通往學校的道路上，沒有學生，只有喧天的蟬叫聲。

白尚桓一路面無表情沉默著，猜不出他的心裡在想些什麼。

來到三岔路口，白尚桓忽地出聲：「去年校車就是在這個路口翻覆的，妳彈出車外掉到那裡。」他指著分隔島上的草坪。

實際來到事故現場，翻車的驚恐畫面一幕幕閃過腦海，我再次嚇得渾身顫抖。

「別怕。」白尚桓立刻將我摟進懷裡，輕輕拍著我的背安撫。

我緊緊抓著他的衣服，被他快步帶進學校裡。

坐在花圃邊歇息了片刻，心情終於平復，我仰頭望著白尚桓，「你來學校幹麼？」

「我是糾察隊隊長，要跟新任隊長還有教官一起安排新生訓練那天的人手。」他伸手輕輕揉弄我的劉海，眼神帶著寵溺的笑意，「我先去教官室報到。」

「那我到處走走，晚點再來找你。」我起身拍了拍屁股上的塵土。

「可珣。」

「嗯？」

「我……」他一臉欲言又止，眼神很複雜，「沒事，只是很想抱抱妳。」

我搖搖頭，緊張地倒退一大步。

「算了。」白尙桓神情一黯，轉身走進教官室。

我鬆了口氣，漫步來到中廊，看到公布欄上貼著二年級期末考的校排名榜單。

「白尙桓還眞是萬年第三名。」我微微一笑。

前三名的名字都沒變，第四名是高瑛琪，我順著榜單看到第五十名，發現上面竟然沒有吳芯羽的名字……這是怎麼回事？

我掏出手機，點開LINE的好友名單瀏覽一遍，裡頭沒有何秉勛和吳芯羽，語資班的群組也不見了，反倒多了個九班的群組。

此外還有一個四人小群組，成員有白尙桓、我、余浩彥和黃湘菱。我點開群組，看見昨晚他們一直在討論我的事，余浩彥說要宰了阿霖，黃湘菱則要他別衝動。

正當我想要點開白尙桓的個人訊息時，突然從體育館方向傳來施工的噪音。

我有點好奇，便收起手機穿過中庭，邊走邊觀察四周，校園看起來跟一年前差不多。體育館隔壁的空地被安全圍籬圍起，裡頭是一棟蓋到一半的大樓，外面搭著鷹架，還有工程車從學校的後門進出。

一年前並沒有這棟建築，這應該就是康叔叔承包的工程吧。

「秉勛隊長，我今天絕對要打敗你！」

「放馬過來呀！」

熟悉的男聲傳來，我頓時身體一僵，緩緩轉頭望去。

何秉勛穿著籃球服，左肩背了個運動背包，帶著幾個籃球隊隊員走來。比起一年前，他的身材看起來更精實，人也更加陽光帥氣。

乍見到我，何秉勛停下腳步冷冷地瞪著我。

「秉勛學長！」一個嬌小又身材好的女孩翩然追上，挽住他的右手臂，仰頭露出甜美的笑容，「中午我們去吃義大利麵好不好？」

「好。」何秉勛張臂摟住她的肩頭。

看到兩人親暱的互動，我的腦袋瞬間一片空白。

「何秉勛，你跟她是什麼關係？」我堵住他的路，火大地指著那女孩。

「這不是全校皆知的事嗎？」何秉勛奇怪地看著我。

「學姊，我是學長的女朋友。」女孩嬌柔摟住何秉勛的腰。

我一愣，「那吳芯羽呢？」

「妳有什麼毛病？我跟她早就分手了。」何秉勛皺眉。

「為什麼分手？」

「為什麼？」何秉勛冷笑，「不就是妳在暗中搞破壞嗎？」

「我？搞破壞？」我不敢置信。

失戀的半個月來，不管我再怎麼怨恨吳芯羽，也頂多是背後罵兩句而已，並沒有報復的念頭，怎麼會去離間他們？

「姚可珣，妳在裝什麼傻？」何秉勛一臉鄙夷，「芯羽會變成那樣，不就是妳害的。」

「她變成怎樣？」我急忙問他。

「妳是頭殼壞了，自己做過什麼事都忘記了嗎？」旁邊的隊員插話。

「隊長，不要理她。」

「走啦、走啦，打球去！」

「學長，太陽好大喔，我快被晒黑了。」女孩向何秉勛撒嬌。

「我警告妳！不准妳接近柔依，否則我對妳不客氣。」何秉勛狠狠地瞪我一眼，帶著眾人往體育館走去。

那一記帶著恨意的目光，就像一把利刃刺進我的心臟。

何秉勛是我的初戀男友，我們一起度過許多美好時光，可他現在卻用看仇人的眼神看著我。我到底做錯了什麼？

目送何秉勛的背影走進體育館裡，鼻頭的酸楚愈來愈濃烈，我沮喪轉身，對上白尚桓滿帶複雜之色的臉龐。他站在我的背後看了多久？

「白尚桓，你知道吳芯羽發生了什麼事嗎？」我快步走向他問道。

「她失戀後自殺未遂，轉學了。」白尚桓淡淡回答。

「是我害的？」我不敢相信會發生這樣的事。

「跟妳無關，妳已經很盡力在幫她了。」

「這是怎麼一回事？」何秉勛說我害了吳芯羽，白尚桓卻說我幫了吳芯羽，到底誰對誰錯？

白尚桓沒有回答，只是沉著臉調頭走開。

我跟在他的後面，哽咽地說：「我已經準備好面對何秉勛和吳芯羽交往的事實，沒想到他們已經分手，何秉勛還又交了新女友，我感覺自己被狠打了一巴掌。」

白尚桓緊皺著眉頭，穿過中廊朝校門口走去，愈走愈快。

「一個曾經說過喜歡我的男生，竟然轉眼換了第三任女友，我覺得好難過、好心痛，他怎麼可以這樣對我？」我跟不上他的腳步，漸漸落後。

來到校門口，警衛室的隔壁是糾察準備室，裡面放置了糾察隊專用的裝備。

白尚桓開門進去，將值勤表貼在白板公布欄。

「何秉勛跟我分手的理由都是騙人的。」我隨後跟進去，伸手擦去眼角的溼潤。

碰！

白尚桓朝公布欄用力搥了一拳，臉上泛著怒意。

我嚇了一大跳，看著他生氣的走來，握住我的肩頭，用力拉入他的懷裡，同時單手扣住我的下巴，低頭壓上我的唇。

我掙扎著想推開他，他不為所動，反而往前一步將我壓上牆面，鎖在他的胸膛之間。他的吻愈發激烈，吻得我快要不能呼吸，驚慌間反咬了他的嘴唇一下。

白尚桓沒退開，氣息更加紊亂，趁著我張口想喘息時，直接以唇舌進占，想要汲取更多。

嘴裡嚐到一絲鐵鏽的味道，我不再掙扎，只是嗚咽了一聲，眼淚再度湧出。

聽見我的啜泣聲，白尚桓的情緒漸漸緩和下來，他鬆開我的唇，啞聲道歉：「對不起……我只是很害怕……因為每一分每一秒都在倒數……」

「你害怕什麼？」我感覺雙腿有點發軟。

「害怕一個預言。」

「什麼預言？」

「一個妳曾經跟我提過，即將要發生的預言。」他把頭埋在我的頸邊輕聲低語。

「我跟你說過什麼？」我愈聽愈迷糊。

「昨天我一直在思考那個預言，擔心預言成眞時，妳一定會難過自責吧？可是我剛剛領悟了，妳喜歡的人又變回何秉勛，既然妳不喜歡我了，一點都不喜歡，那我就可以放心了，就算預言成眞，我也沒什麼好擔心的，一切都無所謂了。」

「白尙桓，我眞的聽不懂。」我滿心焦急，因為他的語氣給我一種不祥的預感。

「煩死了，妳滾，離我遠一點！」他煩躁地將我推出門外。

鎖上門，白尙桓大步地走出校門，背影隱隱帶著怒氣，腳步又急又快地朝著山下走去，將我遠遠拋在後頭。

來到三岔路口，他停下腳步看看右方有沒有來車，就在那一刻，尖銳的剎車聲劃破周遭的寧靜——

一輛滿載鋼筋板模的貨車，自學校後門的小路衝出來，直接撞上白尙桓。

明明不到一秒鐘的時間，在我眼裡卻成為慢動作，我下意識張開雙臂衝上前，想要接住被撞飛的他。

整個世界彷彿只聽得見我的尖叫聲，還有撲通撲通如打鼓般的心跳聲。

就差兩、三步，我眼看白尙桓重重摔落在馬路上，發出「碰」地一大聲。

我撲跪在他的身側，看見他的胸腹被撞得凹陷，汩汩鮮血自後腦溢出，迅速在路面擴散開來。

「白尙桓……白尙桓……」我顫抖著捧住他的臉，不斷呼喚他的名字。

白尙桓哀傷地看著我，嘴巴一張一闔似乎在說些什麼，但是鮮血自他的口中不斷湧出，瞬間染紅了我的雙手，在眼底渲出一大片的紅幕。

眼淚像下雨般落在他的臉上，我用力擦去淚水，就見白尙桓顫抖地抬起右手，似乎想要撫摸我的臉。

我伸手想握住他的手，瞥見他的掌心寫了一行字，但突如其來的事故讓我心慌意亂，完全無心去留意，只能緊緊握住那隻手。

白尙桓嘴角微微一勾，無聲地說了兩個字：

「別哭。」

說完，他的手臂軟軟垂落，目光逐漸渙散，呼息完全靜止。

「白尙桓——」我抱著他放聲大哭，眼前同時一黑，感覺自己沉進一片黑暗裡……

「可珣……」

黑暗中，有個女人在呼喚我的名字。

「妳快點醒來……」

是媽媽的聲音。

「對不起，媽媽錯了，只要妳醒來，媽媽以後會讓妳做自己喜歡的事，不再要求妳的成績……」媽媽的啜泣聲擰疼了我的心。

我慢慢睜開眼睛，眼前的亮光驅散黑暗，視野逐漸變得清晰，一股劇烈的疼痛瞬間襲捲全身。

「好痛……」我吃痛地輕喊出聲，感覺口鼻上罩了個東西。

「可珣！」媽媽的聲音轉爲激動，「護士小姐，我女兒醒來了！」

我緩緩握緊雙手，掌心彷彿還餘留著白尙桓的體溫，心口猛地勾起一股深沉的痛楚，視線再度變得模糊，兩道溫熱的液體從眼角滑下。

媽媽用衛生紙輕輕擦過我的臉頰，忽然兩、三道白影圍了過來，似乎在幫我診療。

「白……」我隔著氧氣罩發出虛弱的氣音。

「可珣，妳說什麼？」媽媽把耳朵靠向我的唇邊。

「白尙桓，不要死……」

「媽媽在這裡，妳不要怕。」媽媽緊握我的手。

「這裡……是哪裡？」我淚眼看著她。

「這裡是醫院，妳搭的校車翻車了，受傷昏迷了兩天。」

翻車？可是同學們都說那是一年前的事。

「今天……是幾年……幾月……」我試著擠出聲音確認。

「二〇一八年七月二十一日。」媽媽哽咽回答。

「可是……我剛剛在二〇一九年……跟白尙桓在一起……」

「醫生，我女兒的記憶好像錯亂了。」媽媽緊張地詢問一旁的醫生。

「腦震盪的患者會有記憶喪失或錯亂的症狀……」醫生又是一長串的解釋。

不！我記得很清楚。

白尙桓死去的情景如此眞實，怎麼可能是我的記憶錯亂？

該不會現在才是一場夢，等我夢醒後又回到白尙桓死去的世界？

再次醒來，我並沒有回到那個世界，反而還看見白尙桓抱著一束花，站在我的病床旁邊。

媽媽說他是和校長一起來探望我的，而我卻像餓虎撲羊般抱住他的腰，一直哭喊：「不要死、不要死……」

因爲旁人怎麼拉都拉不開我，白尙桓乾脆坐在病床邊讓我抱個夠，直到我又昏睡過去。後來又昏昏沉沉地睡了三天，我的意識終於比較清醒了。

醫生說在那麼嚴重的車禍裡，我卻奇蹟似的只有擦傷，實在幸運，雖然腦部有淤血，但幸好血塊不大，只須靜養數月，身體會自行吸收血塊。

一個星期後我出院了，不過全身劇烈的肌肉痠痛，加上腦震盪造成的不適，讓我經常覺得疲累，無法思考太多事情，常常躺在床上閉眼就睡，一睡就是好幾個鐘頭，嚇得媽媽每隔幾小時就會強制叫醒我。

每天早晨醒來，我總是非常害怕日子又跳到二〇一九年，可是後來什麼事都沒發生，驚惶不安的心才漸漸安定下來。

我終於確定——二〇一八年是現實，二〇一九年才是一場夢！

媽媽等我情緒穩定、身體狀況慢慢好轉後，才和我談起翻車事件的細節。

「這是事故發生時的照片。」媽媽坐在床邊，將手機遞給我。

照片裡，整台校車側翻在三岔路口的路面上，車體嚴重受損，車窗玻璃碎了一地，畫面相當怵目驚心。

「這起事故還上了當日的新聞頭版。」

「我才不要因爲這種事而出名。」我扁扁嘴，再滑開下一張照片。

下一張是分隔島的照片，我躺在草坪上，身上蓋著一件黑色外套，旁邊是撞爛的校車車尾，可以看出車尾的玻璃窗同樣全碎了。我大概就是從那裡被衝撞彈出的吧。

「司機說校車開始下滑時，他馬上叫大家跳車，其中五個學生趕緊跳了出去，翻滾時受了一點擦傷。之後他試著操控車身去撞圍牆，暫時減緩車速後，他才跟著另外兩個男同學跳出去，唯獨沒能救出妳，他覺得很歉疚。」媽媽詳細說明當時的情況。

「我坐在最後座，應該也很難救到吧。」

「校車出事後，附近的學生都嚇得一團亂，教官立即封鎖校門，命令學生全部進教室不准出來，緊接著趕到翻車處，發現妳倒在車尾的草坪上，已停止心跳，他緊急幫妳做了心臟按摩，才在第一時間把妳給救回來。」

「那應該是我們學校負責急救訓練的教官。」

「幸好遇到一位懂得急救的教官，眞是不幸中的大幸。」媽媽心有餘悸地拍著胸口。

我把手機還給媽媽，看過當時的慘況後，心裡感覺不是很舒服。

其實……我只記得白尚桓在校門口等我，後來校車怎麼下滑、怎麼翻車、大家是怎麼脫離險境的，我全都沒有記憶。

雖然不記得事發時的情況，但是我卻深刻記得昏迷時看到的那個夢境。

夢裡的我擁有一個男友、有許多好朋友，媽媽再婚了，家裡經濟狀況好轉，現在想想還挺美好的，這會不會是我想逃避不如意的現實，所構築出來的美夢？

但是那場夢並沒有完美的結局。

當白尚桓在我的眼前死去，那情景眞實到只要我攤開手，就能夠感覺到他的體溫，甚至連血的顏色、溫度和黏稠感都如此鮮明……想著想著，眼淚忍不住掉下。

那眞的是一場夢嗎？還是……我曾經到過未來？

第三章 資優班的混蛋們

八月下旬，經過一個多月的休養，我的身體恢復得差不多了。

不過由於腦震盪造成的影響，使得我的記憶力明顯變差了，做事情容易忘東忘西，就連那場夢境也遺忘了部分細節，唯一沒忘的，是夢裡跟白尙桓相處的點點滴滴。

早上，媽媽開車載著我來到學校，今天剛好是新生訓練日，來了許多穿著各校制服的國中生，還有不少社團成員拿著海報在校門口招攬社員，氣氛非常熱鬧。

我和媽媽進到會議室裡，校長、主任、司機和客運公司的老闆，以及律師都已經就座，其他因校車意外受傷的學生家長也來了，大家準備討論翻車事故的和解細項。

因爲協商的過程有點沉悶，全是大人間的對話，沒有小孩可以插嘴的地方，中途我便藉故上廁所，離開會議室到校園裡散步透氣。

早上在校門口有看到糾察隊，不知道白尙桓今天有沒有值勤？

還有體育館旁邊的空地，是不是決定要蓋綜合活動大樓了？

爲了求證夢裡的事，我決定到那裡一探究竟。

剛穿過中庭，迎面走來一個男生，身上穿著藍白色的籃球衣，正是何秉勛。

「可珣？」何秉勛滿臉驚訝，似乎沒想到會遇見我。

我停下腳步，感覺心口狠狠擰痛起來。

「妳還好嗎？」他快步走近，伸手握住我的雙臂，眼神充滿關懷，「知道妳發生車禍，我擔心死了，打妳的手機也都直接轉語音信箱，無法聯絡到妳。」

我默默凝視著何秉勛，分手將近兩個月了，明明應該要恨他、討厭他，但是他一句溫柔的慰問就立刻讓我心軟。

「我本來想去醫院探望妳，可是顧慮到芯羽……」他一臉歉然地垂下眼簾。

我聽了心頭一酸。你瞞著我跟吳芯羽去麥當勞看書時，怎麼就不顧慮下我的感受？

「你不用跟我解釋，我跟你已經沒有任何關係了。」

「別這樣。」何秉勛以誠摯的眼神看著我，「就算當不成情侶，我還是想跟妳繼續當朋友。」

「有多少人分手後，還能跟前任做朋友？」

「可是我也不想跟妳當仇人。」

「那就當陌生人。」我轉身欲走。

「可珣……」何秉勛焦急地拉住我，想要解釋什麼。

就在此時，一個身材胖胖的女孩從走廊裡衝出來，不小心絆了下，整個人重重摔在地上，嚇得何秉勛連忙鬆開我的手臂。

「嗚……好痛……」女孩低泣一聲，雙手撐著地面，痛得爬不起來。

「妳有沒有怎樣？」我蹲下身扶住她的右手臂。

「好痛……」女孩轉頭看我，圓圓的臉蛋滿是淚痕。

「妳站得起來嗎？」何秉勛面帶微笑地問道。

女孩仰頭看著他，表情明顯呆了一下，接著低下頭搖了搖。

「我扶妳起來。」何秉勛半彎下身子，朝女孩伸出一隻手。

女孩緊盯著地面，隔了幾秒才慢慢伸出右手，輕輕抓住他的手。

何秉勛用力一拉，我也順勢攙扶起她。女孩起身後仍是低著頭，用右手摀著左手，我發現她穿的是一所著名的私立貴族高中校服。

「妳的手受傷了嗎？」何秉勛體貼地問。

「我在體育館那裡被一隻花貓攻擊。」女孩露出左手背上的三道貓爪痕，傷口破皮且流了一點血。

體育館的花貓……應該是小花。

「牠為什麼會攻擊妳？」我覺得小花很溫馴，相當親近人，不會無緣無故攻擊別人。

「我看到貓咪側躺在草地上晒太陽，覺得很可愛，想摸摸牠的肚子，就被牠抓傷了。」女孩的口氣很委屈，一雙單眼皮的小眼睛哭得泛紅。

「我們帶妳去保健室擦藥。」何秉勛看著我提議。

「你自己帶，別算上我。」我鬆開女孩的手臂。

「可珣，不管怎樣，我依然當妳是好朋友。」何秉勛還是堅持己見。

「我不需要你這種朋友。」我冷冷地扭頭走開，他的話像一把慢火殘忍地煎熬我的心，燒得我胸口陣陣發疼。

來到體育館前面，一道身影吸引了我的目光，就見花圃裡，白尚桓穿著整齊的制服，佇立在一棵大樹下。

他仰頭望著樹上，俊俏的側臉輪廓分明，陣陣夏風拂過他烏黑的髮絲，也擾亂了一整樹的枝葉，陽光自葉隙間灑下一束束的光影，在他的周身閃爍著金色光芒。

眞實的他，還好好活著。

似乎聽見我的腳步聲，白尙桓側頭看向我，微微一愣。

我的鼻頭隱隱發酸，雙手在牛仔褲的兩側擦拭著，想擦去夢裡手染白尙桓鮮血的觸感。

「妳的臉上寫滿麻煩。」他朝我皺了皺眉，又迅速抬頭望著樹上。

「什麼麻煩？」

「妳不要哭出來，我沒興趣哄妳。」

「我又沒有哭。」我眨眨酸澀的眼睛，略略鬆了一口氣，覺得自己很蠢。

記得小時候我也曾經夢過媽媽去世，擔心害怕了好久，可是直到現在，媽媽還是健健康康的活著。那麼車禍時做的那場夢，一定也跟夢見媽媽去世一樣，只是反映了我在現實中的恐懼。

「你在看什麼？」我疑惑地問。

「牠跟妳一樣麻煩，爬得上去卻下不來。」他指著樹上。

「什麼東西下不來？」我跨進花圃來到樹下，看見小花蹲在枝幹上。

小花一見到我，情緒變得激動，前腳在半空中探抓，不斷喵嗚地叫著，彷彿在跟我求救。

「貓咪會爬樹，但不一定下得來。」我用祈求的眼神看著他，希望他能夠解救小花。

「我對爬樹沒興趣。」白尙桓冷漠拒絕，卻一邊解開制服的鈕釦，「不過牠好像很喜歡妳，可能會聽妳的話。」

「因為我常常餵牠……」我瞪大眼睛，別開臉迴避他的脫衣秀。

「好了，妳試著叫牠跳下來。」

「那個……」你光著上身嗎？

「快點！」他的口氣極度不耐煩。

我被他驚得回頭一瞧，只見白尚桓穿著一件黑色無袖背心，雖然手臂不像何秉勛有明顯的肌肉起伏，不過線條相當精實好看。

白尚桓兩手攤開制服，走到小花的下方。

我雙手湊在嘴邊朝著樹上大喊：「小花，不要怕！直接跳下來，白哥哥會接住妳的！」

「不是哥哥。」白尚桓淡淡吐槽，「依照貓咪和人類的年齡換算，小花已經三十多歲了。」

「小花阿姨！」我馬上改口，笑眯了眼睛，「白小弟弟會接住妳喔！」

白尚桓冷冷的視線朝我射來，幸好他沒有帶記名板，否則我的頭又要遭殃了。

「喵嗚……喵……」小花伏著身體在枝幹上顫顫爬行，突然間後腳滑了一下，牠及時用前爪勾住枝幹，身體半吊在空中，但是撐沒幾秒就掉了下來。

白尚桓及時用制服接住牠，將牠包成一團的抱在懷裡。

「謝謝你救了小花！」我露出感激的燦笑。

「後續就交給妳了。」他一把將小花塞到我的懷裡，抽起制服輕甩兩下，一邊穿一邊往花圃外走。

「白尚桓！」

白尚桓停下腳步回頭看我，眼神充滿了疑惑。

「謝謝你打電話開導我，讓我有勇氣往前跨出一步。」

「那是老師叫我打的。」

「還有謝謝你帶花來醫院探望我，我當時不是故意抱著你哭的。」

「那是校長叫我代表班上同學去慰問妳的。」

「你只是聽令行事？」我愈聽愈尷尬。

「對，那麼麻煩的事，我才不想幹呢。」他一副事不關己的口氣，將釦子一顆顆扣上。

「但是拜你所賜，我拿到人生第一支小過。」這種事他就不嫌麻煩，哼。

「開學後，我可以再多送妳幾支，讓妳集成一支大過。」

「大過就免了！」我忍不住翻了個白眼，腦海忽地閃過那一場夢裡，他滿帶自責的神情。

「對了，你千萬不要認爲自己害我遇上了翻車事故。」

「什麼意思？」

「我的意思是，那場意外說不定是我命中注定的，就算你沒有說服我來上課，我在開學時搭校車，還是有可能會遇上同樣的事，所以你不必對我感到抱歉。」

白尚桓沒有回話，凝視我的眼神變得有些奇怪。

我尷尬地抓抓額頭，看不出那雙迷濛的黑眸裡，究竟藏著什麼樣的思緒。

「妳覺得我會因爲那件事而感到自責？」他輕輕揚眉。

「沒有嗎？」

「沒有。」

「哈哈……沒有就好。」我糗得想去撞樹。

白尙桓漠然轉身跨出花圃，似乎懶得再跟我聊下去。

望著他的背影，我忽然想起在那場夢裡，他看著我的眼神飽含愛意，以及蠻橫吻我時，那份情感熾熱得像一團烈火……想著想著，我不禁臉紅了。

「我們本來就不熟呀，他懶得理我也是正常的。」我伸手撫摸小花的頭，發現牠的毛上沾了一點血跡，「咦？小花受傷了？」

我小心撥開小花頭上的毛，發現牠頭頂有一個小傷口，身體明顯顫抖著，好像很害怕的樣子。

這個傷是和別的貓打架造成的嗎？還是跟剛才那個女孩有關？幸好傷口看起來不深，血也止住了，應該會自行復原吧。

我輕輕撫摸小花的背，感覺牠不再顫抖，便將牠輕輕放回草地上。小花回頭看了看我，接著很快就跑走了。

我起身望向體育館附近的空地，看起來沒有要動工的跡象，果眞夢裡是一回事，現實又是另一回事。

現實與夢境不符，眞是太好了。

回會議室的途中，我很倒楣地又在中庭遇上不想遇見的人——吳芯羽。

她的胸前別著輔導班長的名牌，一頭飄逸直髮，臉上化了淡妝，身材明顯苗條許多，果眞變得漂亮又有氣質。

「可珣，好久不見！妳的傷都好了嗎？」吳芯羽竟然主動搭訕我，口氣充滿關懷。

「我好不好不關妳的事。」我端起冷臉，逼自己不能逃避。

「同學一場，妳出了那麼嚴重的車禍，我跟秉勛都很擔心妳。」

「我不需要你們的假好心。」

「妳的態度不要那麼差嘛。」

「妳的臉皮眞厚，搶了我的男友，還要我笑著祝福你們嗎？」我壓抑著怒氣。

「我很期待得到前女友的祝福。」她眨了眨無辜的大眼，刻意加重「前女友」三個字。

「辦不到！」我被她激得怒火騰起。

「如果妳是聰明人，遲早都要學著放下，只有笨蛋才會守著沒結果的戀情。」吳芯羽鋒利的言辭讓我無法反駁，「不過，我還是要跟妳強調，秉勛會跟妳分手絕不是我的錯，是妳無法讓他繼續喜歡妳。」

她說得如此理直氣壯，彷彿我才是這場愛情裡的罪人。

我毫無招架的餘力，淚水瞬間盈滿眼眶。

當何秉勛提出分手的那一刻，悲傷和懊悔淹沒了我的全世界，我不斷責問自己在千萬種分手理由裡，究竟犯了哪一條錯。

原來我的錯很簡單，就是沒能讓他繼續喜歡我。

看到我掉淚，吳芯羽的氣焰跟著弱下，抿了抿脣便走向一年級的教室。

我沮喪地擦去眼淚，低頭走向會議室，旋過走廊轉角時，發現白尙桓靠著另一邊的牆在滑手機。

他抬眸看著我，面無表情。

我頓時感到丟臉不已，下意識地迴避他的目光，加快腳步走向會議室。

回到會議室時，媽媽跟客運公司的老闆已經談好理賠事宜，正在和解書上簽名。和解後，校長起身送全部的家長出會議室。我跟著媽媽來到停車場，坐進轎車後我望著窗外，竟然看到那個被小花抓傷的女孩坐在客運老闆的賓士車裡。

她是客運老闆的女兒嗎？

我沒再細想，隨著媽媽驅車離開學校。

回家的路途上，我心情低落得不想跟媽媽說話，便拿出手機準備聽音樂。

「妳的手機螢幕在車禍時摔裂了吧？」媽媽瞥了我的手機一眼。

「還能用，換個螢幕就好。」我看著手機螢幕上的裂痕說。

「舊機換螢幕不划算，還是買新的好了。」

語畢，媽媽便載著我來到一間手機店，跟店員表示要買手機給女兒。

「妳想要看哪一款手機呢？」店員微笑地看著我。

我掃視展示櫃內的手機，視線被一支玫瑰金色的手機吸引，覺得它很眼熟。

「這是七月初發售的新手機，顏色和造型都很漂亮，畫質也不錯……」店員拿出展示機介紹功能和特點。

我接過那支手機，仔細打量了一下，恍然想起這跟夢裡我用的那支手機是同一款！

「妳喜歡這支手機嗎？」媽媽瞧我研究了半晌，以爲我很喜歡。

「不喜歡。」我立刻放下手機。

「老闆，就買這支。」

「媽！不要啦。」

「爲什麼？」

「因爲很貴，而且我很少玩手遊，不需要用到那麼高階的手機。」我拉住她的手臂。

「第一眼看上的東西，通常就是心裡最喜歡的。況且高階手機可以撐得久一點，不會馬上被淘汰。」媽媽在購物時是非常果決的，很少有半分猶豫。

後來不管我再怎麼解釋，媽媽都以爲我是在顧慮價格問題，堅持買下那支手機。

我把玩著新手機，心頭湧起一股不安。

這是巧合嗎？還是印證了夢裡的事？

不對不對不對！

這款手機雖然評價不錯，但我不是非買不可，甚至會因爲它的高單價而不列入考慮。只是因爲那場夢的關係，我才會一眼就注意到這支手機，讓媽媽誤以爲我很喜歡它，倘若我沒有多看它兩眼，媽媽就會買別款手機給我，所以這不是印證，而是現實被夢境給影響了。

可是……我爲什麼會夢到這支手機？

啊！我想起來了！

這款手機剛發售時，新聞炒作得很凶，不少媒體爭相採訪第一個排隊買到手機的民眾，我看到新聞時還曾心生羨慕，大概是日有所思、夜有所夢，才會夢見自己擁有這款手機。

沒錯，這是巧合。

回到家後，我打開冰箱倒了兩杯果汁，一杯給自己，一杯給媽媽。

「現在終於可以安心工作了。」媽媽接過果汁喝了一口，表情明顯放鬆下來。

自從我出車禍受傷後，媽媽非常擔心我的身體狀況，請假在家照顧我，現在跟客運公司達成和解，這起事件也終於落幕了。

「對了，還有一件事沒有處理。」媽媽放下果汁，自房內取出一件黑色西裝外套。

「那件外套是誰的？」我好奇地問道。

「教官說是妳昏迷時，有位先生開車經過，怕妳在等救護車時失溫，特別從車上拿了件外套蓋在妳身上。」媽媽解釋西裝外套的來源，「因爲出院後需要處理的事情很多，我也忘了這件事，剛剛才突然想起來。」

「那個人曾經幫助過我，我們應該要把外套還給他，跟他道個謝吧？」我沒想到那場意外還有這樣的小插曲。

「是啊，不過當時一團亂，我忘了問教官認不認識那位先生……」媽媽的表情有些懊惱。

「我打電話問問教官。」我拿起手機準備打去學校。

「好，那我找個時間將外套送洗。」提到送洗，媽媽習慣性地掏了掏外套的口袋，

「咦？有名片。」

「名片上寫什麼？」

我來到媽媽的身側探頭看去，只見名片上寫著：

康敬堯建築師事務所　主持建築師　康敬堯

我微微瞪大眼睛，心頭不禁微微一慌。

在那場夢裡，在二〇一九年跟媽媽結婚的男人，就是這位建築師！

「怎麼了？」媽媽注意到我表情有異。

「沒事。」我搖頭擠出一抹微笑，「既然有名片，那我乾脆把西裝寄給這位先生，順便寫張卡片跟他道謝。」

「用寄的太失禮了，況且……這個名字好熟悉。」媽媽若有所思地說。

「怎麼個熟悉法？」

「他的名字跟我一位高中同學一樣。」

「高中同學？」我再次感到詫異。

媽媽在沙發上坐下，「高中時，我跟隔壁桌的男生是好朋友，可是畢業後我直接進入社會工作，而他則被家人送出國念書。在沒有電腦網路、沒有手機，只有書信往返的那個年代，日子久了，也就漸漸跟他失去聯絡了。」

記得外婆說過，媽媽的自尊心很強，離婚帶給她的打擊很大，加上當時的社會風氣比較保守，對離婚的女人總是會投以異樣眼光，所以媽媽其實是想避開過去的生活圈，才會跟朋友們斷絕聯繫。

「『康』這個姓很少見，如果真的是他……」媽媽輕撫名片上的名字，眼神帶著一種自慚形穢的卑微，「現在是一個建築師了，好厲害……」

「他是媽媽的初戀嗎？」我試探地問。

「都二十多年前的舊事了，他現在應該兒女成群了。」媽媽嘆了口氣。

「不然，我們就當作沒這一回事吧，反正事故都過去一個多月了。」我提議道。

「不行，該道謝的還是要謝，說不定只是同名同姓。」

媽媽拿起電話撥打名片上的手機號碼，電話很快就接通了，她客氣問道：「請問是康先生嗎？我是新苑高中翻車事故中，那位受傷女學生的媽媽。」

我突然很想搶走媽媽手裡的電話，阻止兩人繼續交談。

「咦？我和我女兒……」媽媽轉頭看看我，「對，鄰居都說她跟我長得很像……」靜了幾秒，媽媽低下頭尷尬地笑了笑，「康敬堯，我就是姚婉眞，好久不見。」

不妙！那位康先生眞的是媽媽的同班同學兼初戀！

「你在學校裡遇到過我女兒？這也太巧了吧！謝謝你之前借外套給我女兒……」與故友久別重逢，媽媽的口氣隱隱帶著激動，閒聊了幾句後，她忽然無措地挪動身體，「要見面？呃……你幫過我女兒，我是應該要請你吃頓飯表達謝意……好吧！那就這麼決定了。」

掛上電話，媽媽神情複雜地對著空氣發呆，遲遲無法回神。

「媽，妳還好嗎？」我搖搖她的手。

「康敬堯說他人在機場，準備出國辦事，等他回國後再一起吃個飯。」媽媽回過神解釋，又呆愣了一下才起身走向廚房，喃喃自語道：「我該減肥了……」

望著媽媽的背影，我的思緒變得一片混亂。

那個夢境……是不是預見了未來？

不對不對不對！

我在胡思亂想什麼，早在夢境之前，我跟那位康叔叔就已經有過一面之緣，他也發現我長得跟媽媽很像，這對他們來說，只是初戀情人分隔數年又偶然相遇罷了。

而我，只是他們重逢的連結點。

夢境都是古怪又荒唐的，記得我那次差點撞上康叔叔時，就覺得他是個性格的帥大叔，加上我從小就渴望有個爸爸，才會胡亂把康叔叔代入夢境裡。

對！這一定是巧合。

ღ

開學當天，我穿上整齊的制服準備出門上學。

「可珣，祝妳有個愉快的新學期。」媽媽特地早起幫我做了一份早餐。

「我會的。」我微笑接過早餐。

自從車禍後，媽媽對我的態度改變很多，不再只是關心我的成績，從前對她的種種不滿，現在也漸漸釋懷了。

我準時搭上校車，發現司機換人了，換成一位年約五十多歲的伯伯。不知道之前那位司機叔叔是不是被公司開除了？

校車抵達校門口，我背著書包跳下車，只見白尚桓拿著記名板站在校門旁，一身乾淨筆挺的白襯衫，胸前繫著領帶，左手臂別著象徵糾察隊長的紅色臂章，頎長身姿將校服襯出凜然的帥氣感。

新上任的糾察隊長如此帥氣，自然引來不少女學生的回眸，似乎沒被他記個違規都覺得可惜。

我垂下眼走進校門，不想跟任何人對上眼，默默走過白尚桓的面前。

那天他是不是有聽到我和吳芯羽的對話？是不是覺得我很狼狽？

沿路上，我感覺有不少視線停留在自己的身上，不知道是好奇我跟何秉勛之間的感情糾葛，還是同情我因校車翻覆意外登上頭版新聞。

來到教學大樓二樓，我循著班牌找到二年九班的教室。

「看我的浮空四連刺！」一道人影突然從教室裡衝出來，手裡拿著一把雨傘揮舞。

我瞠目瞪著那個人的臉，倒抽了一口涼氣。

「阿霖你很白痴耶！不要拿我的雨傘亂玩啦！」另一個男孩隨後追出來，仔細一看，竟然是余浩彥，他伸手朝那個男生的後腦勺一拍，「那麼愛演，不會去參加話劇社喔？」

「話劇社只演愛情劇，有夠無聊的。」阿霖嘿嘿陪笑，「我想演有武打的戲，像勇者鬥魔王之類的。」

「那就去漫研社呀！」

「漫研社是玩Cosplay，沒有在演戲的。」

「那就自己創個社團啊！」余浩彥搶回阿霖手裡的雨傘，同時發現站在一旁的我，「姚可珣，妳終於來上課了。」

我微慌地看著他，雙手抓緊書包的背帶，思緒一片混亂。

「早安！」阿霖咧嘴一笑，朝我揮揮手。

「早……」我擠出微弱的聲音回應。

「進來吧，黃湘菱也在這一班。」余浩彥豎起大拇指指著教室裡頭。

「我知道……」因為我在夢裡看到了。

由於太過震驚，我的腦袋完全無法思考，只能呆呆地跟著余浩彥走進教室。笑鬧聲不絕的教室頓時變得安靜，同學們都停下動作望著我，但我沒有心思去揣測大家對我的想法。

「老師在暑輔時已經分好座位了，妳被安排在黃湘菱的後面。」余浩彥指著第五排的方向。

順著他指的方向看去，第五排倒數第二個座位上，有個女孩趴在桌上休息，一頭長髮遮住了她部分的臉蛋，但那背影一看就是黃湘菱。

走到她的後座，我拉開椅子坐下，轉頭看了看左邊的靠窗位置，椅子上擺著書包卻不見人影。

余浩彥隨後在那個空位的前面位子坐下。

我忽然想起一件事情，迅速轉頭搜尋四周，發現阿霖坐在講臺的正前方，並不像夢裡見到的那樣坐在我的後面。

我又仔細瞧了瞧其他同學的臉孔，都很陌生，雖然夢裡有見過好幾個人，不過醒來後記憶變得非常模糊，我無法確定那些人是不是就是此刻教室裡的同學……

停！停！這樣想不就等於把那場夢境當真了嗎？

可是事態發展至此，我也無法再說服自己這一切全是巧合。

那場夢……似乎不是普通的夢。

可是現實跟夢境裡還是有很多不同處，我怎麼能就此斷定？說不定真的就只是巧合。

我的心裡塞著滿滿疑惑，好像有兩個聲音在爭執，一時無法歸納出結論。

早自習的鐘聲響起，黃湘菱慢慢抬起頭，像是確認般地回頭看向後座，「可珣，妳終於來上課了。」

「嗯。」我朝她一笑。

「妳的身體有好點嗎？」

「都好了。」瞧她臉色蒼白、說話無力，我心裡覺得奇怪，「妳的臉色好差，是不是哪裡不舒服？」

「我沒事。」黃湘菱黯然搖頭，似乎不想跟我多聊。

「各位同學早安！」

聞聲，我抬頭望向講臺，就見班導已拿著點名簿走進教室，是個年約三十多歲的女老師，並不是夢裡的那位男老師，這讓我不禁鬆了一大口氣。

班導打開點名簿後朝我的方向看來，微微一笑：「首先歡迎姚可珣同學，經歷暑假的翻車事故後，現在身體已經痊癒，回來跟大家一起上課，請大家給她掌聲鼓勵。」

全班同學熱烈地鼓掌歡迎我的回歸，我勉強撐起微笑對大家點頭道謝。

此時，白尚桓值勤回來，在前門喊了聲「報告」後，大步走到我的左側座位坐下。

他竟然是我的鄰桌！

我從眼角偷偷打量他，白尚桓也側頭看我，兩人的視線撞個正著。

心撲通一跳，我尷尬地收回視線。

班導又接著說：「大家在暑輔時都自我介紹過了，現在也請姚可珣上臺介紹自己。」

老師！妳不能體諒下學生嗎？從資優班降轉到這個班級，我最不想做的就是自我介紹！

雖然心裡百般不情願，但我還是深深吸了一口氣，起身走到講臺上。

面對全班四十多個人的目光，我只覺得難堪不已，垂下眼簾介紹道：「大家好，我叫姚可珣，是從一年二班轉過來的，我沒什麼興趣和專長，希望未來兩年能夠跟大家好好相處。」

既然畫圖在大家的眼裡只是一項搬不上檯面的雜役，無法提升自己的價值，不如就聽從媽媽的話，什麼事都不要管。

「妳喜歡發呆和睡覺嗎？」白尚桓突然舉手提問，眼神裡帶著興味。

我輕輕搖頭，不明白他為什麼這麼問。

「妳沒有興趣和專長，也不愛發呆和睡覺，那妳空閒時都在幹麼？」

全班同學紛紛發笑，我輕咬下唇不想多作解釋。

白尚桓將身體往後靠，伸腳踢了前座余浩彥的椅子一下，發出「碰」地一聲。

余浩彥翻了個白眼，緩緩舉起右手提問：「我記得妳很會畫圖，語資班的壁報都是妳做的，這不算專長或興趣嗎？」

「我現在不喜歡畫圖，也不想再做那些事了，只想專心念書，謝謝。」說完我便鞠躬下臺。

周圍傳來同學們的竊竊低語，他們是不是在嘲笑我，就是沒有認眞念書才會被語資班踢出來？

「暑輔時跟大家相處了一段時間，覺得我們班同學還挺活潑的，希望未來兩年大家都能夠和睦相處，好好念書，順順利利畢業。」班導緩和被我弄僵的氣氛，「再來是選幹部……暑輔的代理班長是白尚桓，新學期大家有沒有其他推薦人選？」

全班鴉雀無聲，沒有人舉手提名。

「我推薦白大隊長連任。」余浩彥舉手提議。

「贊成、贊成！」全班同學頓時歡聲雷動，一致鼓掌通過。

「老師也覺得白尚桓這位班長做得相當稱職，既然全班同學都認同他，那麼這學期的班長就由白尚桓繼續出任。」班導微笑宣布。

「麻煩死了。」白尚桓單手支著臉頰，眼神寫滿無奈。他頓了一下，舉手問：「老師，副班長的工作是輔助班長，可以由我決定人選嗎？」

「可以。」班導一口答應。

余浩彥猛然轉頭，斜射了一記眼刀給他，「我死都不當副班長。」

「那你就去死吧。」白尚桓脣角勾起冷冷的笑意。

「喂！我跟你講正經的。」

「我正經覺得，你很適合當副班長。」白尚桓加深了笑意。

「我才不要！國中被你奴役了三年，你當我是什麼？狗嗎？」余浩彥咄咄逼問。

「我怎麼會當你是狗，我當你是……」白尚桓略微皺眉，似乎在想確切的形容詞。

「是什麼？」

「愛妻呀！」

全班同學哄堂大笑，惹得余浩彥羞紅了臉，這情景讓我感到詫異，沒想到白尚桓這冷面糾察竟然也會跟同學開玩笑。

「反正我絕不當副班長。」余浩彥說得斬釘截鐵。

「我成全你。」白尚桓輕哼，再一次舉手，「老師，我提名余浩彥當衛生股長。」

「喂！你整我？」余浩彥朝白尚桓的桌面用力一拍。

「不從我，就發配去管廁所。」白尚桓身體往後一靠，將余浩彥氣急敗壞的模樣盡收眼底。

「贊成、贊成！」全班同學又紛紛表決，將余浩彥拱上衛生股長之位。

過去因爲語資班的上課氣氛沉重，我很少看到全班同學笑得這麼開懷，如今受到周遭氛圍的感染，我的唇角忍不住上揚。

「大家安靜！」班導出聲制止。

笑鬧聲靜了下來，白尚桓忽然側頭打量著我，再次舉手提名：「老師，副班長我指定姚可珣。」

「你爲什麼要挑我？」我嚇了一大跳。

「我不是挑妳，我挑的是座位，妳離我最近，最省麻煩。」

這傢伙到底是多怕麻煩呀？

「可是我不想當幹部。」我搖頭拒絕。

「機會難得喔，申請大學時，當過幹部可以加一點分數。」他居然兼以利誘。

是啊，想憑考試爭取名次對我來說是不可能的任務，如果又放棄當幹部的機會，以後在備審資料上還眞不知道要寫些什麼。

「好吧……」我只能選擇妥協。

班導見我答應了，便提筆在黑板寫下我的名字，這件事也拍案落定。

開學第一天，新的班級、新的生活、新的體驗。

副班長的工作內容相當繁瑣，每節課都要負責點名，記錄同學缺席的原因，請授課老師在點名表上簽名，放學再呈報給導師、輔導教官和生輔組。

此外，每天的第一節下課、午休時間和第六節下課，要到學務處的班級聯絡處，檢查有沒有通知單要帶回班上，交由各個股長宣布或全班傳閱。

連上了幾堂課，我發現這個班的上課氣氛跟語資班不同，同學們很愛閒聊，只要老師聊起課外的事，大家就會開始歪樓，無止盡的跑題，常常繞了一大圈回到正課，已經是好幾分鐘後的事了。

下課時，同學們也歡快地聊天打鬧，不像語資班的同學總是抓緊時間念書。

這樣的上課環境我不太習慣。

「暑輔時，我們班被評爲是全年級最吵的班級。」黃湘菱小聲地對我說。

「跟語資班相比，眞的挺吵的。」我掃視整間教室，余浩彥和幾個女生在聊天，將她們逗得花枝亂顫；阿霖跟一群同學拿著手機在對戰，一邊玩一邊打嘴砲，戰輸的時候還會大嚷大叫。

只有我和黃湘菱，下課還抱著課本猛讀，明顯跟大家格格不入。

「我很害怕……」黃湘菱面露憂色，「自己愈來愈退步，再也追不上他們。」

他們，指的是語資班同學。

這個班級裡的同學好像都沒意識到，當大家把時間花在玩樂時，學校裡卻有那麼一群人，他們連下課的時間都在念書。

用功的學生並不可怕，可怕的是比你聰明又比你努力的學生。

「我要趕快背單字，不能落後大家。」黃湘菱攤開英文課本，彷彿跟我多說兩句都是浪費時間。

她的害怕和急躁，我全部都能體會。

不過話說回來，處在這麼吵的班級裡的，還有一個全年級第三名的學生。

我偷偷地瞄向窗邊，白尚桓正趴在桌上睡覺，不管教室裡多麼吵鬧也吵不醒他。

他的成績那麼好，資優班的老師應該都想收編他，他怎麼不進資優班呢？

不知道他是怎麼念書的？

出於好奇，我開始偷偷觀察起白尚桓。

白尚桓上課時總是慵懶地靠著窗臺，直視黑板的臉龐寫滿無趣，一副生無可戀的模樣，左手不停地轉筆，時而寫下幾個字，時而喃喃自語地輕聲複誦上課內容，像是在加強記憶。

喔，他是左撇子。

下課時他常常趴在桌上睡覺，有時則對著窗外發呆，鮮少主動跟別人攀談，不過同學們過來找他時，他也會跟他們一起聊天、玩鬧。

他似乎是一個喜歡獨處的男生，那些會干擾他獨處的事，大概就稱之爲「麻煩」吧。

最後一堂課，我正在抄寫筆記時，白尚桓突然伸手敲了敲我的桌面。

「幫我撿一下。」

我轉頭看他，順著他的目光低頭一瞧，發現腳邊有一個橡皮擦。

咦？是MONO的橡皮擦！

記得那場夢裡，我的書桌抽屜裡有一盒橡皮擦印章。

「你很喜歡用MONO的橡皮擦嗎？」我撿起橡皮擦放進他的掌心。

「這個牌子最好用。」他接過橡皮擦，瞥了眼我的筆袋，「妳筆袋上的卡通人物是什麼貓？」

「是靴下貓。」剛回答完，我突地又感到惶恐，因爲夢裡的我擁有一隻靴下貓布偶。

「很可愛。」他誇讚完又丟來一句：「等一下放學，教室的門窗就交給妳檢查了。」

「爲什麼？那是你的工作耶。」我不滿地嘟嘴。

「我要去值勤。」白尚桓把課本收進書包裡，背起書包起身，「老師，糾察隊。」

對喔，糾察隊要提前十分鐘到校門口集合。

數學老師朝白尚桓擺擺手，我目送白尚桓的背影走出教室，再回頭時，發現余浩彥正看著我。

「愛妻呀。」他低聲說，一臉幸災樂禍。

咦咦咦？

白尚桓是糾察隊的隊長，每天早自習、午休和放學時間都要值勤，這表示他不在班上的時候，班長的工作都會落到副班長的頭上。

我的雜事已經夠多了，還要代理班長的職務，這會不會太悲慘？

沒多久，放學鐘聲響起。

「起立！」我不太習慣的喊著口令，從小到大，我不曾跟班長的工作沾上邊。

跟老師道完再見，同學們開始收拾書包，笑鬧著離開教室。

我無奈地留下來檢查門窗有沒有鎖好，確認桌椅都排列整齊了，這才鎖門離開學校，結束了這驚慌又繁忙的一天。

3

連著兩天，我早上到校時，桌上都貼著一張便利貼，先前擔憂的事果然發生了。

「副班長，早上要收課後輔導調查表的回條，以及宣布英檢的事。」

「這是白大班長的工作吧？」我苦著臉看著便利貼。

「習慣就好。」余浩彥又是一臉幸災樂禍。

「他把事情都推給別人做，老師怎麼還覺得他這班長做得很好？」

「因爲對老師來講，她交待下來的事，阿桓都能迅速又確實地達成。」

「可是那都是他指揮別人做的。」

「老師才不管過程怎樣，只要事情能夠完成就行。況且，能夠指揮得動同學做事，這也是班長必須具備的能力之一。」余浩彥提出自己的見解，「其實阿桓會依事情的輕重度去辦事，像收回條這種小事，他肯定是覺得麻煩才讓妳去做，一旦遇到重要的事情，他還是會親自處理的。」

余浩彥的說法也有道理，雖然白尚桓總是把麻煩二字掛在嘴邊，卻是一邊嫌一邊做，從沒推卸過責任。

話說回來，他親自打電話勸我回學校上課，這算是重要的事嗎？

「你跟白尚桓好像很要好？」我好奇地問道。

「我跟他是國中同學，高二倒楣的又跟他分到同一班。」余浩彥解釋。

「你很了解他嗎？」

「他一目了然呀。」

「那他的興趣是什麼？」我趁機打探消息。

「睡覺、發呆、抱怨。」余浩彥不假思索回道，接著神祕地壓低音量，「還有看狗狗、貓咪結紮的影片。」

「嗄？」我聽了有些錯愕，「這興趣……有點獵奇呀！」

正想詢問余浩彥，白尚桓會不會雕刻橡皮擦印章時，早自習的鐘聲便響起了。

余浩彥馬上回到自己的座位，我則走到講臺上開始點名，接著向全班同學宣布：「各位同學，全民英檢開始報名了，請要報考的人到班長那裡登記。另外，昨天發下的課後輔導調查表，麻煩大家將回條往前傳到排頭。」

收齊課輔回條，我回到座位將單子一張張按照座號排好。

「可珣。」黃湘菱轉過頭來，小聲探問：「妳昨天回家有看書嗎？」

「沒有。」我小聲回答。

「喔……」她的眼神盈滿落寞，反手抓了幾張測驗卷攤在我的桌上，「妳看，那裡的上課進度比這裡快，開學才兩天，她們已經考了好幾科了。」

「妳還有回去找她們？」我看了眼測驗卷上的名字，居然是高瑛琪的。

「暑輔時，我常常回去問她們問題，瑛琪和芯……」黃湘菱打住底下的話，迴避了那個人的名字，「她們人很好，都會把測驗卷借我影印。妳要不要也影印一份做練習？」

「謝謝，不用了。」我對那些測驗卷非常反感。

「妳不怕退步，離她們愈來愈遠嗎？」

「妳還想回那個班？」

「下學期我想努力考回去。」黃湘菱的眼神滿是執念。

「先不要說到下學期。」余浩彥突然從旁插嘴，「現在妳已經不是語資班的人了，卻每天往那邊跑，這樣好嗎？」

「瑛琪她們人很好，很歡迎我回去找她們。」

「不管她們再怎麼好，妳天天跑去煩人家，不怕惹人厭嗎？」

「她們不會這樣想的！」黃湘菱強調，聲音忍不住大了起來。

「妳怎麼知道不會。」余浩彥冷哼一聲，「妳從暑輔到現在，每天都埋在書堆裡，也不跟班上同學交朋友，我看不用等到語資班的人討厭妳，九班的同學就會先討厭妳。」

「可是資優班學生都是這麼用功，不信你可以問可珣！」黃湘菱爭得滿面通紅。

「湘菱……」我還一頭霧水，搞不清楚這兩人怎麼會吵起來？

學藝股長的名字叫艾婕，就坐在黃湘菱的右側，她也加入戰局：「既然妳之前這麼用功，那爲什麼還會被語資班踢出來？」

「就是說呀。」阿霖也出聲諷刺，「滿口『這裡』、『那裡』的，好像跟我們同班降低了妳的層次一樣。」

眼看戰火被挑起，我張著嘴卻不知道該如何排解，心頭愈來愈慌。

「我一直都很努力！」黃湘菱急著替自己辯解，「我覺得你們都沒有危機意識，不知道別人是怎麼樣的努力讀書……」

「我們也有努力呀！」艾婕冷聲打斷她的話，「我是康輔社的社長，我們要顧著成績，還要把社團經營好，付出的心力不比妳少。」

「社團在資優班的眼裡根本不重要！」黃湘菱提高聲音反駁。

此話一出，全班一陣譁然，七嘴八舌地數落起黃湘菱。

「湘菱，別說了。」我緊張地起身拍拍她的背。

「可珣，妳應該知道我說的沒錯。」黃湘菱一臉哀怨地看著我。

沒錯，資優班的確不重視社團。

學校規定資優班學生不得參加任何「玩樂性質」的課外活動，只能參加閱讀或英文寫作一類，有助於課業的社團，可是大部分的同學都沒有參加，而是選擇待在教室裡自習。

眼看戰火愈燒愈烈，我走到黃湘菱身邊，輕聲安撫：「湘菱，妳說的沒錯，妳的心情我都懂，不過既然來到這裡，我們就好好跟大家相處，至於念書，我們可以放學後留下……」

「唉……」余浩彥表情嘲諷，出聲打斷我的話，「會讀書的就是會讀書，不會讀書的，怎樣都讀不好。像阿桓不管去到哪一班，不都是將資優班的大部分菁英生踩在腳底下？」

「如果妳們覺得語資班比較好，那就快點滾回去。」艾婕發出冷笑。

「快滾、快滾，」阿霖朝我們擺手驅趕，「喪家犬快滾回去！」

可惜，我們想滾也滾不回去。

黃湘菱被嚇得說不出話，只緊張地抓著我的手臂，我不知所措呆站著，承受全班同學的各種噓聲。

「鬧夠了沒！」白尚桓自門口大步走進教室，英挺的身材、筆挺的制服，配上紅色糾察臂章，渾身散發出一股威嚴感，「我們班的秩序評分，剛開學就想拿最後一名嗎？」

「想！」阿霖頑皮地高舉右手，幾個同學見了都哈哈大笑。

「可是最後一名的班級，全班假日要做愛校服務，洗廁所、通水溝，想來的人舉手。」居然還眞的有三、四個愛搗蛋的同學舉手。

「表決不通過，請大家安靜自習。」白尚桓低緩的聲調帶著不容違抗的氣勢。

全班頓時安靜下來，黃湘菱眼眶一紅的趴在桌上，肩膀一抽一抽地小聲啜泣。

我回到自己的位子，低頭對著桌上的回條發呆，白尚桓拿走回條，回到座位默默清點數量。

早自習時間結束，白尚桓推開椅子起身，準備去教務處交回條。

「白尚桓。」我起身攔下他，「謝謝你剛才幫我們解危。」

白尚桓眼神幽深地凝視了我幾秒，接著從他的抽屜裡拿出一張紙遞過來。

我接過那張紙，發現是全民英檢的報名表，不禁呆愣住。

「妳負責把報名費收齊。」

「等一下！我不喜歡做收錢的工作。」

「我也很討厭。」

「可是……」我還想推託。

「妳不是想要跟我道謝？」他微微挑眉。

「這……好吧。」我沮喪地垂下頭。怎麼每一回都讓他占盡上風？

雖然白尚桓暫時擋住了戰火，不過接下來的每一堂下課時間，艾婕跟阿霖依然故意在班上大聲討論，提及隔壁班收了個被數資班踢出的男生，那人的態度很傲慢，經常對著全班同學頤指氣使，若稍有不從，他就會像刺蝟一樣豎起全身的刺，朝全班發脾氣。

後來，有學生在「靠北新苑」的粉絲團上匿名留言：

「學校可不可以加開一個班，給被踢出資優班的某些混帳！」

我們，在大家的眼裡，是混帳。

ఆ

隔天我帶了個小錢包來學校，準備收英檢的報名費。

報名費動輒上百塊，隨便幾個加總就破千了，這麼多的錢擺在書包裡很危險，帶出教室又擔心弄丟，簡直就是燙手山芋。

收錢絕對是幹部雜務中最麻煩的事！

而麻煩，是白尚桓最討厭的。

下午的體育課，全班在操場集合，體育股長帶領大家做完熱身操，接著跑操場一圈。踏在被太陽晒得發燙的跑道上，我的腦袋隨著步伐一震一震的，突然又開始感到暈眩。我咬牙強撐著，步伐卻漸漸趨緩，落到全班最後，就在距離終點前的幾公尺處，我感覺眼前一陣天旋地轉，整個人無力地癱倒在地。

見狀，同學們紛紛圍過來，人影遮住我眼前的一片藍天，我的視線慢慢模糊了起來。

「可珣，妳怎麼了？」黃湘菱焦急地輕搖我的身子。

「大家讓開！」是白尚桓的聲音。

恍惚中，感覺有雙手臂抱起我。我吃力地抬頭看了那人一眼，是白尚桓……接著便癱軟在他的懷抱，意識逐漸墜進一片寂黑裡。

再次醒轉時，我躺在病床上，媽媽擔憂地坐在床邊。

醫生說我腦部的血塊壓迫到神經，需要時間慢慢調養，三個月內不能做激烈的運動。媽媽仔細聽著醫生的囑咐，領了藥便帶我回家。

隔天來到學校，黃湘菱關心問道：「可珣，妳昨天怎麼會忽然昏倒？」

「只是……有點中暑。」我隨口回答，不想跟同學談論自己的病情。

「才跑個一圈操場就中暑，妳身體也太虛了吧。」余浩彥語帶調侃。

「因爲資優班不重視體育課嘛，才會養出一群弱雞。」艾婕嘲諷。

「哈哈哈，弱雞、弱雞、弱雞……」阿霖站起來學雞走路。

無視他們的冷嘲熱諷，我低頭對著課本發呆，心情像溜滑梯般往下沉。

突然一道人影走到我的身側，將一張單子壓在課本上，低聲命令：「寫一寫，回家讓妳媽媽簽名，下星期一交給體育老師。」

我瞧了瞧那張單子，是「體育課健康調查表」，當學生有疾病或受傷時，可以填寫這張單子，告知體育老師上課時要注意什麼，避免學生在體育課中引起不適症狀。

「妳的腦部還有血塊吧？」

我詫異地抬起頭，看著白尙桓略帶不耐煩的臉。

「妳媽媽聯絡老師，說妳的腦部有血塊，三個月內不能做劇烈運動，對吧？」他清冷的嗓音壓下教室裡的喧鬧。

我遲疑了一下才輕輕點頭，同時發現有不少同學正往我這邊瞧。

「妳怎麼不告訴我們這件事？」余浩彥率先搭腔，語氣轉爲溫和。

「對呀，這麼嚴重的事，妳應該要跟我們說啊。」黃湘菱難得附和他的話。

「我不知道那會影響到運動。」我輕聲解釋，垂下視線盯著桌面，「我……不想再提起那場車禍，不希望被當成受害者。」

全班同學都默默望著我，教室裡靜得可以聽見風吹過走廊的聲音。

白尙桓出聲打破沉默：「這表示血塊壓迫到神經，妳要小心點，不要覺得自己給同學們添麻煩，相信大家都會體諒妳的。」

「我明白了，謝謝。」我把單子收進抽屜裡。

因爲白尙桓對大家說明了我的情況，艾婕和阿霖後來也不再嘲笑我了。

午休時間，白尚桓吃完飯便趴在走廊欄杆上，對著一樓的花圃發呆。

我趁機來到他的身邊，輕聲說：「謝謝你昨天在我昏倒時幫了我，早上還替我跟同學解釋。」

「我只是幫老師把單子拿給妳。」白尚桓單手托著下巴，慵懶的嗓音略帶倦意。

「又是聽令行事……」我自討沒趣，轉身想走回教室。

「等等。」

我愣了一下，回頭望著他。

「要謝的話，就幫我管好妳前面的同學。」他朝黃湘菱的方向使了個眼色。

「湘菱？」

「她暑輔時得罪了很多同學，妳應該知道是什麼原因吧？」

我抿脣沒有回答，只是移開視線望著藍天，幾道細長的雲絲悠遊在天頂。

「不知道？還是不想講？」

「你覺得她是個破壞班上氣氛的麻煩人物，想把她推給我？」

「沒錯。」白尚桓嘴角輕勾，側身倚靠在欄杆上，「因爲妳和黃湘菱一起從語資班降轉，全班只有妳能了解她的心情，如果妳不想管，那就沒有人會管她了。」

白尚桓的分析一針見血，但我的狀況不比黃湘菱好，能有多餘的心力幫她嗎？

「我盡量。」我輕輕嘆息，無法拒絕他的要求。儘管語資班鬥爭得厲害，但黃湘菱算是我的好朋友，我不能坐視不理。

或許是這個班級的上課氣氛歡樂，感覺一天的時間過得特別快。

放學鐘聲一響，黃湘菱馬上背起書包跑出教室，好像一秒都不想多待。

我把點名簿交到辦公室，正要走出校門時，突然聽見一道熟悉的女聲傳來：「數資班有個男生喜歡瑛琪耶。」

「那她喜歡那個男生嗎？」另一道更熟悉的男聲接話。

「瑛琪的眼光很高，我看對方的外型不優，瑛琪應該是看不上他。」

我循著聲音傳來的方向望去，就見何秉勛牽著吳芯羽的手站在校門邊，兩人笑臉相對。

何秉勛同時發現了我，臉上的笑容明顯僵了一下。

「可珣，妳要回家了呀？」吳芯羽緊緊挽住何秉勛的手臂，像是在對我宣示所有權。

我抿脣不想回話，心頭隱隱抽痛起來。

「妳在新班級還習慣嗎？」何秉勛眼底藏著一絲牽掛。

「我說過，不需要你們的關心。」我冷冷拒絕他的關懷。

「湘菱說九班是全年級最吵的班級，上課都不能專心，如果妳需要語資班的筆記，我可以借給妳影印喔。」吳芯羽笑笑地表示。

妳是故意踩我的雷點嗎？

一股怒火在心頭肆虐，恰巧瞥見白尚桓走出糾察準備室，我脣角勾起壞笑：「芯羽，妳的筆記還是留著教妳男友吧，我隔壁剛好坐著白尚桓，校排第三名的筆記應該比第四名的好。」

吳芯羽的臉色倏地刷白，一絲報復的快感掠過心頭。終於被我戳到她的痛處了！

眼見機不可失，我跑去將白尚桓拉到吳芯羽面前，乘勝追擊：「白尚桓，芯羽拿你當學習目標呢！你不要一直占著全校第三名的位子，偶而也讓讓她嘛，不然她連續幾次段考都是第四名，壓力超大的！」

「妳在開玩笑嗎？」白尚桓眉頭微攢的看著我。

「我是說眞的，芯羽只要考進前三名，她爸媽就會給她獎學金。你讓她少拿了很多零用錢，就偶而讓她一次嘛。」我露出祈求的眼神，天眞地期望他能點頭附和我的話，好藉此保留一點尊嚴。

「那不關我的事。」白尚桓毫不留情地拒絕。

吳芯羽聽了，微微一笑，那笑容粉碎了我僅存的最後一絲自尊。

「你們兩個……感情很好嗎？」何秉勛的眼神帶點猜疑，在我和白尚桓之間流轉。

「還不錯。」白尚桓居然點頭，「在處理班務上，合作無間。」

「你在追可珣嗎？」

「她？」白尚桓側頭睨著我，「沒興趣。」

吳芯羽偷偷抿笑，接著露出楚楚可憐的神情，像是被我欺負了一樣，以手肘推了推何秉勛。

何秉勛被她這麼一暗示，立刻嚴肅地看向我，語氣滿帶苛責：「可珣，妳剛才那樣嘲笑人是不對的，學校裡應該不只芯羽把成績好的白尚桓當做目標，就像籃球賽一樣，有對手才能鼓足幹勁去努力，直到超越對方，不是嗎？」

他的眼神猶如一把利刃，刹那間將我四分五裂，心口痛得厲害。

「白尙桓，我會繼續加油，總有一天贏過你。」吳芯羽很有風度地宣戰。

「隨便。」白尙桓一臉漫不在意。

「走吧！我們去圖書館。」吳芯羽溫柔地挽住何秉勛的手臂。

目送兩人的背影遠去，我彷彿被全世界遺棄，羞慚和悲傷如海潮般襲來。

「姚可珣，這是妳的私事，不要把我捲入麻煩裡。」白尙桓的嗓音很冷，猶如含著寒冰。

「我被嫉妒淹沒的嘴臉很醜吧？」我忍不住哽咽，難堪得無地自容。

白尙桓薄脣抿成一直線，以沉默代替回答。

「對不起，我不該利用你。」我旋身走出校門，淚水模糊了視線。

不只是白尙桓覺得難看，連我都討厭內心充滿惡意的自己。

可是老天爺眞不公平，爲什麼我只是起了一個小惡念就立刻遭到報應，在人前落得這麼狼狽的下場，但是吳芯羽介入別人的感情，卻連一點譴責都沒有？

不公平！

風暴般的忿怒襲捲我的心，突然，一道腳步聲從後面追來，記名板又輕輕被拍上我的頭頂，壓下我已達崩潰臨界點的情緒。

「姚可珣，我問妳。」

我暗自握拳，緊咬下脣忍住滿腔的怒火，不明白他想幹麼。

「妳是吃飽太閒？還是太無聊？」白尙桓的口氣略帶不耐煩，「妳剛從鬼門關前撿回一條命，難道妳的人生沒有別的事情，是比跟別人鬥爭來得更有意義的嗎？」

白尙桓的話像一道雷，劈斷了我的思緒，方才鋪天蓋地的忿恨瞬間消散無蹤。

「如果妳找不到事做，那我來幫妳。」白尙桓繞到我的面前，往我的手裡塞了張紙，「妳回家設計一張〈糾察隊守則〉，不准用細明體，版面不能太單調，明天交給我。」

語畢，白尙桓冷然轉身走向山下，將我撇在後頭。

我眨眨眼回過神，低頭看著手中那張從筆記本撕下的橫格紙，上頭草草寫了一些條例。

我呆愣了半天……噢！白尙桓這個大混仙！虧他剛才那一席話講得冠冕堂皇，讓我聽了心裡充滿感觸，沒想到他只是假借此事，行雜事推給別人之實！

這天晚上，我坐在電腦前，將白尙桓手寫的糾察隊守則用WORD排版，再加了一些邊框和貼圖。

「細明體眞可憐，竟然被他嫌棄了。」我忍不住莞爾，將字體改成正黑體。

隔天來到學校，我才剛走進校門，立刻被某人的記名板攔下。

「我昨天交待妳的事做了嗎？」白尙桓面無表情地問道。

「做了！大混仙。」我從書包裡掏出設計過的〈糾察隊守則〉，用力拍上他的胸膛。

「大混仙？」白尙桓不解地皺起眉頭，伸手接過那張紙，「謝了。另外還有班級生活公約，明天做好交給我。」

「知道啦。」我撥開擋路的記名板走向教學大樓。

經過一夜的心情沉澱，發覺白尙桓昨天說的話還挺有道理的。

我很幸運地被救回性命，應該要有一點不同於別人的人生領悟。

逛個街、喝杯珍珠奶茶、吃塊小蛋糕……隨便一件小事，都比花在和吳芯羽鬥爭來得更有意義。

我要學著無視吳芯羽對我的挑釁。

第四章　萬年第三名的怪物

雖然對吳芯羽的行爲釋懷了，可是擺在眼前的難題，還有跟班上同學處不好的這件事，以致於我連續幾天都不太想去上學。

諷刺的是，像我這種從小到大都是乖乖牌的學生，養成的性格就是一板一眼照著規矩走，除了失戀那回打擊太大，否則我連蹺課的膽量都沒有，每天時間一到就自動出門上學。

同樣適應不良的還有黃湘菱，她每天將自己與班上同學隔離開，一下課就悶頭讀自己的書，完全不跟同學互動。

同學們早在暑輔時就分成了好幾個小團體，獨剩我和黃湘菱的座位彷彿兩座孤島，籠罩著陰霾的氣氛。

吃完午飯，黃湘菱又擺了一張高瑛琪的數學考卷在我桌上。

「可珣，這題數學妳會算嗎？」她指著其中一道題目，語氣聽起來悶悶的。「昨天瑛琪有講解給我聽，可是我聽了三遍還是聽不懂，就不敢再問了……」

以前在語資班，黃湘菱經常找人一起討論功課，大家考不好的時候也會相互取暖，但現在我擔心那樣的「溫暖」，在高瑛琪的耐性被磨光後可能會變調。

「我算算看。」我接過考卷，想起白尚桓要我管管她的事。「湘菱，妳爲什麼要把自己逼得那麼緊？」

黃湘菱神情黯然地解釋：「我哥和我姊都是國立大學的學生，連帶著爸媽對我的期望也很高。可是上高中後課業變得好難，不管我再怎麼努力，都沒辦法考得跟他們一樣好，這次被語資班踢出來，我被爸媽罵得很慘。」

「我也是，我媽也狠狠罵了我一頓。」

「我……很怕自己在這個班裡又墊底，同學們會覺得我的功課就是這麼爛，才會被踢出語資班。」

反之，如果可以考得高分一點，大家可能會覺得是資優班的標準太高。

就像我面對吳芯羽的時候一樣，我們都很怕再丟臉，想保住自己最後一絲尊嚴。

或許有人認為被資優班踢出來沒什麼大不了，是我跟黃湘菱太愛面子，是我們從小到大沒經歷過什麼挫敗，所以一有不順就陷入人生低潮裡。

但是身為孩子、身為學生，我們聽從父母及師長的話，努力讀書、遵守規矩，所以比較少遭遇挫折，難道乖巧聽話錯了嗎？

「湘菱，對不起。」我滿面抱歉地擱下筆，「這題我也不會解，妳要不要去辦公室問老師？」

「我不想去辦公室，怕遇到語資班的班導。」黃湘菱的眼神充滿落寞。

我聽了鼻頭微微一酸，每次拿點名簿去辦公室時，我也很怕跟先前的班導對上眼。

以前考不好的時候，班導總說是我們拉低了語資班的平均成績，現在我們被踢出來了，平均成績提高了，班導應該很開心吧。

「艾婕，生日快樂！」

突來的祝賀聲打斷了我的思緒，一群不知道是哪班的學生突然捧著蛋糕走進教室，將坐在座位上的艾婕團團圍住。

「謝謝你們，我好感動！」艾婕驚喜地接過大家的禮物。

眾人唱完生日快樂歌，艾婕吹熄蠟燭後拆開禮物，裡頭是個韓國偶像明星的大抱枕。

「哇！是我老公耶！」艾婕興奮地抱住抱枕狂吻，場面相當歡樂。

「吵死了，都不會考量到別人……」黃湘菱不悅地皺眉。

我連忙壓住她的手，輕輕搖頭，阻止她的抱怨。

黃湘菱煩躁地抽回考卷，動作引來同學們的側目，艾婕和她的朋友都停下動作瞪著我們，靜了幾秒後才又再度鬧開，甚至比剛才更加吵鬧。

「艾婕，生日快樂。」余浩彥跟班上同學也合買了一個小背包送艾婕。

「謝謝。對了，」艾婕突然拉住他，「你可不可以幫我做教室布置？」

「好啊！」余浩彥爽快地點頭。

「我也要、我也要！」阿霖舉著手又叫又跳。

「要就來呀，一起編進我的後宮布置名單裡。」艾婕拋了一記飛吻給他。

阿霖立刻拉長脖子學狼嚎，將全班同學逗得哈哈大笑。

眼看又有兩、三位同學自動加入布置教室的行列，讓我有一種被打臉的感覺。想不到艾婕的人緣這麼好，隨便出個聲就有一堆人搶著幫她。

回想自己開學時的自我介紹，當時我說不想再畫圖，結果這個班根本不需要我，是我高估了自己的分量。

我暗暗嘆了一口氣，不知道自己在這個世界上還存有什麼價值？

「聽說嘆氣會把好運給嘆光。」白尚桓的聲音淡淡傳來。

我側頭看著他，那注視著我的眼神十分清亮，彷彿可以看透我的心思。

瞥見他左手握著一支筆刀在割便條紙，我震驚了下，比起一般的美工刀，筆頭嵌著銳利刀尖的筆刀可以雕刻出更細緻的圖樣。

「怎麼了嗎？」白尚桓順著我的目光看了看手上的筆刀。

「你該不會……」我嚥了一口口水，「喜歡雕橡皮擦印章吧？」

「那是什麼？」他一臉茫然。

「就是用筆刀在橡皮擦上雕刻出圖形。」

「我又不是小學生，幹麼亂割橡皮擦？」

「所以你沒雕過？」我向他確認。

「沒興趣。」

瞧他連橡皮擦印章是什麼都不知道，應該是眞的沒雕過，我忍不住敲了敲自己的頭，阻止自己胡思亂想。

白尚桓似乎覺得我的舉動很奇怪，側頭又瞄了我一眼才把視線移到窗外。

陽光灑落在他好看的側臉上，看起來像是閃著金色光芒。

除了班務上的交集，白尚桓很少跟我說話，確實對我一點興趣都沒有，而我對他也沒有任何心動感，我們目前成爲情侶的機率是零。

希望這機率永遠是零。

3

康叔叔終於回國了，媽媽跟他約了星期日晚上一起用餐。

幾天前媽媽就已經訂好餐廳，爲了這次的會面，她甚至連續吃了半個多月的生菜沙拉進行減重，見面當天還特別盛裝打扮，好像要去相親一樣。

媽媽開車載著我來到一間飯店，我們搭電梯抵達三十三樓，走進一家觀景餐廳。

餐廳的裝潢很時尚，四周全是落地玻璃，可以看到周圍的高樓大廈和底下車潮川流的街道，室內昏黃的燈光，加上窗邊點綴了許多小燈，彷彿置身在星空下，氣氛非常浪漫。

服務生領著我們來到一處靠窗座位，我拉開內側的椅子坐下，發現附近幾桌都是情侶。

「媽，這家餐廳好像比較適合情侶約會。」我小聲評論，感覺燈光明亮的餐廳比較適合老同學相見。

「我沒有來過，是同事推薦的，說可以看到漂亮的夜景。」媽媽聽我這麼一說，頓時覺得有些糗，臉上閃過一絲尷尬。

不過既然已經訂位了，也只能放寬心的享用美食。

窗外的天色漸漸暗下，路燈陸續亮起，襯得夜色好美。

沒多久，服務生領著一位先生走來，他身穿合身的西裝，看起來風度翩翩。

「康敬堯，好久不見！你變得比以前更帥氣了。」媽媽起身向他寒暄。

「妳也變得比以前漂亮了。」康叔叔拉開媽媽對面的椅子坐下，「我剛剛遠遠走來，還以爲這桌坐著兩個美少女高中生。」

唉，大人間的恭維聽起來總是有點噁心。

媽媽示意服務生可以上餐後，轉頭對我說：「可珣，叫康叔叔。」

「康叔叔好。」我拿出紙袋遞給他，裡面裝著西裝外套，「謝謝你當時借外套給我保暖。」

「這是我應該做的，幸好妳安然無事。」康叔叔露出和煦的微笑，「妳記不記得我們曾經在妳學校的走廊上見過？」

「記得。」

「妳長得跟妳媽媽好像，她當時是我們班的班花，也是班聯會的司儀，很多男生追她喔。」

聞言，我訝異地轉頭看著媽媽，大概是離婚又獨自撫養孩子，生活壓力很大，在我印象中，媽媽一直是拘謹又嚴肅的，從沒想過她在高中時期會是學校裡的風雲人物。

「亂講！班聯會主席就是你，你才是很多人追的那個。」媽媽露出羞澀的笑容。

我再度感到意外，第一次看到媽媽露出那樣的表情，像個十八歲的少女一樣。

餐點陸續上桌，我拿起刀叉開始享用美食，一邊聽著兩人閒聊近況，完全插不上嘴。

「因爲工作非常忙碌，我還滿晚婚的，太太是我在加拿大留學時的同學。」康叔叔聊起他這幾年的狀況。

「你有寄喜帖到我家，但剛好那天我要出差，就沒出席了。」媽媽雖然有在用餐，但是吃得很少。

「當時來了很多高中同學，大家順便開了場同學會。」康叔叔笑道。

「沒能參加眞的好可惜……」

我喝了一口濃湯，覷了媽媽一眼，她的臉上並沒有惋惜之色。面對初戀的婚禮，加上自己又離了婚，現場還來了那麼多老同學，我想媽媽應該是故意不去的。

「你孩子現在多大了？」媽媽又問。

「我們沒有孩子。婚後一年我太太懷孕，可惜寶寶因爲臍帶繞頸而胎死腹中。」康叔叔輕輕嘆氣，「我太太非常難過自責，心理狀態一直不穩，沒能再懷孕。」

「你一定很傷心吧……」

「嗯……不過我已經看開了，有沒有孩子都無所謂。妳呢？這幾年妳過得好嗎？」康叔叔轉而關心媽媽的近況。

「就我們母女倆，生活過得很簡單。」媽媽笑了笑，不想提及過往。

康叔叔非常貼心，只是微笑沒再追問。

接下來的用餐時間，媽媽和康叔叔都在聊高中的事，兩人愈聊愈熱絡，我被他們晾在旁邊，只能傻笑、吃東西和欣賞窗外的夜景。

聽著他們聊起往事，還有那剛對上眼便馬上移開眼神的模樣，明眼人都能看得出他們當年是互有好感，可能那個年代比較保守，加上畢業後分隔兩地，迫使兩人只能把情意深深地埋在心底。

似乎察覺我坐在一旁很無聊，康叔叔忽然轉頭看著我，笑問：「對了，那個男生是妳的同學嗎？」

「哪個男生？」我困惑地放下叉子，不明白他在說誰。

「妳車禍時幫妳做CPR的那個男生。」

「C……PR？」

「你誤會了，是一位教官幫可珣做心臟按摩，救回可珣的。」媽媽笑笑地說明。

「不對喔。」康叔叔露出意外的神情，「那天我的確看到有個男生手忙腳亂地在幫妳做CPR，我立刻下車過去幫忙，教官隨後也趕了過來。後來才像妳們說的一樣，教官接手替妳做心臟按摩，妳恢復了呼吸和心跳。」

我聞言一愣，僵硬地轉頭看向媽媽，媽媽也錯愕看著我，顯然對這件事不知情。

「那個CPR……」我垂下眼簾，有點難以啓齒，「有包含……口對口……」

「那只是種急救方式。」像是明白我的心思，康叔叔急速地打斷我的話。

那就是有嘍！

我把手肘撐在桌上，低下頭以指尖按著額頭，覺得自己糗到了極點。

「那個男生長什麼模樣？」媽媽的聲音聽來似是在忍耐笑意。

「外表挺斯文的，教官喊他白什麼……」康叔叔想了一下，「妳有同學姓白嗎？」

有，白尙桓！那天他目擊了事故現場，應該是跟著追過去了。

「咦！」媽媽突地想起什麼，「我記得學校來人探望可珣時，那位班長就是姓白。」

這下我頭垂得更低了，將臉深埋在掌心裡，如果可以，我想整個人埋進地心裡。

假如是像《惡作劇之吻》，兩人在走廊轉角因爲相撞而接吻，日後回憶起來應該是挺浪漫的。但是CPR……那情景一點都不美好，怎麼想都只有滿滿的難爲情。

「既然班長也有幫忙急救，爲什麼教官沒告訴我們？」媽媽提出疑問。

「可能是班長要求的。」康叔叔猜測著。

「爲什麼？」

「換做是高中時期的我，我也會選擇隱瞞，怕以後在學校裡遇見可珣會尷尬，或變成其他同學討論的八卦話題。」

「可珣不要太介意。」媽媽安慰般拍拍我的肩頭，「就像康叔叔說的，那只是急救方式。」

「總比讓教官或司機幫妳CPR好吧？」康叔叔居然開我玩笑。

「那太可怕了！」我抬頭扁嘴，不敢想像那畫面。「哎呀，你們聊你們的，不要討論我的事啦！」

「好、好，不講。」

「吃飯吃飯。」

康叔叔和媽媽相視一笑，我這才發現自己鬧彆扭的模樣，就像在跟父母撒嬌。

「話說回來……」康叔叔斂起笑臉，語氣轉爲正經，「雖然班長可能不想被妳知道這件事，但是日後如果有機會，我還是希望妳能夠跟他道謝。」

「爲什麼？」我不解地問。

「因爲他很努力的在救妳。即使學校教過CPR，但是要我實際操作救人，應該還是有難度的。」

「我也是，要是做不好，反而會害死對方，倒不如不要插手。」媽媽同感附和。

「但是那位班長很勇敢，嘴裡背著急救步驟替妳急救，雖然試了幾次沒有成功，但他沒有放棄救妳，直到教官接手將妳救回，他才虛脫似的癱坐在地上發愣。」康叔叔詳細敘述當時的情況，「那種面對生命逐漸消失，自己卻束手無策的心情，是非常痛苦和煎熬的。」

「我可以理解。」因爲在那一場夢裡，白尚桓就是死在我的面前，想救都救不回來。

「我會找機會跟班長說謝謝的。」

康叔叔溫和地笑了笑，我有些難爲情的別開臉望著窗外，發現自己對他的想法跟夢裡不同。我無法討厭康叔叔，甚至覺得他是一個溫柔又細心的人，能當他的女兒一定很幸福，只可惜……那個胎死腹中的孩子沒有福分。

席間，康叔叔藉故要打電話，將今晚的帳單給結了，讓媽媽感到不好意思。出了餐廳，我們一起走向電梯口，準備搭電梯到地下停車場。

「康叔叔是不是標中我們學校的工程了？」我忍不住探問，想知道競標的結果。

「沒有，被另一家營造商以低價搶標了。」康叔叔搖頭回答。

「被搶走了？」我聽了心裡滿是震驚，沒想到那件工程竟然不是康叔叔的。

「那家營造商的風評好嗎？」媽媽接著詢問。

「不太好呢，他們常常用不合理的低價搶別人的生意。」

「這樣會不會因爲沒有利潤可圖，做出偷工減料的事？」

「以前是有出過一些工安問題……」康叔叔無奈地搖頭。

「叔叔可以把案子搶回來嗎？」我焦急問道。

「不行，聽說合約都簽好了，月底就要動工了。」

「學校怎麼可以貪便宜，不選好一點的廠商？」

「學校有經費上的考量，況且對方的投標程序也沒問題。」康叔叔耐心地一一回應。

「可珣怎麼那麼關心學校的工程？」媽媽好奇地問我。

「是我的學校，當然要關心一下。」我隨便掰了個理由。

電梯抵達地下停車場，康叔叔跟媽媽互道再見後，各自走向自己的轎車。

兩台車停得不遠，我看見康叔叔開的是一台黑色賓士，並不是白色的BMW。

回家的路上，媽媽不發一語地開著車，眼神看起來有點落寞。

「媽，妳怎麼了？」我關心問道。

「我沒事。」

「媽……對康叔叔還有感覺嗎？」

媽媽抿抿唇沒有回話，像是默認。

「媽，康叔叔已經結婚了，妳千萬不能做出傻事。」我不得不出聲提醒，即使知道媽媽此刻的情緒很低落。

「媽媽配不上他，絕不會破壞他的家庭，妳放心。」媽媽的語氣堅定。

那句話擰痛了我的心，媽媽一直都很堅強獨立，不曾說出這麼自卑的話。

我當然希望媽媽能夠找到一個幸福的歸宿，也明白康叔叔的條件不錯，只可惜他已婚。

不管怎樣，我必須阻止他們有更進一步的發展。

講臺上，數學老師正在黑板寫下公式。

臺下有同學將手機擺在抽屜裡，時而伸手進去點一下螢幕，似乎在偷偷打遊戲；阿霖對著隔壁女生擠眉弄眼，逗得四周的同學不斷憋笑；艾婕則拿出髮捲將劉海捲起來，上課中不忘愛美。

彷彿被語資班設了框架，看到這麼散漫的上課態度，我也不自覺緊張起來，擔心自己習慣這樣的學習環境後會跟著放鬆，難怪黃湘菱至今不敢鬆懈，一下課便抱著課本猛念。

「橡皮擦借我。」

左邊的桌角被白尚桓以指節輕敲一聲，我渾身緊繃，雙眼盯著黑板，將橡皮擦直直遞向他。

白尚桓伸手接過橡皮擦，似乎覺得我的行徑古怪，竟然探頭打量我，我連忙把臉轉開。

雖然CRP是急救的一環，但要我不介意還是很難，偏偏他的座位就在我旁邊，想躲都躲不掉。

他怎麼有辦法泰然自若地面對我，一點都不尷尬呢？

下課後，白尚桓起身走到我身旁，一手壓在我的椅背上，另一手撐著桌面，彎下腰凝視著我。

「你幹麼？」我被他的舉動嚇了一跳，身體向後緊貼在椅背上。

「妳很奇怪，這幾天好像都不敢看我？」他微微瞇眼，想從我的表情探出什麼。

「沒、沒有啊。」我別開眼神。

「妳的視線又往旁邊飄了。」

我努力拉回視線定在他的臉上，一團熱氣又悄悄浮上臉頰。

「妳爲什麼臉紅？」他傾身向前，五官倏地在我眼前放大。

「因爲你太近了。」我伸指輕輕戳開他的臉，「你沒事不要鬧我啦。」

「有事。」他把頭轉回來，「妳英檢的報名費收齊了嗎？」

「報名費不見了。」說到那筆錢我就來氣。

「妳說謊。」

「煩耶，拿去啦！」我沒好氣地從口袋裡掏出小錢包，連同報名單一起塞給他。

「謝了。」

「你不怕我真的掉錢？」

「掉了是妳要賠，我有什麼好怕的？」他脣角勾起一抹弧度。

「你……」這個大混蛋，「我跟你講眞的，下次我不會再幫你收錢了。」保管錢的責任重大，還要像討債一樣到處提醒同學繳費，沒有人喜歡蹚這種渾水。

「下次再說。」白尙桓回到座位上清點報名費。

「可珣，」黃湘菱轉過身來，「妳開這種玩笑很差勁耶。」

「什麼？」

「在班上掉錢，等於全班同學都有偷東西的嫌疑。」

「抱歉，我沒那個意思。」

黃湘菱的眼神帶著一點委屈，欲言又止，回過頭繼續念她的書。

她的模樣看起來有點奇怪，況且剛才那句明明就是玩笑話，怎麼她聽了反應那麼大？

更奇怪的是，平常放學後，黃湘菱總是不願意在教室裡多待一秒，但今天她收書包的動作卻變得慢吞吞。

「湘菱，妳要去找瑛琪嗎？」我關心問著。

「今天不去……我有點事……」黃湘菱支支吾吾地回答。

「妳跟瑛琪吵架了？」

「沒有沒有，我只是想起有件事要辦。」她迅速將椅子靠上，背起書包奪門而出，彷彿怕我再繼續追問下去。

「她在發什麼神經？」余浩彥疑惑地看著教室門口。

「不曉得。」我聳了聳肩，「你好像很在意湘菱？」

「不是在意，不過看到她讓我想起以前的自己。」余浩彥連忙搖手撇清，「其實我跟阿桓國中時也是資優班的學生，當時的班導實施『小敵人』政策，每個同學都要設定一個敵人，兩兩比較成績。」

「老師這樣做根本是在搞分化。」我不禁訝然。

「每當我考輸小敵人的時候，都會覺得自己好像犯了一件很嚴重的錯，難過到吃不下飯。搞到最後，同學都變得自私自利，向心力爛到爆，大家都只顧著念書不想做事，做事的永遠都是那少數幾個人，做不好還會被沒做事的人罵，因此上高中後，我跟阿桓才不想再進資優班。」

「我國中也是資優班，不過我們班上的感情還不錯。」話雖如此，但我就讀的國中算是偏鄉學校，同學們的個性樸實，不像市區學校的學生競爭心強烈。

「因爲待過資優班，我明白被踢出來是會不甘心的。就像被降轉到隔壁班的數資班男生，他很怕被別人看不起，才會刻意抬高身段藉此掩飾挫敗的自卑，而黃湘菱則是排斥接受現實。」

「那我呢？」我反問。

「妳是直接擺爛，全盤否定自己。」余浩彥說得毫不委婉。

「對！」我忍不住笑了，「我現在做任何事都提不起勁，覺得自己很糟糕。」

「這其中應該也包含失戀的打擊吧？」

我抿抿脣，沒有否認。

「不管怎樣，希望妳們不要放棄自己。」他朝我擺擺手，道了聲再見便走出教室。

我發了一會兒的呆，隨後下樓將點名簿交到辦公室，出來時發現小花趴在花臺上晒太陽。

「小花的傷好了嗎？」我彎下身，伸手探看牠的傷口。

小花睜開眼睛發現是我，馬上翹起屁股伸了一個大懶腰，再用貓掌輕輕搔著我的手背。

我翻開書包拿出貓咪零食，抽出一條鮪魚絲餵牠，喃喃解釋：「小花，體育館是何秉勛的地盤，我不想再見到他，分手後就沒再去那裡了。」

小花朝我喵嗚一聲，像是在安慰我。

「妳眞的很喜歡貓。」白尙桓清冷的嗓音傳來。

「貓咪很可愛呀，撒嬌時很溫柔，不像狗狗那麼躁動。」我低著頭說。

「會想養嗎？」

「很想養，但我媽媽對貓毛過敏。」

「嗯。」白尙桓頓了下，「妳跟我來。」

「做什麼？」我仰頭，不解地望著他。

「來就對了。」語畢，白尙桓逕自走向校門，我遲疑了一下才抓起書包跟上去。

出了校門，我和白尙桓並肩走在下山的道路上。

「白尙桓，你的成績那麼好，是有什麼念書的訣竅嗎？」我一直對他的讀書方法感到好奇。

「其實……」他輕皺眉頭，有點難以啓齒地說：「我很討厭念書。」

「討厭？」

「非常討厭。」

「眞的嗎？」

「眞的，我沒有騙妳，我很討厭念書。」

「可是你的功課那麼好……」我被他的回答搞混了。

「就是因爲討厭念書，回家後不想再翻開課本，所以我上課時都很認眞聽課，不懂的就趕快搞懂，這樣回家後才可以不用看書。」他再次強調。

「你只有上課聽講，回家都不看書？」我瞠大雙眼，覺得不可思議。

「對，可是我真的非常認真在聽課。」他加重語氣，好像「非常認真聽課」這點，耗盡了他一百倍的力氣，並不是件輕鬆的事。

「你是天才嗎？」我訝異不已。

「我真的不是天才。」他露出無奈的眼神，似乎很多人問過他這個問題。

「你該不會從國小到高中，考過最多的名次就是第三名吧？」

「妳答對了。」他微微挑眉。

「如果你回家再多讀一點書，一定可以考全校第一名。」

「可是我真的很、討、厭念書。」他不只加重咬字，口氣還略帶嫌惡。

「你一定不能體會有念書卻考不好的感覺。」我不禁感嘆起來。

「妳能體會美術成績不好的感受嗎？」

「美術？」我錯愕地看著他。

「美術是我的噩夢。」白尚桓的眉頭糾結成一團，「我小學一年級的時候，只要隔天是美勞課，當晚都會哭鬧著不想去上學；二、三年級時，面對圖畫紙卻一筆也畫不出來，好幾次我都在課堂上崩潰大叫。」

我不敢置信，那情景光是用想像的都引人發笑。「可是比起美術，我寧願成績好一點。」

「我比較羨慕擁有才華的人。」

「明明會讀書比較好。」我聽了很不是滋味。

「我懶得跟妳辯。」他冷冷瞪我一眼。

來到三岔路口，我想起CPR的事，不禁感到尷尬。我偷偷覷了眼白尚桓，見他只是面無表情地瞥了草坪一眼，便加快腳步直接穿馬路。

「喂！」我跑上前拉住他的書包背帶，「你過馬路都不看車的嗎？」

「學校後門沒什麼車。」他回頭看著我。

「可是……」腦海裡倏地閃過那場夢境，我想起白尚桓就是停下腳步看左右來車才會被撞到……「對、對，你說的對，應該直接過馬路，不要停。」我邊說邊加快腳步穿越馬路。

「妳眞的很奇怪。」他隨後跟來。

「我哪裡奇怪？」我不解。

「妳有時會用一種有點害怕，又有點哀傷的眼神看我。」

「我、我只是心情不好而已。」

「哼。」他嘴角勾起一抹質疑的冷笑，「算了，我也不想知道原因。」

到了商店街，白尚桓帶著我來到寵物店門口。

「妳等我一下。」他推門進去。

我站在玻璃櫥窗前，看著小狗小貓在籠子裡玩耍，好療癒的畫面啊。

隔了一會兒，白尚桓走出店面，將手裡的三包貓咪零食試吃包遞給我。

「謝謝。」我受寵若驚地伸手接住，「爲什麼你可以拿到試吃包？」

「我大戶嘛。」

「你在這裡花了多少錢？」

「上百萬吧。」

「別開玩笑了。」我壓根不信，再看向櫥窗，「那裡原本有一隻黃色加菲貓，今天卻不在了。」

「小加昨天晚上被人領養了。」白尙桓走到店家的信箱前面，抽出裡面的兩封信。

「你怎麼知道？」

「妳眞是遲頓。」

看著他翻閱寵物店的信件，我心裡納悶，一般人不會亂看別人家的信，除非……

「這裡是你家？」我大吃一驚。

「妳終於開竅了。」他輕輕笑了，淡漠的氣質柔和了幾分。

「那上次你提了一整籃的貓咪零食……」

「我在補貨。」

「可是我之前來都沒看過你。」

「我只有員工請假時才下來幫忙，又不是天天待在店裡。」他沒好氣地說。

「你家離學校好近，而且是可愛的寵物店耶。」我的語氣盡是羨慕。

「因爲學校離家很近，我才會讀這所學校。」他淡淡解釋。

「不然你原本可以念哪裡？」

「我會考滿級分。」

「超級打擊……」我沮喪垂頭。

「可是因爲住得近被選爲糾察隊，我每天還是要很早起。」他的眼神又轉爲無奈。

「再怎麼早也沒有我早，我每天都五點半起床。」

「為什麼不讀近一點的學校？」

「因為新苑高中是排名前三的學校，我媽媽希望我讀好的高中，將來考上好大學……」

話未完，我的視線突然被兩道人影緊緊攫住。

就見何秉勛和吳芯羽從超商走出來，兩人拿著一支霜淇淋，你一口我一口互餵著，說說笑笑地走向公車站。期間，何秉勛一直摟著吳芯羽，她則依偎在他的懷裡，無視街上路人的眼光。

因為事發得突然，我完全沒有任何心裡準備，乍見他們高調放閃的情景，整顆心無法控制地墜入深深的鬱悶裡。

「麻煩死了。」白尚桓一臉不耐煩地拉過我的手，轉身走進寵物店。

頂著櫃臺小姐好奇的目光，我愣愣穿過中央貨架區，來到最裡側。

「坐下。」他冷然命令，按住我的雙肩，將我壓坐在一張小椅子上。

「你帶我來這裡幹麼？」我看見面前擺了三個紙箱，心裡納悶。

「打價標。」白尚桓往我手裡塞了一台打標機。

「我為什麼要幫你打價標？」我傻眼不已。

「因為妳很閒嘛，我就找點有意義的事讓妳做。」他沒好氣。

「打價標是很有意義的事？」

「對我來說是。」

「我怎麼覺得你只是把工作推給我做？」我一臉不屑地斜睨他。

「不要抱怨，趕快做。」白尚桓輕蹙眉頭端起冷臉，瞬間散發出糾察隊長的凜然氣勢。

因爲店裡還有其他客人，我又不喜歡在公眾場合跟人起爭執，只好默默嚥下各種埋怨。白尙桓將我和他的書包疊到置物架上，教我如何使用打標機，之後便拿起美工刀割開封箱膠帶，打開紙箱，露出裡面滿滿的寵物罐頭。

他拿起訂購單一邊點貨，一邊指示罐頭的價格，我連忙拿著打標機在每個罐頭底部打上價標。剛開始我被他使喚得莫名其妙，但是打著打著，反倒漸漸覺得有趣，甚至還研究起罐頭的口味。

標完三大箱的寵物罐頭和零食後，白尙桓又命令我將標價商品裝進籃子裡，接著一人提一籃開始補貨。

因爲初次接觸這項工作，感覺還挺新鮮的，就連被何秉勛和吳芯羽打亂的心情，也在不知不覺中沉澱。

離開寵物店的時候，天色早已暗了。

白尙桓陪著我在公車站等車，我回想剛才發生的一切，忍不住問：「白尙桓，你是利用工作想轉移我被那兩人擾亂的心情嗎？」

「不是，我只是很討厭補貨，想拖個人下水幫忙。」白尙桓否認。

「你不是說打價標是很有意義的事？」

「可以讓我省去麻煩，就是最有意義的事。」

「你眞是大混仙耶！」我翻了個大白眼，頓了下，語氣又轉爲低落，「剛才……我眞的很震驚，因爲何秉勛跟我在一起的時候，從來沒有像對吳芯羽那般熱情，跟我相比，他一定比較喜歡吳芯羽，才會不顧別人的目光在大街上跟她摟抱。」

「我問妳。」白尚桓轉身面對我，一臉煩躁卻又不得不講的模樣，「愛情有兩種結局，一種是『得到』，一種是『失去』，妳跟何秉勛是哪種結局？」

「失去……」我低頭小聲回答。

「為什麼會失去？」

「因為我不夠好。」

「錯！因為何秉勛不是妳的命定之人，妳當然會失去他。」

「咦？」我抬眼看他。

「而屬於妳的那個人，他在情路上同樣跌跌撞撞的，為的是要與妳相遇，妳會成為他心裡最好的一個女孩。」

我看著白尚桓，一時答不出話來，眼眶逐漸溼潤。

「不要用那種麻煩的表情看我。」白尚桓伸手扣住我的頭，將我幾欲哭出的臉轉開，「不要執著不愛妳的人，更不要覺得自己不夠好，因為別人的一兩句話就否定自己，那才是眞正的笨蛋。」

我輕輕吸了一下鼻子，心底某處被他的話深深觸動了。

公車到站，我跟白尚桓道了聲再見，抬腳跨上公車的階梯。

「姚可珣。」

我回頭望著他。

「謝了！」他右手一揚，朝我輕輕拋了個東西過來。

我連忙伸出雙手接住，還來不及問他什麼，公車便駛離車站了。

隨意找了個位子坐下後，我張開雙手一看，發現那是一包龍蝦口味的貓咪零食，上面還貼了一張便利貼。

「不准偷吃！」

我心裡窘了一下，忍不住噗哧笑了。

剛才補貨有補到這款零食，當時我還喃喃自語說：

「哇！冰島直送的貓咪零食，百分之百新鮮龍蝦肉，吃了會讓貓咪的毛變得柔亮……看起來好好吃喔。」

沒想到這段話居然被白尙桓聽到了。

將零食放進書包裡，我轉頭望著窗外流瀉而過的街景，嘴角不自覺微微翹起。

是啊！我爲了何秉勛和吳芯羽而貶低自己，每天都過得不快樂，值得嗎？

不值得。

因爲我自身的價値，並不是由他們兩人證明的。

回到家，我發現媽媽居然沒有加班，還做了一桌子的菜在等我。

「妳今天怎麼那麼晚回來？」媽媽的表情有點擔心。

「我留下來幫班長處理一些雜事。」我順手把書包擺在沙發上，洗了個手，拿著碗筷在餐桌前坐下。

「白同學？」

「嗯。」

「呵……」媽媽輕輕一笑，「報恩嗎？」

「媽！」我佯怒地瞪她，這才注意到媽媽今天穿得很漂亮，還化了淡妝，不像平時上班的穿著打扮。「妳今天放假嗎？」

「我今天請特休。」

「跟康叔叔出去玩嗎？」我假裝不經意地問，一邊伸長筷子夾菜。

「不是。」媽媽緩緩收起笑容，「他最近很忙……忙著結束臺灣的工作，打算月底去加拿大陪他太太休養，應該會在那裡住一段時間。」

「康叔叔的太太怎麼了？」

「他的太太因為孩子一事，心靈受到很大的創傷，情緒始終不太穩定，今年年初他鼓勵太太出國走走，目前寄住在國外的朋友家。」

「原來如此。」我心裡鬆了一口氣，康叔叔去加拿大陪太太的話，未來跟媽媽的交集應該會更少。「那妳今天穿得那麼漂亮是去哪裡？」

「去……相親。」

「咳咳……」我被飯噎了一下。

「我的經理想介紹個對象給我，先前我已經拒絕過好幾次，但是經理一直很照顧我，這次我實在不好意思再拒絕，就約好今天跟那個對象吃飯。」

「那個人感覺怎樣？」我追問。

「外表看起來很老實，說話很客氣，脾氣好像不錯。他的太太前幾年生病去世了，留下三個孩子，年紀都比妳大。大兒子和大女兒在外地讀大學，小女兒是高三生。」媽媽拿起手機點開一張照片，遞給我。

我連忙放下碗筷接過手機，就見照片中是個穿著休閒裝，身材略微發福、髮際線明顯上移的中年大叔，黑色框眼鏡下是一張圓圓的笑臉，看起來憨厚老實。

不要！

我不要媽媽再婚、不要新的爸爸、不要新的兄姊。

一股強烈的排斥感湧上心頭，但是我已經不是小孩子了，明白不能阻止媽媽尋覓自己的幸福。

「那……媽媽對他的感覺怎樣？」我撐起微笑關心問道。

「還不錯，對方希望我可以給他機會交往看看。」媽媽扯開一抹淡笑，「我已經答應了。」

「喔……」我一時不知道該講什麼，只覺得媽媽的笑容有點逞強，「媽，如果妳不喜歡那個人，千萬不要勉強自己。」

「我知道，妳趕快吃飯，我先去洗澡了。」媽媽起身走向浴室。

看著浴室門關上，我拿起筷子在碗裡撥了幾下，忽然間沒了食慾。

康叔叔即將飛到加拿大陪伴太太散心，媽媽則開始相親，這兩人之間不用我阻止也逐漸偏離夢裡的結局，似乎也沒什麼不好。

草草把飯吃完，我回到房間坐在書桌前，拿出白尚桓送的貓咪零食。

「他以為我會偷吃嗎？」我笑了笑，撕下白尚桓貼的便利貼，腦海又閃過何秉勛和吳芯羽在商店街約會的情景。

哼！聽說有劈腿前科的男生很容易再出軌，說不定何秉勛會跟那場夢一樣，以後搭上一個大胸的學妹……

突然一個想法閃過，我拿起手機搜尋學校網站，下載了一年級新生的編班名單。

柔依。

印象中是這樣發音，但我不確定字面是不是這樣寫，至於她的長相……夢醒後記憶變得很模糊，我只記得她的身材很好。

將新生名單過濾了一遍，結果並沒有找到跟「柔依」二字有相似發音的名字，即使這樣，我的心頭還是懸著一絲無法解釋的不安感。

因爲不能證明那場夢就是預知夢，但也不能證明那場夢不是預知夢……

對了！

乾脆不要再自尋苦惱，不管那場夢境會不會成真，直接把夢裡發生的事都迴避掉吧，總比什麼事都不做來得好，即使最後證明那只是一場普通的夢，對我來說也沒什麼損失。

沒錯，就這麼決定。

接連著兩天，黃湘菱不知道怎麼了，小考全都考得一塌糊塗。

自從被語資班踢出後，我便退出了他們的LINE群組和好友圈，不想再踏入特科大樓，但是坐在黃湘菱的後座，每天看到她沮喪的模樣，實在無法放心。

放學後，艾婕一群人留下來做教室布置。

我決定走一趟語資班，問問他們，黃湘菱在那裡是不是發生了什麼事？

剛踏出教室，我遠遠看見吳芯羽提著一個紙袋走來。

走廊上還逗留了許多學生，發現吳芯羽找來，喧譁的人聲靜了下來，大家都等著看我們的對手戲。

「可珣，幸好妳還沒走。」吳芯羽笑盈盈地迎上來，臉上滿是自信的神采，「星期天我去秉勛家玩，他的爺爺奶奶對我很好，還留我吃午餐……」

「請妳講重點。」我打斷她的炫耀。

「那就不囉唆了，這些東西還妳。」她遞出紙袋。

我遲疑地接過紙袋，打開一看，裡面裝著我送給何秉勛的手工卡片和生日禮物。

「秉勛本來想要丟掉，但我覺得這是妳花心思做的，丟了可惜，因此特地拿來還妳，讓妳自己決定要怎麼處理。」

彷彿又被她打了一巴掌，強烈的疼痛感在我的心頭肆虐。

「秉勛生日時，妳知道我召集籃球隊的隊員和朋友合送他什麼禮物嗎？」

我沉默不答，反正就算回答不想知道，她還是會故意說出來讓我難堪。

「是八千塊的手錶喔！」吳芯羽露出得意的神情，「老實說，當我看到這些手工卡片時，還以爲是哪個小學生送的呢。給妳個衷心的建議，以後送男朋友生日禮物，請送點實用性的東西，因爲男生對卡片無感，要送，就送對方眞正想要的禮物，才能顯現出他在妳心裡的重要性，不是嗎？」

艾婕生日時的盛大陣容倏地閃過腦海，聽說那個韓星抱枕要價千元，我直到現在才體悟到，這就是長大後的現實。

「請問妳一件事。」我的嗓音平靜，並沒有被她激怒，「湘菱去請教瑛琪功課時，是不是發生了什麼事？」

「湘菱？」吳芯羽一愣，似乎沒想到我會這麼冷靜，還有心思關心別人。

「可以告訴我嗎？」

「湘菱放學後都會跑來問瑛琪功課，瑛琪好心教她，可是她的理解力不夠，一道題目需要講解很多遍，瑛琪覺得浪費時間，脾氣一來就罵了她幾句。」

「後來呢？」

「上個星期五吧，班上有人忘了把手機帶回家，等到星期一來學校時，他發現原本在抽屜裡的手機不見了，班導知道後，便找了上週五留在班上的瑛琪和湘菱去問話，可是兩人各說各話，也沒有證據證明手機是她們拿走的，最後班導就定了一條班規：禁止非本班的學生進入語資班。」

難怪黃湘菱會那麼在意掉錢的事，原來是她被當成偷手機的嫌疑犯了。

這種事只要被懷疑過一回，日後往往會被旁人貼上標籤，若班上再有東西掉了，就很容易成爲同學們猜疑的對象。

「我明白了。」我淡淡地看了眼紙袋，感到一陣悲涼，卻還是提振起精神，回應吳芯羽先前的話題：「這些東西退還給我，就代表何秉勛把我喜歡他的心意全部退回來了，我跟他從此就是陌生人，我……徹底輸給妳了。」

吳芯羽錯愕地瞠大眼睛，似乎沒想到我會當眾認輸。

「另外……雖然這件事很荒誕，不過我還是提醒妳，留意『柔依』這個人，不要落得像我這樣的下場。」

「柔依是誰？」

我抿緊唇無法回答。

「妳是不是故意虛擬一個女生，想要離間我和秉勛的感情？」

「反正妳記著就好。」

「哼，我才不會中妳的計。」吳芯羽冷哼一聲，扭頭走向樓梯口。

我瞥了眼教室，艾婕、余浩彥和阿霖全都擠在窗戶邊湊熱鬧，或許是已經習慣在人前丟臉，我默然收回視線，邁開腳步打算回家，突然發現白尙桓斜倚在右前方的走廊欄杆處。

「我很訝異妳會認輸。」白尙桓清澈的眼眸流轉著柔光。

「是你說的，愛情只有兩種結局，得不到就是輸了。」我故作瀟灑地笑了笑，努力保持平常心，想讓自己看起來不會太狼狽，「我不認輸的話，就會一直執著於何秉勛；我認輸，是為了解開他對我的束縛，這樣才能像你說的，啓程去尋找屬於我的命定之人。」

「很難過吧？」他眼神一沉。

「還好，我愈練愈厲害了，現在連眼淚都流不出來。」我調侃自己。

「難過的話，我有兩種處理方式。」

「哪兩種？」

「第一種，是一拳揍下去！」

「你有病呀？」我忍不住失笑，「爲什麼看到女生心情不好，你想到的是揍人？」

「因爲我跟浩彥心情不好的時候，都會互相打個幾下，心情就會好一點。」

「那是男生的做法，女生不喜歡那麼野蠻的方式。」

「那就是第二種了。」

「第二種是什麼？」

「第二種是……」白尚桓朝我走近，輕輕握住我的手臂，我困惑，不明白他想要表達什麼，下一秒，我被他拉入懷裡，「抱緊處理。」

咚！我的心臟狠狠撞擊了胸口一下。

啪！手中紙袋同時落到地上。

「天啊！」

「不會吧！」

「白尚桓喜歡姚可珣嗎？」

「阿桓，喔喔喔！幹得好！」余浩彥興奮的喝采聲從背後傳來。

驚呼聲自四面八方湧來，連我自己都被嚇傻了，一時不知如何反應。

白尚桓以雙臂環著我的肩頭，在這情感最受傷的時刻，我覺得自己好像被人溫柔呵護著，滿腹的委屈湧上心頭，鼻尖瞬間泛起一股酸意，眼眶也逐漸變得溼潤。

「白……」我回過神想要推開他。

「走。」白尚桓一手拎起地上的紙袋，一手握住我的手腕，拉著我穿過圍觀的人群。

「喔喔，抱完接著是私奔耶！哈哈哈……」余浩彥曖昧的笑聲響徹走廊。

頂著眾人的視線來到樓梯口，沒想到吳芯羽竟然還沒走，她臉上寫滿錯愕和不敢置信，似乎搞不懂事情怎麼會變成這樣？

不只是她，連我自己也想不透呀！

白尚桓拖著我來到一樓，隨即鬆開我的手，將紙袋塞進我的懷裡。

「你今天不用值勤嗎？」我看見校門口的糾察隊尚未收隊。

「今天有事由副隊長代理。」他指著校門邊的一位糾察隊男生。

「那你怎麼會回來？」

「東西忘了拿。」

「剛才你爲什麼那樣對我？」我丟出一個又一個疑問。

「因爲妳很像被主人拋棄，又被路邊野狗欺負的小動物。」

「哈哈哈……是喔。」我裝做被他逗笑了，其實一把怒火在心頭燃起，「你這麼好心，該不會常常撿小動物回家吧？」

「就是小時候常常撿，我媽才會開寵物店。」他認眞說。

「所以你要收養我嗎？」

「我不反對妳喊我主人。」

「別鬧了！」我再也壓抑不住怒火，變臉瞪視著他，「你是不是覺得我很可憐？」

「妳需要我的同情嗎？」他以指節輕叩我的額頭一下。

「不需要！」我吼回去，伸手揉著額頭。

「那我何必浪費同情心給不需要的人？」

「可是你不是很怕惹上麻煩嗎？」

「怕麻煩是因爲沒興趣，沒興趣的事就等於麻煩。」

「你……對我有興趣？」我心中一驚。

「我對敲昏妳更有興趣。」他不耐煩地皺眉，「妳的問題怎麼那麼多？」

「我只是想要弄清楚你的想法。」

「我認爲凡事要適可而止，過度打壓就是無理了，無理到讓我看不下去的事，就算怕麻煩也會出手相助。」他沒好氣地解釋。

我一時答不上話，怒氣頓時消去大半，甚至覺得有一點點感動。

「還難過嗎？」他雙臂抱胸看著我。

我一愣，他怎麼那麼好心關心我？但還是點了點頭，「嗯……」

「我來幫妳轉換心情。走，去把糾察準備室打掃一遍。」他抓住我的手腕，拉著我往糾察準備室走。

「喂！」我有點哭笑不得，用力抽回自己的手，「你只是想拖個人幫你打掃吧？」

「不，我是眞心想幫妳轉換壞心情。」

「騙人！」

「眞的。」他脣角上揚，皮笑肉不笑的，「妳去打掃一遍，就會知道我沒有騙妳。」

「我已經不難過了。」我回他一抹假笑。

「那眞可惜。」白尙桓的嘴角一秒垮下，恢復成漠然的神情，轉身回糾察準備室拿書包，跟副隊長又交接了一下，才和我一起離開學校。

走在下山的道路上，我不禁開始擔心：「剛才的事，明天不知道會被傳成怎樣？」

「我是無所謂，妳心情調適好就行。」他的口氣漫不在意，「反正我很討厭念書，高中生活還挺無趣的，剛才那麼一鬧，說不定會變得有趣一點。」

「眞羨慕讀書跟呼吸一樣簡單的人。」我再次被他打擊。

「妳了解畫畫被人嫌醜的痛苦嗎？」他冷瞪我一眼。

「會畫畫也不見得作品就進得了藝廊。」

「能夠自娛就夠了。」

「自娛？」

「妳畫圖時快樂嗎？」

「嗯……」

「那爲什麼要捨棄能帶給妳快樂的事呢？」

聞言，我不禁停下腳步，再次被白尙桓的話當頭棒喝。

因爲被高瑛琪批評，加上不被語資班重視，我自暴自棄地不想再碰觸美工，但是就像白尙桓說的，我爲什麼要捨棄能帶給自己快樂的事呢？

「是我太在意別人的看法，太執著於別人的讚美。」我慚愧得無地自容。

白尙桓抽走我抱在懷裡的紙袋，從裡面拿出一張生日卡片，看著封面的色鉛筆繪圖，冷哼：「如果達文西沒有公開他的作品，這個世界就會錯過很多精彩。雖然妳的精彩度只有他的萬分之一，但還是強過我一百倍，妳不要妄自菲薄，否定自己。」

我望著白尚桓，那雙淡漠的眼眸被夕陽渲染上溫暖，看起來好溫柔。

「白尚桓……」我下意識喚他。

「妳又有什麼問題？」他眉眼間有些不耐。

「我聽說了……」

「什麼？」

「CPR的事。」我的臉頰不自覺熱了起來。

白尚桓愣了好幾秒，轉頭看著路邊，「是教官跟妳說的嗎？」

「不是，是那天有一位先生開車經過……」我說明康叔叔跟媽媽的關係，以及自己是如何得知這件事，「我想跟你道謝……」

「不用謝，我並沒有救到妳。」白尚桓緊緊攢起眉頭，打斷我的話，「如果教官再晚一點來，妳就會死在我的手下。」

「咦？」

「那天我追了過去，看著校車在我眼前翻覆，車頭的擋風玻璃全碎了，現場一片混亂。我立刻繞到車尾處想要救妳出來，結果發現妳被彈出車外，倒在草坪上……」白尚桓的神色平靜，低緩的嗓音隨著回想事發過程，流露出一絲顫意，「我奔至妳身邊，卻察覺不到妳的心跳聲，我想起大腦缺氧四到六分鐘就會腦死，怕拖下去就會錯失黃金急救時間，才會憑著課本內容就為妳施行CPR……我不知道自己按壓的位置正不正確、用的力道對不對，我只能盡力而為……」

「但事實證明我是錯的，妳還是沒有心跳，妳的生命在我的指掌下，一點一滴逐漸消失，而我卻完全無能爲力……」他伸手耙過髮頂，「後來我還做了幾次噩夢，夢見妳死在我的面前。」

說到這裡，白尙桓滿臉煩躁地轉過身，僵直的背影隱含怒氣，似乎是在氣自己沒用。

關於翻車的過程，我因爲腦震盪而失去了那部分的記憶，嚴格說來沒什麼心理創傷，但是親眼目睹那恐怖情景，面對生命消逝卻束手無策的白尙桓，他無法選擇遺忘。

這也證明了康叔叔的話，那份傾盡全力卻救不回我的煎熬，日後對白尙桓造成的影響，並不只是自責那樣簡單，更在他的心裡留下一道難以抹滅的陰影。

「白尙桓，沒關係的……」我心頭一暖，試著想要安慰他。

「什麼叫沒關係？」白尙桓惱怒地轉頭瞪著我，「是我說服妳來上課的！」

「媽媽跟我說過，當時大家都嚇得一團亂，值班教官要顧好其他學生的安危，還要指揮警衛伯伯報警、叫救護車，接著派人通知校長和老師，再趕到翻車現場……這是不是已經錯過黃金急救時間了？」

「嗯。」

「所以嘍，說不定就是因爲有你的搶救，才能延長我的急救時間啊！」

白尙桓沉著臉看我，不發一語。

「我現在好好的，一切都沒事了。」我在他面前轉了一圈。

「哪裡好？」他面無表情地冷冷吐槽，「每天一副半死不活的模樣，讓人看了就心煩。」

「所以你才會想要拉我一把？」我微詫地睜大眼睛。

白尚桓沒有回答我的問題，只是冷然別開頭。

曾經傾盡心力去救一個人，一定希望這個人得救後，能夠更加珍惜生命，每天都過得快快樂樂的，這應該是怕麻煩的白尚桓會不斷插手管我這個大麻煩的心情。

我揚起微笑走近他，伸出右手的小指，輕輕勾住他垂在身側的小指。

白尚桓一愣，不解地望著我，又看看被我勾住的指頭。

「打勾勾。」我勾起他的手，輕輕拉了三下，「謝謝你努力救我，我向你保證，從現在開始，你不會再看到一個要死不活的姚可珣。」

白尚桓抿了抿脣，眼神飄向一旁，輕輕回勾我的小指三下，耳根悄悄泛起一抹紅。

「那就這麼約定嘍！」我放開他的手，轉身很有精神地大步走向商店街，走了幾步又回過頭，「你不可以再生自己的氣喔，明天見！」

白尚桓雙手插在褲袋裡，略微歪頭地望著我，脣角勾起淡淡微笑。

跟何秉勛分手後，生活裡發生了很多不如意的事，我像在汪洋大海中載浮載沉，失去前進的目標和動力，直到這一刻，我彷彿被白尚桓撈上岸了。

第五章　是雞生蛋還是蛋生雞

回到家後，我找了個紙箱，將何秉勛退還我的東西，以及他送我的禮物全部塞進去。

將紙箱推到床底下，我起身走到書桌前，拿起白尚桓送我的貓咪零食。

承認吧……跟吳芯羽和高瑛琪相比，我的確不如她們聰明，無法在語資班生存，這是很殘酷的現實。

況且自從我來到二年九班，之前的心絞痛就沒再發作過，由此可以證明那是壓力造成的。現在媽媽也接受我被降到普通班的事實，不再逼迫我跟同學比較成績，或許來到這個班級，對我來說反而是一件好事。

突然間，手機傳來LINE的訊息聲。

我拿出手機一看，居然是何秉勛傳來的訊息。

何秉勛：聽說白尚桓放學時跟妳告白了，妳要跟他交往嗎？

應該是吳芯羽跟他說的吧。

我深深吸了一口氣，退到床邊坐下，回訊給他。

姚可珣：我跟你已經分手了，未來不管和誰交往都與你無關。

何秉勛：我只是關心妳而已，我聽說了一些關於白尚桓的評價，想給妳一點建議。

姚可珣：什麼建議？

何秉勛：很多人都說那傢伙的個性冷漠、行事專制、不體貼，我覺得他不適合妳。

姚可珣：那麼個性溫柔、最體貼、最好溝通的你，最適合我嗎？

何秉勛遲遲沒有回應，我嘲諷一笑，按住手機畫面中他的名字，毫不猶豫地將他封鎖加刪除。

「何秉勛！」我躺在床上對著天花板吶喊，雙手朝空中用力揮了四、五拳，「你這個自我感覺良好的大混蛋，永遠滾出我的世界吧！」

喊完了之後，彷彿一吐多月來的怨氣，凝窒的胸口頓時變得舒暢無比。

翌日早上，猶如開學當天的景象重現，我一踏進教室就又成為同學們注目的對象。

第一節下課，余浩彥終於按捺不住好奇心，率先出聲逼問：「姚可珣，妳跟阿桓是什麼時候開始的？」

「咳咳……」我正在啃食三明治，差點嗆到，「不，不是你想的那樣。」眼角餘光瞄見不少同學都轉頭看我，再瞥向左邊，白尚桓不在位子上，「真的！不是你們想的那樣。」

「不然是怎樣？」

「他只是在安慰我。」

「阿桓不曾用那種方式安慰過別的女生。」余浩彥笑得一臉曖昧。

「安慰有很多種方式，一般男生不會這樣安撫女生。」艾婕伸手撩了一下長髮。

「就是說呀。」阿霖也上前側坐在余浩彥的桌邊，「艾婕如果心情不好，我頂多講笑話給她聽，再怎樣也不可能抱住她。」

「你如果敢碰我，我一定踢飛你！」艾婕冷哼了聲。

阿霖伸手壓住胸口，露出彷彿被一箭穿心加吐血的表情，同學們看了紛紛大笑。

「不信，你們可以自己問白尙桓。」他自己搞出來的麻煩，我乾脆丟還給他處理。

「可是……」黃湘菱轉頭看我，「我寧願妳跟白尙桓眞的在一起。」

「爲什麼？」

「某人昨天傳訊息給我，向我打探妳的事。」

「姓吳的？」

「嗯。」

「搞不懂她是什麼心態，明明已經把男友讓給她了，她還想要怎樣？」我煩躁地揉揉額角。

「這有什麼好不懂的？」艾婕插話，以一種妳好弱的眼神睨著我，「因爲她沒有安全感嘛。」

「爲什麼？」

「何秉勛是籃球隊的隊長，在學校裡很出風頭吧？」

我點點頭，之前去看他練球，體育館裡總是會聚集不少女生。

「看到那麼多女生盯著自己的男友看，妳有什麼感覺？」

「當然是很擔心他被搶走。」

「現在吳芯羽的心態就跟妳以前一樣，加上何秉勛就是她從妳手中搶過來的，她自然會更怕別的女生也這麼做。」

「原來如此！」我恍然大悟，「但她應該提防別的女生呀，爲什麼一直打壓我？」

艾婕正要開口回答，卻被余浩彥搶白：「前女友比其他女生更危險啊，我想何秉勛對妳應該還存著一點舊情吧？」

「你幹麼搶我的話？」艾婕隨手抓起桌上的筆記本丟余浩彥。

「我也想加入聊天嘛。」余浩彥伸手接住又把筆記本拋回去。

黃湘菱迅速低頭，閃過飛過頭頂的筆記本。

「沒錯！初戀是任何人都無法取代的。」阿霖加入討論，雙手抱胸作出一副專家的姿態，「像我也忘不了幼稚園的初戀，到現在都還留著她送我的珍珠美人魚貼紙。」

「你們說對了，何秉勛希望跟我繼續當朋友。」我輕輕嘆氣。

「那妳就順他的意，三不五時約他出去吃飯，氣死那個猖狂的女生。」艾婕提出建議。

「我不想找罪受，昨晚已經把何秉勛封鎖了。」我簡單帶過何秉勛傳訊息給我的事。

「真差勁！」艾婕用力拍桌，「自己交新女友沒關係，卻不准前女友變心交新男友，自私鬼。」

「在愛情面前，大家應該都是平等的。」阿霖握拳抵著額頭，擺出沉思的模樣，「像我的初戀不久前交男朋友了，我還不是含淚祝福她。」

「何秉勛說的沒錯，阿桓在外的評語的確如此，連我都覺得他老是什麼事都嫌麻煩，怎麼交得到女朋友？」說著說著，余浩彥突然望向我的身後，「不過他本人不這麼想，對不對？」

白尚桓不發一語地拉開椅子坐下，眾人的視線一致轉向他。

白尚桓左手撐著臉頰，慵懶地說：「愛情，感覺對了就來了，無關我是什麼樣的人。」

「班長說的對！就連小混混、殺人犯都有人喜歡了。」阿霖雙掌互擊了一下，「那你跟姚可珣的關係……」

「你們是吃飽太閒嗎？」

「嗄？」

「太閒的話，我有很多事可以讓你們打發時間。」

我抿脣偷笑，余浩彥、阿霖和艾婕則是尷尬地對望一眼。

「可珣，我支持妳跟吳芯羽的勁敵在一起。」黃湘菱真是豬隊友。

「她的勁敵是誰？」艾婕、余浩彥和阿霖異口同聲問道。

「全校第三名的白尚桓。」黃湘菱回答。

「喔喔喔！」三人頓悟。

「她一直被白尚桓壓制著，心裡很不平衡……」黃湘菱話匣子一開，開始爆吳芯羽的料，「每次校排榜一公布，她那天的臉色就超臭。」

「阿桓，你要撐住，絕不能被吳芯羽超越。」余浩彥鄭重地拍拍白尚桓的肩。

「你不要找麻煩給我。」白尚桓蹙著眉頭撥開他的手。

余浩彥低低一笑，視線定在黃湘菱的臉上，「妳咧？手機的事是怎樣？」

黃湘菱的肩頭瑟縮了一下，馬上低頭假裝收拾課本。

「湘菱，昨天芯羽把妳的事全說了。」我輕輕環住她的肩。

「可珣……」黃湘菱幽幽地抬頭，眼圈逐漸泛紅，「妳相信我沒有拿那個人的手機嗎？」

「我相信妳。」我肯定地點頭。

「老師後來調閱走廊監視器，確定出入教室的只有我和瑛琪。瑛琪向老師強調她沒拿，說她去了趟洗手間，回教室時，我已經坐在位子上，我有沒有拿，她不知道……就像在暗示老師，手機是我拿的。老師和我講了一堆大道理，要我認錯，那種被當成小偷的感覺很差……」她吸了吸鼻子，晶瑩的淚水在眼眶裡打轉，「因爲我說我眞的沒有偷拿手機，老師查不出結果，就乾脆禁止非語資班的學生踏進語資班。明明暑假前我也是班上的一員，一直都很尊敬老師，可是老師完全不信任我，翻臉就不認我這個學生。」

「清者自清，只要妳問心無愧就好，其餘的事就不要再多想了。」我眼眶跟著一酸，可以理解她對老師的失望。

「可是那天過後，瑛琪每天都傳訊息罵我，說她很倒楣，教我功課浪費她的時間，還害她被當成嫌疑犯，同學們現在看她的眼神都變得很奇怪，讓她很受傷……」黃湘菱抽抽噎噎地掏出手機，點出高瑛琪的訊息給大家看。

高瑛琪的言詞一向尖銳，字裡行間果眞是滿滿責怪，難怪會影響到黃湘菱的心情，考試也考得一團糟。

「話說回來，她爲什麼會願意留下來教妳功課？」在我的印象中，高瑛琪並不熱心助人。

「她在等數資班的一個男生約她一起回家，他是糾察隊的，通常比較晚放學。」

「瑛琪喜歡他嗎？」我記得無意間聽吳芯羽提過，高瑛琪並不是很喜歡那個男生。

「我感覺不出來。」

「那她爲什麼要等他？」我不懂。

「我也不曉得。」

「我看是拿他當備胎吧。」艾婕推測道。

「原來如此。」白尙桓突然冷笑一聲，「數資班的糾察是副隊長吧。」

「對。」黃湘菱點點頭。

「在我看來，高瑛琪是活該，妳不用太自責，也別介意她說的話。」

「什麼意思？」余浩彥好奇地搶問。

「對呀，什麼意思？」黃湘菱一臉困惑。

「就是妳聽到的意思。」白尙桓抿抿脣，一副不太想解釋的樣子。

余浩彥大概是習慣他懶得說明的作風，也沒再追問下去，逕自說：「不管怎樣，黃湘菱，妳以後看到語資班班導，絕對不能畏畏縮縮，這樣反而會讓他認定妳是作賊心虛。」

「對，正大光明地瞪回去！」阿霖立刻誇張地作勢瞪人，逗得同學們又一陣爆笑。

黃湘菱脣角跟著輕輕牽動，眼睛眨了眨，眼淚忽然就滾了下來。

我趕緊遞了包面紙給黃湘菱，她抽出一張擦去淚水，沮喪地道歉：「對不起……我先前眞的很排斥這個班級，覺得來這裡很沒面子，很怕被大家看不起，怕被你們嘲笑。」

「少無聊了，我們才不會看不起妳。」艾婕沒好氣地說。

「我的成績也沒有很好，怎麼會嘲笑妳？」阿霖伸手搔搔後腦勺。

「對不起……」黃湘菱小小聲再次道歉。

「好啦！先前的不愉快就到此爲止，大家以後好好相處，不要留下壞的回憶。」余浩彥打圓場，伸手推了推阿霖。

阿霖遲疑了一下才點頭，艾婕則是抿抿脣沒再表示什麼。

看到大家奇蹟似的言和，我忍不住側頭瞄向窗邊，白尚桓正左手托腮注視著我。發現我在看他，他馬上轉頭望著窗外，嘴角勾起一抹淺笑。

有句話說：人人都愛八卦。

沒想到單憑昨天那起事件，大家居然就此聊開，也解開了彼此的心結。

下午的體育課，全班在體育館打籃球。

我暫時不能進行激烈運動，於是只能聽從體育老師的吩咐，在場邊當記分員。

「再一球！」阿霖一邊運球一邊大喊。

「快！防住阿霖。」另一隊的余浩彥衝上前阻擋他。

看著大家熱血沸騰地在場內爭相奔跑、搶球，我覺得有點悲涼，籃球對我而言曾經是最帥氣的球類運動，但是自從跟何秉勛分手後，籃球卻變成我心裡的一個大疙瘩，每當聽到運球聲，都會想起自己被何秉勛甩了。

「姚可珣，妳在發什麼呆，加三分呀！」阿霖朝我大喊。

「抱歉。」我連忙替阿霖那隊的分數再加上三分。

記分板上，兩隊的分數已經拉開了三十多分，想不到阿霖的球技這麼厲害，讓我對平時鬧騰的他刮目相看。

反觀另一隊，余浩彥將球傳給白尚桓，他朝著籃框跑了幾步，跳投時竟手滑拋出一個籃外空心球，連籃框的邊都沒擦到。

「阿桓，你搞屁呀！」余浩彥驚訝得眼珠快要掉下來。

「好……好弱喔。」我噗哧一笑。

「麻煩死了！」白尚桓不耐煩地抓抓頭髮。

目光追著橫掃全場的阿霖，我不禁又想起那場夢。

康叔叔、白尚桓、余浩彥和黃湘菱，他們全都在現實生活中跟我有過交集，只有阿霖，我完全想不起來自己是否曾見過他。憑空夢見一個不曾謀面的人，使得那場夢境更形詭異。

比賽結束，阿霖那隊輕鬆取得勝利，老師吹哨讓大家自由活動。

黃湘菱氣喘吁吁地跑過來，伸手搧著風說：「熱死了，我最討厭上體育課了。」

「連體育課都不愛動的女生，會讓男生反感喔。」余浩彥和白尚桓隨後走來。

「我只是不喜歡夏天運動搞得全身是汗的感覺。」黃湘菱扠腰瞪視他。

「我也很討厭。」白尚桓插話，抬手往上梳開汗溼的劉海，露出運動過後而紅撲撲的臉龐，那模樣看起來竟然有點帥。

「你連冬天都討厭運動，根本是懶得打球吧！」余浩彥搥了白尚桓的胸膛一下。

「喂！你們在聊什麼？」阿霖蹦蹦跳跳地跑來，張開雙臂搭住余浩彥和白尚桓的肩膀。

「聊你球技高超呀。」余浩彥故意逗他。

「我本來就很強，若是讓我加入籃球隊，一定幹掉何秉勛當上大隊長。」阿霖原地跳躍，雙手空投，擺出一個帥氣的投籃姿勢。

「上次你明明還輸給他咧。」余浩彥馬上又吐槽。

「上次是他運氣好。」阿霖不服氣地辯解。

「你跟何秉勛打過球？」我有些詫異。

「對啊。」阿霖轉頭看我，「何秉勛零秒出手那一次，我負責防守他，一直跟他搶球，妳當時也在場，難道沒看到我的英姿嗎？」

「那天你在場上？」我驚訝地瞪大眼睛。

「我跟妳提過啊，那天我有朋友下場比賽，那人就是阿霖。」余浩彥把阿霖的劉海往上撥開，「頭上戴著一條花頭巾，很騷包的那個。」

「啊！原來那個人就是你。」我恍然想起，再仔細端詳阿霖的臉，頓時有了印象。

原來我早就見過阿霖了，只是一時沒聯想到而已，據說人的潛意識對於所經歷過的一切，包括看到的畫面、聽到的聲音、嘗到的味道、觸摸到的手感等等，其實全都存有記憶，說不定我就是這樣才會夢到他。

「太好了……」我又鬆了一大口氣。

「好什麼？」阿霖一臉不解。

「沒事沒事。」不過先前已經做下決定，不管那場夢境會不會成眞，我都要試著迴避掉夢裡發生過的事，遂開口問：「阿霖，你知道星爆氣流斬嗎？」

「妳也有看那部動畫嗎？」阿霖好像找到同好似的，激動地握住我的雙肩。

「我有在網路影片看過那個招式……」我縮了縮脖子，被他的熱情嚇到。

「那招很帥對不對？」

「你有在練那個招式嗎？」

「沒有……」阿霖的聲音弱下來，眼神朝旁邊飄去。

「我只想跟你說，記得，」我加重語氣強調：「絕對不可以在走廊上使出那招。」

「走廊？」

「對，教室走廊，在走廊上亂揮掃把很危險。」

「喔。」阿霖似懂非懂地歪了歪頭。

下課鐘聲響起，同學們笑笑鬧鬧地走出體育館。

黃湘菱急著洗去臉上的汗水，先走一步，我默默將地上的兩顆籃球丟進籃子裡，轉身就看見白尚桓拿著記分板走來。

「體育股長呢？」白尚桓不悅地皺眉。

「他尿急，衝去廁所了。」我噗哧一笑。

白尚桓凝視我的笑臉幾秒，突然越過我，將記分板放進器材室。

出來後，他伸手輕拍了下我的後腦勺，「走，去福利社。」

「我沒有要買東西。」我摸摸自己的頭。

「陪我去，行嗎？」

「喔……好。」我愣愣點頭，難得他那麼有禮貌地問我，我怎麼好意思拒絕呢？

走出體育館，穿過長長的走廊，我們來到熱鬧的福利社。

「上星期看妳喝過，這個好喝嗎？」白尚桓從飲料架上拿起一杯昂列奶茶。

「嗯，很好喝。」我點點頭。

白尚桓將奶茶遞給我。

「你要請我？」

「我只是要妳幫我拿著。」

我伸手接過奶茶，臉上滿是尷尬，沒想到自己竟會錯意。

白尚桓又拿了一瓶柳橙汁走到櫃臺前，我急忙跟上去，讓福利社阿姨一起結帳。

回教室的路上，白尚桓抽出吸管插進奶茶的杯蓋裡，再拿著奶茶以手背輕碰我的頭，「謝了，幫我搞定黃湘菱，不然我會被同學們煩死。」

「你以爲用一杯飲料就可以打發我嗎？」我歪著頭睨他。明明就是要用飲料感謝我嘛。

「妳是用一杯飲料就可以簡單打發的嗎？」他微微瞇眼看我。

「當然不是，至少要十杯。」我坐地喊價。

「不要做夢了，快點拿去。」

「謝謝。」我接過奶茶吸了一口，濃郁的奶茶香在齒間繚繞。

「好喝嗎？」他似乎期待我會用誇張的表情稱讚好喝。

但我就是不想順他的意，故意轉開話題，提出早上的疑問：「我很好奇，你爲什麼說瑛琪是活該？」

「副隊長跟我說過，他暑輔時喜歡上語資班的一個女生，那個女生成績很好、個性體貼，放學後常常留下來教同學功課，他每次經過她的教室都會忍不住看她一眼。」

「瑛琪耶？」我有些傻眼，高瑛琪以前時常對我語中帶刺，這樣的人很難說是體貼吧。

「後來副隊長鼓起勇氣跟她搭話，約她假日一起出去玩，那女生答應了，後來兩人又約會了幾次。副隊長以爲她也喜歡自己，不久前對她告白，沒想到對方卻只想跟他當朋友。」

白尚桓旋開柳澄汁的瓶蓋，喝了一大口果汁。

「瑛琪曾經說過，她高中不想談戀愛，怕影響功課。」我心中閃過某種揣測，「難不成……瑛琪會持續教湘菱功課，是爲了博得副隊長的關注？」

「副隊長覺得她只是想要搞曖昧而已，動機不純，接著就發生手機被偷的事，這不是活該嗎？」

「說的也是。」我想想也有道理，「瑛琪的個性很難捉摸，當初也是她暗示我吳芯羽和何秉勛私下聯絡過密，可是她跟芯羽明明是好朋友，眞的很奇怪。」

「其實妳也很奇怪。」

「哪有？」

「比如妳叫阿霖不可以在走廊上練星爆氣流斬。」

「這會奇怪嗎？」

「爲什麼是走廊？」他認眞提出質疑，「如果怕阿霖打到人，妳應該說不要拿著掃把到處亂揮，但是妳卻特別強調不要在走廊，這不奇怪嗎？」

「我隨口說的，你幹麼那麼認眞？」我別過臉。

「妳要學習在說謊時看著對方的眼睛。」

我皺眉咬了一下下脣，用力扭頭瞪他。

白尚桓目光一觸及我好像便祕三天的臉，來不及防備似的噗哧一聲笑了，那一刻，就連他身後灑下的金色陽光也變得黯淡。

我失神看著他，白尚桓不自在地收起笑臉，指了指我手裡的奶茶，又問：「奶茶到底好不好喝？」

「這個問題很重要嗎？」我有點哭笑不得。

「很重要。」他伸手摸摸我的髮頂，像順寵物的毛一樣，「假設妳買了一個罐罐給寵物吃，難道妳不想看到寵物露出很好吃的表情嗎？」

「我不是你的寵物啦！」我氣呼呼揮開他的手，握拳想要搥打他，沒想到一個重心不穩，整個人往前撲倒，「哇啊啊——」

白尙桓迅速撈住我的腰，我驚魂未定地吁了口氣，轉頭看向他神色凝重的臉。

「第三次了。」他緊蹙的眉頭一鬆，「下次我要計費，抱一次五百元。」

一股熱氣直撲臉頰，我羞赧得說不出話，急忙推開他，飛快地跑上教學大樓的樓梯。

天啊！這是不是印證了夢裡白尙桓說的，他抱過我很多次呢？

九月底，康叔叔工作告一段落，決定飛往加拿大跟太太團聚，我和媽媽來到機場爲他送行。

這天很剛巧，媽媽在機場意外遇見一位失去聯繫的朋友，兩人在出境大廳聊了一會。

趁著這個空檔，我忍不住向康叔叔打探：「叔叔打算在加拿大待多久？」

「看我太太的意思嘍，她一直嫌我工作忙、冷落了她，這次我下定決心要好好陪伴她，看她愛住多久我就陪多久。」康叔叔微笑回答。

「希望她的病能夠好起來。」我誠心祝福。

「之前她天天都悶在家裡，不太愛笑，最近看她的臉書多了些出遊的照片，模樣看起來開朗許多。」

「加拿大的風景那麼美，說不定她很快就會恢復健康，明年多出一個小寶寶。」

「哈哈……希望啦。」康叔叔不好意思地笑了笑，突然問起我的近況：「妳在新班級還適應嗎？」

「我成績不夠好，被踢出語資班也是應該，不得不適應。」我想，媽媽應該有跟他聊過我的學習情況。

「成績好的學生在考上好學校並順利畢業後，就像拿到一張搖滾區的人生門票，有人可以好好運用這張門票，得到很好的成就，但是更多的人卻是被人生中的各種變數所影響，逐漸偏離自己的夢想；當然也有人拿到很差的門票，卻憑著自己的努力獲得成功。」

「叔叔說的道理我都懂，可是在學校大家比拚的就是成績。」

「叔叔只是希望妳能記住，高中三年只是人生的一小段歷程，即使妳的成績是全校最後一名，不代表妳未來的人生也會如此，等到妳踏出學校，接下來的所作所爲才是更重要的事，成績好或不好都只會是一段回憶。」康叔叔露出溫和的微笑，拍拍我的肩，像是一位父親正在開導女兒，「千萬不要因爲被降班，就失去自信，如果連自己都看不起自己，那別人自然也會看輕妳。」

「謝謝叔叔，我會記住你的話。」我揚起一抹感謝的微笑，被他的話所激勵。「叔叔在高中時期有留下遺憾嗎？」

「遺憾當然有。」康叔叔輕輕嘆了一口氣，「當時我很喜歡一個女孩，可是畢業後我要出國念書，那個年代也不像現在網路通訊那麼發達，遠距離戀愛是很難維繫感情的，我就要帥說不想看她因爲思念而哭泣，她也不希望影響我出國求學的心情，我們就維持著友達以上、戀人未滿的關係，畢業時簡單互道再見，便很瀟灑地分開了。」

我偷覷了一眼媽媽的背影，那個女孩應該就是她吧。

忽然覺得當年的媽媽好可憐，明明喜歡的人也喜歡自己，兩人卻無法在一起。

康叔叔的目光變得悠遠，口氣略帶自嘲：「年輕的時候，覺得未來還很長，才會輕易地說分離；直到長大後，明白有些人一轉身就是一輩子，這時候才後悔，後悔當年不應該因爲分隔兩地而放棄，應該把握機會，好好跟她談一場戀愛。」

我深受感動，很想撮合他和媽媽再續前緣，但康叔叔已經結婚了，這麼做是不道德的。

「你們在聊什麼？」媽媽終於回來了。

「聊學校裡的事。」康叔叔很快接口，似乎怕我會爆出他的心事。

「我去上個廁所。」我假裝要去廁所，想留點空間讓媽媽和康叔叔好好道別。

去了一趟廁所回來，康叔叔也準備要登機了，我和媽媽看著康叔叔的背影漸行漸遠。康叔叔和媽媽之間的發展偏離了那場夢境，我的心情一下子放鬆了。

回家的路途中，媽媽又是一聲不吭地駕著車，看起來心事重重。

「媽，妳還好嗎？」我擔憂地問。

「很好呀。」媽媽轉頭看我一眼，露出若無其事的笑容，「我只是在想，廖先生邀我下個星期天去他家吃飯，我應該要穿什麼衣服去。」

廖先生是媽媽的相親對象。

「去他家，是要跟他家人見面的意思嗎？」我驚訝地睜大眼睛，覺得這進度太快了。

「嗯。」

「你們是以結婚爲前提而交往的嗎？」

「是呀。」媽媽微微失笑，「我們都幾歲的人了，難道還像十七歲的少男少女，純粹談戀愛嗎？」

「那……我要一起去嗎？」

「妳想去嗎？」

「還不想。」我有點排斥。

「那妳留在家裡，我先跟他三個孩子見見面。」媽媽大概也明白我的想法，沒有多勉強我。

知道媽媽要去見廖家的三個小孩，我心裡湧起一股強烈的反感，不太願意跟別人分享自己的媽媽，但我不能那麼自私，我不能阻礙媽媽去尋找幸福。

眞是一事剛平、一事又起，好不容易走出失戀和被踢出語資班的低潮，現在又出現一個新的煩惱。

時序悄悄進入十月，校園裡的蟬聲停歇了，天氣逐漸變得涼爽。

體育館隔壁的空地搭起圍籬，工人這幾天忙著打地基，嘈雜的鑽地聲取代了蟬聲，校園裡仍是一片哄鬧。

自從跟艾婕、余浩彥和阿霖聊開以後，透過他們，我和黃湘菱也跟其他同學有了互動。每天早上醒來，我都會提醒自己要打起精神，不能違背跟白尚桓的約定。可能因爲我不再整天愁眉苦臉，他認爲我開始珍惜自己的生命了吧，後來他跟我說話時，也鮮少再露出不耐煩的表情。

可若是我半天沒有展露笑容，他便會瞇著眼睛以一種警告的眼神打量我，好像準備又要拖我去做什麼雜工似的。

「嘻……」這時我會對他露齒而笑，證明自己沒事。

白尚桓總是會對我的笑臉皺皺眉，很快地撇頭望著窗外，那種冷淡的態度並不會讓我覺得討厭，反而覺得他對我愈沒有好感愈好，這樣我們就絕對不可能交往，也不會迎來夢境裡的結局。

「艾婕、艾婕！」阿霖像一陣旋風颳進教室裡，衝到艾婕面前，雙手啪地一聲壓在課桌上，「教室布置比賽的得獎名單出來了！」

「我們班第幾名？」艾婕自座位上跳起來。

「沒得名。」

「那你幹麼叫得那麼大聲，害我期待了一下。」艾婕露出失望的表情。

我轉頭看著教室後面的公布欄，藍白色的壁報紙拼貼出層層疊疊的房子，環繞著一片大海，呈現出希臘地中海的風格，畫面看起來簡約清新。

見到艾婕失落的模樣，阿霖指著余浩彥，責備道：「我去看了前三名的教室布置，用色都非常繽紛亮眼，這全是余浩彥的錯啦，提議弄什麼地中海風格，只有藍白兩色太單調了。」

余浩彥聽了不太服氣，伸手朝阿霖的後腦拍下，反駁：「如果照你的提議，畫什麼勇者鬥魔王，評審老師一定會覺得很幼稚，以爲自己來到小學生的教室。」

「可是因爲畫面簡單，才會突顯出缺點。像這線條就畫得跟毛毛蟲一樣。」阿霖跑到公布欄前，指著其中一條畫得有點顫抖的弧線。

「那是我畫的。」艾婕雙手抱胸，冷冷地瞪他，「你有比我好嗎？圓型的屋頂剪得跟狗啃的一樣。」

「浩彥也一樣啊，方形的屋子竟然畫成梯形。」阿霖不服氣地回道。

「誰說房子一定要畫成方形，我這是藝術，藝術你懂嗎？」余浩彥做作地撥了一下劉海。

三個人頓時吵成一團，只見白尚桓起身走到公布欄前，單手摸著下巴說：「我覺得做得很好。」

吵鬧聲戛然而止，眾人的視線立時聚焦在他身上。

「別人不誇我們自己誇嘛。」他嘴角微微勾起，似乎覺得沒得名沒什麼大不了。

三人面面相覷了幾秒，艾婕尷尬地乾咳一聲：「咳，我們又不是美術班，能做到這樣已經很厲害了。」

「仔細看看，這畫面有一種不協調的美感，愈看愈順眼。」阿霖誇張地單膝跪地，對著公布欄張開雙手，彷彿眼前是一幅世界級的名畫。「藝術啊，不是普通人能夠理解的。」

「這是大家一起完成的，過程開心最重要。」余浩彥總是能適時做出中肯的結論。

我聽了忍不住莞爾，這群人剛剛差點把教室的屋頂吵翻了，現在卻開起自誇大會。

「他們眞是樂天。」黃湘菱笑笑地說道。

「班長一句話就搞定了大家。」我的目光忍不住被白尙桓吸引。

白尙桓回到座位坐下，拉開筆袋的拉鍊，頓了下，轉頭看我，「橡皮擦借一下。」

「你回家又不看書，怎麼會忘記帶橡皮擦？」

「功課還是要寫呀。」

「對喔。」我把橡皮擦遞給他，想想也沒錯，再怎麼不愛念書，作業還是得寫。

後天就是期中考，中午剛吃完飯，認眞的黃湘菱又抓緊時間，將數學講義攤在我的桌上，拜託我教她。我看了眼題型，是比較難的挑戰題，試算了一下，果眞也解不出來。

「班長，教一下！」黃湘菱眨眨眼，一臉期待地望著白尙桓。

白尙桓吃飽飯側靠在窗臺邊吹風，略帶倦意的雙眼慢慢瞠大，好像嚇到一樣。

「班長……」

「我不行。」

「你數學小考都考一百分，哪裡不行？」我忍不住吐槽他。

白尙桓欲言又止，最後無奈地走到我的桌邊，提筆在題目上點了幾下，開始寫出計算的式子。

「爲什麼你會用這個公式？」黃湘菱提出疑問。

「因爲……它就是要用這個公式算。」白尙桓一臉不知道該怎麼說明的模樣，「這個題目就是要考妳們活用一年級教過的公式。」

「可是這個題目裡，哪裡可以看出要用到這個算式？」黃湘菱臉上彷彿掛著一個大問號。

白尙桓沉默以對。

「爲什麼第四行跳第五行這邊，你的算法跟老師教得不一樣？」我不解地眨眨眼睛。

「因爲……我覺得可以這樣算。」白尙桓深邃的黑眸變成死魚眼。

「爲什麼？」我跟黃湘菱同時脫口而出。

白尙桓看看黃湘菱，再看看我，竟然露出一副生無可戀的表情。

「噗哧！妳們在惡搞他呀？」一旁的余浩彥忍不住噴笑。

「沒有，我們很認眞的在問問題。」黃湘菱無辜地澄清。

「哈哈哈哈……」余浩彥抱著肚子狂笑，「阿桓的大腦結構跟普通人不同，妳們沒辦法跟他同步的，重點是他根本不會教人。」

余浩彥向我們解釋，白尙桓看到題目時，即使不知道怎麼解題，也會憑著直覺套公式，以老師的角度解釋，他把課本讀得很熟，自然可以靈活運用以前學過的內容。

但是這種直覺沒幾個人有，這不就證實他是個天才嗎？

偏偏他本人死不承認，永遠都說是因爲他很認眞在聽課。

「好打擊喔……」黃湘菱沮喪地垮下臉，「班長這麼聰明，應該去讀第三類組，說不定可以考上醫學系。」

「你家是寵物店，當獸醫也不錯。」我想起一件事情，「聽余浩彥說，你很喜歡看狗狗貓咪結紮的影片？」

白尙桓愣了幾秒，突然伸腳朝余浩彥的椅子踹了一下，咬牙強調：「我不只有看結紮的影片，也有看其他動物的診療影片，例如幫母牛做直腸觸診，要把整條手臂伸進肛門裡，檢查牠有沒有懷孕或生病。」

黃湘菱伸手掩脣，露出驚訝的表情，余浩彥臉上則掛著惡整人後的暢快笑容。

「不說了，反正我已經把獸醫的志向排除了。」白尙桓沒好氣地坐回位子上。

「爲什麼？」黃湘菱好奇地問。

「這還用問，阿桓的眼前早就鋪好一條路了。」余浩彥搶話道。

「哪一條？」

「畢業後繼承他家的店。」

我和黃湘菱臉上瞬間刷滿黑線。

「這樣……會不會太沒有志氣？」黃湘菱小聲表示。

「我從小就很廢，沒什麼特別的志向。」白尙桓懶懶地托腮，別開臉望著窗外。

我和黃湘菱無奈對視一眼。沒有志向的人，生得這麼聰明；有志向的人卻可能因爲成績不佳而考不上自己想念的科系，老天爺就是這麼不公平。

「黃湘菱，我教妳那題好了。」余浩彥朝我們走來。

黃湘菱訝異地看著他，似乎不敢相信他會主動教自己。

沒再關注他們，我轉而開起白尙桓玩笑：「這樣也好，免得你當上獸醫後，依你怕麻煩的個性，手術時可能會少縫個幾針。」

白尙桓冷著臉孔起身，伸手扣住我的後頸，像抓小貓一樣。

「不要……」一陣雞皮疙瘩竄遍全身，我聳起肩頭蜷著上身，雙手摀住嘴巴防止自己狂笑出聲，「白、白……放、放開！」

「妳再說一次，我當了獸醫會怎樣？」他的指尖在我的後頸輕輕捏了兩下。

「不要……」我笑趴在桌上，憋笑到瀕臨崩潰邊緣。

「你們兩個不要公然在教室裡打情罵俏。」余浩彥冷不防冒出一句，「對了，我曾在書上看過，說怕癢的地方就是性感帶，只要輕輕一吻就彷彿整個人要融化了。」

聞言，白尙桓迅速抽回手，好像被什麼東西燙到一樣；我脹紅臉睨著白尙桓，他目光一觸及我的眼神，耳根頓時羞紅，立刻從抽屜裡拿出糾察臂章快步走出教室。

「喲，第一次看到阿桓害羞耶。」余浩彥瞪大眼睛像看見什麼稀奇事。

「可珣，妳跟班長有譜喔。」黃湘菱露出曖昧的笑容。

「你們別起鬨，那是很嚴重的事。」我完全笑不出來了。

「爲什麼？」

「反正你們不要亂鬧啦。」不只是他，我也不該跟白尙桓打鬧。

被余浩彥這麼一鬧，下午上課時我忍不住左手支額，讓左側的頭髮散落下來，藉以遮擋住白尙桓的存在感；而白尙桓下課時原本喜歡待在座位上做自己的事，現在變成一打鐘就走出教室，好像在閃避我們之間的尷尬氣氛。

直到放學，我準備走出校門時，記名板突然又攔在眼前。

「煩死了。」白尙桓蹙著眉頭，把我帶到一旁的樹下，「姚可珣，浩彥中午只是在開玩笑，妳不要太介意。」

「我知道，你只是在跟我玩鬧而已。」我露出燦笑掩飾自己的困窘，伸手搭住他的肩頭，輕輕掐了兩下，「就像現在這樣，這不是什麼奇怪的動作，沒什麼好大驚小怪的，對吧？」

白尙桓默默凝視我的笑臉，僵著身體一動都不動，眼神有點古怪。

「你的肩膀不會怕癢嗎？」我又輕輕抓他兩下。

「不會。」他伸指輕輕勾下制服的領口，「我比較怕人摸我的喉嚨。」

笑容在我的臉上凝結，視線落在他微微滾動的喉結上，一股熱氣倏地浮上雙頰。

「我快瘋了！」白尙桓的耳根逐漸泛紅，似乎意識到自己又做出曖昧的舉動，舉起記名板遮住臉，「爲什麼事情會搞得這麼麻煩？」

「我也不知道。」我摸摸燙到可以煎蛋的臉頰，腦海裡塞滿他以修長的指尖，輕輕勾下制服領口那帶點性感的模樣，心臟胡亂地狂跳起來，「反正我會當做什麼事都沒發生過，你看到我也不准胡思亂想。」

語畢，我拔腿想逃，卻見何秉勛牽著吳芯羽的手，兩人站在不遠處看著我們。

我下意識回頭看看白尙桓，他慢慢豎起右手小指，警告般地微微眯眼瞪我。

我朝他燦然一笑，無視何秉勛和吳芯羽的存在，抬頭挺胸地大步走出校門。

3

期中考的前一天，我迎來這學期的第一次遲到。

「鬧鐘……怎麼慢了？」我懊惱地拿手機對照時間，發現鬧鐘竟然晚了二十分鐘才響。

我匆匆趕到學校，白尚桓拿著記名板攔住我，額角隱隱浮起一條青筋，咬牙罵道：「妳眞的很想集點換大過嘛。」

「我的鬧鐘沒電了。」我苦著臉解釋。

「眞麻煩。」他突然壓低聲音，「教官正在看，妳把書包打開。」

「咦？」

「快點。」他催促著。

我一頭霧水地掀開書包，白尚桓又彎下身子將我的書包蓋回去，轉身朝站在不遠處的教官舉手示意。

「怎麼了？」教官隨後走來。

「教官，我早上出門太急，忘了帶皮夾，所以臨時請副班長去我家拿，才會害她遲到。」白尚桓解釋著，同時攤開右手，掌心裡像變魔術一樣多出一個皮夾。

他竟然在掩護我。

可我剛才並沒有看見他從哪裡取出皮夾，難不成是他早就預藏在記名板下面？

「白尚桓，以後出門要注意點，這次就不記她了，不過下不爲例。」教官朝我擺擺手。

「是，教官。」白尚桓朝我使了個眼色，「快進教室。」

「謝謝。」我感激地道了聲謝，暗自慶幸自己逃過了一回。

然而有句話說：拿人手短、吃人嘴軟。沒多久我就開始後悔早上沒讓他記名。

午休時間，白尚桓伸手敲敲我的桌角，「妳應該要履行承諾吧？」

「什麼承諾？」我狐疑地問。

「妳之前爬牆進來時，對我說過什麼？」

我歪頭想了想，當時要他饒了我、別記我遲到，條件是……請他喝飲料！

「可是這次我又沒有求你放水。」我心裡暗道一聲不妙。

「好，我去教官室把妳的名字加回去。」他冷然轉身走向門口。

我急得從椅子上跳起來，揪住他的衣服，「不要不要，請就請嘛。」

來到福利社，我站在飲料架前，悶悶地問：「你要喝什麼？」

「就妳上次喝的那種。」

我取下一杯昂列奶茶，結完帳，邊走邊遞給他。

「吸管。」他的眼神很故意。

我翻了個白眼，抽出吸管用力戳進杯蓋裡，將奶茶推向他。

白尚桓瞧了瞧我氣鼓鼓的臉，突然伸手握住我拿著奶茶的手，低下頭張嘴含住吸管。

我一時反應不過來，只是呆呆地凝視他近在眼前的側臉。白尚桓吸了一口奶茶，薄脣微微抿了兩下，接著揚起嘴角，似乎覺得很好喝。

那輕輕咬脣的小動作，喝奶茶時微微滾動的喉結，讓我看了心跳又莫名失控。

不知道吻上去是什麼感覺……

啊！

我用力搖頭甩去腦海中的遐想，發現周圍有不少人注視著我們，這才驚覺我的手還被他握著。

「手、手、手……」我急得跳腳，想抽回手卻又被他牢牢握住。

「味道還不錯，不過有點甜。」白尚桓無視四周的異樣眼光，慢慢鬆開我的手，抽走奶茶，「走吧，回教室休息。」

我默默跟在他的身邊，左手輕輕摩娑右手的手背，想擦掉他餘留的體溫。

白尚桓掏出手機，解鎖後遞給我，「把妳的LINE加進來。」

「爲什麼？」我伸手接過手機，不明白他要幹麼。

「方便聯絡班務呀，班上的幹部都加了，只剩下妳沒加。」

「喔……好吧。」我無法拒絕這個要求，因爲每個班級都有LINE群組，很多班務和活動都會發布在裡面。

可是跟白尚桓加了LINE，我們的羈絆會不會又加深了？

因爲心不在焉地想著其他事，我不小心點進手機裡的相簿，螢幕上跳出一張照片。照片裡，白尚桓穿著清爽的白色T恤，臉上掛著慵懶笑容躺在沙發上，一手自拍，另一手摟著一隻白色貓咪窩在他的頸窩處，貓咪也張著萌萌大眼望著鏡頭。

指尖朝旁邊一滑，下一張照片是白尚桓抱著白貓，貓咪用貓掌摸著他的臉頰。

我的心跳頓時多了一拍，沒想到男生寵貓的模樣這麼萌！

「妳在亂看什麼?」白尚桓發現情況不對，立刻將手機搶回去。

「抱歉，我不小心誤觸。」我忍不住笑出聲，「原來你也是個貓控!」

白尚桓沒有回話，耳根微微泛紅。

「那爲什麼你後來不想當獸醫?」

「我認識的獸醫大哥說，如果只是喜愛小動物就想當獸醫的話，倒不如好好養一隻寵物就好，因爲獸醫師接觸到的大多是生病的動物，不只可愛的貓狗，還包括其他動物，例如豬、牛、羊。我思考過後，覺得自己只是單純喜歡貓而已，就打消當獸醫的念頭了。」

「那位獸醫說的有道理，我把這個職業想得太簡單了。」不只是他，我也以爲獸醫只要醫醫貓狗就行。

爬上教學大樓的樓梯，遠遠就看見阿霖拿著掃把在走廊上打掃，他今天是值日生。

「對了，那隻白貓是你撿的嗎?」我想起白尚桓提過，他小時候常常撿貓狗回家。

「嗯，我念幼稚園的時候撿的，當時還是小貓咪。」談到自己的寵物，他的聲音多了一絲溫柔。

「牠叫什麼名字?」

「小白。」

「那你是大白嗎?」我噗哧一笑。

白尚桓嘴裡咬著吸管，冷冷地朝我斜射了一記眼刀。

「耶!掃完了!」阿霖掃完地，突然很嗨地舉起掃把揮舞。

我一眼就看出他揮舞的招式是星爆氣流斬，但說時遲那時快，他手中的掃把竟然脫手而出朝我射來。

「小心！」白尙桓側身將我摟進懷裡，同時以左臂格檔住飛來的掃把，手裡的奶茶被打落，濺得到處都是。

「班、班長！對不起，我不是故意的。」阿霖滿面驚慌地跑來，不斷哈腰道歉。

我被白尙桓護在懷中，呆愣了幾秒才推開他，指著阿霖的鼻尖質問：「阿霖！我不是說過不能在走廊上使出這招式嗎？」

「對不起嘛……」阿霖低頭道歉，想了想又不服氣地反駁：「這不全是我的錯，是因爲妳說不能在走廊練，才會讓我一時忍不住就使了出來。」

「我也有錯？」這是什麼道理？

「對呀，我從小個性就是這樣，愈是被禁止的事，我就愈想去嘗試。」阿霖露出淘氣笑容，「妳說不能在走廊上練，我就愈想跟妳作對，覺得某天一定要在走廊練看看。」

「這在心理學也算一種暗示。」白尙桓附和阿霖的話，「剛才我看到阿霖拿著掃把在玩，突然想起妳說過的話，所以特別注意了下阿霖的動作，才能第一時間反應過來，幫妳擋下掃把。」

「如果我沒有特別提醒你，你就不會在走廊上使出那招嗎？」我向阿霖求證。

「對呀，我應該連想都不會想到要那麼做。」阿霖猛點頭。

聽到他這麼一說，我的思緒亂成一團，一時不知道該說什麼。

「可惜了。」白尙桓看著翻倒在地上的奶茶。

「班長，我賠你一杯。」阿霖雙掌合十懇求。

「不用，這杯是不一樣的，你要怎麼賠？」

「嗄？」

「還不快去拿拖把出來清理。」

「是！」阿霖抓著掃把奔回教室，改拿拖把出來拖地。

我神色恍惚地回到座位午休，心裡不斷思索阿霖所言，無法相信這個結果是我自己造成的。

放學後，我背起書包準備離開教室，無意間看到白尚桓的座位下躺著一個MONO的橡皮擦。

我蹲下身撿起橡皮擦，竟摸到一種凹凸的感覺。我狐疑地將橡皮擦翻轉過來，乍見它的底部雕刻著葉型花邊，頓時嚇傻了眼，抽開紙套，只見它的側面還雕了一朵漂亮的玫瑰花。

我彷彿被雷劈到似的僵在原地，一股強烈的恐懼感湧上心頭，急急抓著橡皮擦一路跑到校門口。

等到糾察隊值勤結束，我一頭衝進糾察準備室，把滿室的糾察隊員嚇了一大跳。

我看了看準備室裡的擺設，努力回想夢裡的景象，只勉強記得牆上有個白板公布欄，夢裡的白尚桓很生氣地搥了它一下。

這間準備室裡也有白板公布欄，但是這種公布欄很普遍，學校裡每間辦公室都有，就連警衛室也有，我還是無法確定那算不算預知夢。

白尚桓將全部的隊員統統趕回家後，促狹地問：「妳要幫我打掃準備室嗎？」

「不是。」我拿出橡皮擦，「我在你的座位下撿到這個，是你的嗎？」

「嗯。」

「之前我問過你，你說你沒雕過橡皮擦！」

「當時眞的沒雕過，後來是因爲妳提到了，我回家無聊就上網搜尋了一下影片，加上手邊剛好有筆刀和橡皮擦，就試刻了一個，發現還挺有趣的，對於我這種美術白痴來說，稍稍增加了點成就感。」白尚桓拿走橡皮擦塞進書包裡。

「是我先問你會不會雕刻橡皮橡印章，才讓你想學習雕刻的嗎？」我猛然抓住白尚桓的手臂。

「對，如果妳沒有提起，我根本連查都不會想查。怎麼了嗎？」他微微瞠大眼睛，被我的舉動嚇到。

「我車禍昏迷時做了一場夢，夢見二〇一九年，我跟你、余浩彥、阿霖還有湘菱同班，可是當時的我只知道自己跟你同班而已，並不知道還有跟他們同班。」我急促說道。

「喔。」他面無表情地點頭。

「你不覺得這很恐怖嗎？」他的反應讓我有點傻眼。

「妳夢見的是正常人，這會恐怖嗎？假如妳夢到鬼，然後鬼眞的出現在現實中，那才叫恐怖吧。」

「你不要跟我開玩笑！」我被他的話逗笑了，隨即氣不過地搥他一下。

「好，我認眞。」他雙臂環胸靠著窗邊，「在那場夢境之前，我們四個人妳都曾經見過吧？」

「嗯。」

「大腦會把妳經歷過的事，甚至是妳忘掉的人或事，不分時間軸的在睡夢中胡亂拼湊起來。妳難道不曾夢過現實中沒有關連的人，在夢裡齊聚一堂嗎？」

「這……當然有。」我夢過國小和國中同學混在同一班上課，「可是我一次夢到四個人同班，四個人全中，你難道不覺得這是預知夢嗎？」

「根據科學家的研究顯示，人類平均每晚有兩個小時在做夢，數量可達好幾個，大部分的夢境都是記錄在淺層記憶裡，往往睡醒後只記得最後一個夢。再根據統計學，全世界的人從小到大做夢的次數加總起來，是個天文數字，要在數量這麼龐大的夢境裡，找到一件和現實生活中發生過的相似事件，並不是一件很困難的事。」

這會不會太認眞？我張著嘴愣愣望著他，腦細胞很努力地消化他的分析。

「所以夢會有預言性，其實是機率問題。」白尙桓下了一個結論。「就像妳遲到難得爬牆進來，我心血來潮巡到體育館後面，碰巧抓到妳一樣，妳不覺得現實生活中的巧合比做夢夢到的還多嗎？」

他這麼說也對……

「可是我還夢見阿霖在走廊練星爆氣流斬，夢裡的我甚至收藏著一盒橡皮擦印章。」我再提出質疑。

「那是我刻的嗎？」他微微挑眉。

「我不知道是誰刻的……」當時夢裡的我並沒有去查證。

「我曾經做過一個夢，夢見我生日的時候，爸媽帶我去吃迴轉壽司，我吃了一百多盤，盤子堆得跟山一樣高。夢醒之後，我把這個夢境告訴我爸媽，後來那年的生日，他們就帶我去吃迴轉壽司。妳覺得這個夢是預知夢嗎？」

「不是，是你先夢到，醒來後跟你爸媽講，他們才帶你去吃的。」

「同樣的道理，是妳先夢到橡皮擦印章，我只是聽妳提起才接觸的，阿霖也是因爲聽了妳的話才會在走廊上練功，這是因果關係，不是預知。」他口氣堅定，再次以論點說服我。

「不管怎樣，我覺得你還是不要繼續雕刻橡皮擦印章，這樣會比較好。」儘管我無法反駁他，心頭卻仍是不安。

「除了那些，妳還夢到什麼？」他眼神帶點好奇。

「夢到你……」我說不出口，垂於身側的雙手揪緊裙子。

「夢到我死掉？」

「你怎麼知道？」我驚訝地脫口而出。

「妳的表情回答的。」他伸指戳戳我的臉頰。

「你聽了不會害怕嗎？」

「還好，我以前也夢過家人去世，甚至夢到自己死掉，但是現實裡，大家都活得好好的。」他緩緩傾身向前，近距離凝視著我，「難不成這些日子以來，妳一直在擔心我會出事？」

「嗯。」我點點頭。

「非常擔心嗎？」

「當然，因爲那個夢境感覺很眞實，眞實到連日期、時間、地點都一清二楚。」

「是二〇一九年的幾月幾日、時間、地點、死法？」

「是……」我猛然打住底下的話，心頭閃過一個模糊的想法，「如果你知道自己哪天會出事，你會怎麼辦？」

「我是一個懷疑論者，性格裡也帶點叛逆，如果不是親眼所見，我不會輕易相信非現實的事情。所以如果知道時間地點，我會親自求證夢的眞實性。」白尙桓的眼眸隱隱透出一絲精銳芒光。

阿霖會在走廊上使出星爆氣流斬，白尙桓會去學習雕刻橡皮擦印章，全是因爲我向他們提過，間接影響了他們的行動，形成跟夢裡相同的結果。

但是我會知道那些事，是因爲我做了那場好像預見未來的夢，這就像雞生蛋、蛋生雞的問題一樣無解。

不過康叔叔和媽媽之間的關係，由於我並沒有跟他們提過那場夢境，而現實中也根本不需要我插手，他們自然而然地漸行漸遠。

難道先說出那場夢的內容，眞的會起暗示的作用，進而影響事情的走向？

我不能再冒這個風險。

因爲白尙桓理性到有點鐵齒，若我跟他說了事發的詳細經過，他一定會像阿霖一樣，愈阻止就愈想嘗試。

「我不想講了。」我輕輕嘆氣。

「爲什麼？」

「因爲你好像把我當成笨蛋在看。」

「呵……怎麼會呢？」白尙桓忽然失笑，伸手輕輕撫摸我的劉海，像在順寵物的毛，「我怎麼會當妳是笨蛋？我當妳是……」

「我也不是你的寵物啦！」我佯怒地抓起書包甩打他。

澄色的夕陽自玻璃窗透射進來，籠罩在白尙桓的身上，他沒有閃躲我的攻擊，反而抓住我的書包一扯，我收不住力道，直接撞進他的胸膛，揚起細小的塵埃在光影中旋舞。

「妳啊，愛鑽牛角尖又死腦筋，就算是笨，也笨得很可愛。」

我揉著被撞疼的鼻尖，自他的懷中抬起頭，看見懸浮的微塵映著夕陽的餘暉，在他的周邊流轉。

白尙桓低著眼眉凝視我，深邃的眼神好像藏著一片星空，嘴角勾起輕柔的笑意。

也許是這天的夕陽正美，襯得他的笑臉看起來格外好看，而他剛好又用寵溺的口氣，說了一句很溫柔包容的話，這一瞬間，我的心竟輕輕悸動。

晚上回到家，我對著碗裡的飯菜發呆，回想在糾察準備室裡發生的事。

當時的悸動只是種假象吧？

說不定白尙桓對任何女生都能輕易說出那種話，而女生們聽了也會一時心動，我不能被那個假象蒙蔽了理智。

不過依照白尙桓對於預知夢的解釋，每個人每晚都會做許多的夢，總會有一、兩個和現實相符。儘管覺得白尙桓的話很有道理，但我仍無法揮去心中的不安。

爲了避免夢境成眞，最好的方法就是我和白尙桓絕對不可以成爲情侶，我不能喜歡上他，更不能讓他喜歡上我。

「可珣，妳在煩惱什麼？」

「嗄？」我抬頭望著餐桌對面，媽媽關心地看著我。

「瞧妳臉色變來變去的，是考試考不好嗎？」媽媽放下手裡的碗筷。

「不是……」

「不然是怎麼了？」

「只是想到今天中午有個同學在走廊上玩掃把，差點打到人。」我把阿霖的事推出來當擋箭牌。

「差點打到妳嗎？」

「嗯，幸好班長……」我連忙打住底下的話。

「白同學又救了妳？」媽媽微微一笑。

「他、他只是擋下了掃把而已。」

「呵呵……那也是救了妳啊。下次有機會去學校，媽媽一定要跟那位白同學好好認識一下。」

「媽！」我輕輕跺了下腳，立刻轉移話題：「媽媽呢？上次說要去廖先生家吃飯，後來的情況如何？」

「他的大兒子和大女兒說學校有事無法回家，那頓飯沒能吃成。」

「喔，這星期學生應該都在準備期中考。」

「我想也是。」

「那……康叔叔有跟妳聯絡嗎？」我打探道。

「他出國後，我們就很少聯絡了。不過看他臉書貼了很多跟太太出遊的照片，生活似乎過得很愜意。」媽媽夾了一顆滷蛋到我碗裡。

聽媽媽這麼說，我頓時覺得安心不少。可是除了白尚桓和阿霖，我還跟吳芯羽說了「柔依」的事，這會不會又導致夢境的結果成眞？

唉，不想了。

就像白尚桓說的，何秉勛如果是吳芯羽的命定之人，那麼不管遇到什麼阻礙，兩人最終還是能修成正果的，反之，就會像我一樣失去對方。

第六章　妳預見我會喜歡妳嗎？

一道鈴聲穿進我的夢中，我半夢半醒地伸手在床頭櫃上摸索，找到鬧鐘後將它按掉，但是鈴聲沒有停止。

仔細一聽，那鈴聲不是鬧鐘的，而是LINE的通話鈴聲。

誰那麼早打LINE給我？

我努力睜開眼睛，拿起手機一瞧，來電的竟然是白尚桓！

我連忙坐起身，按下接聽鍵，「喂。」

「響那麼久才接，妳是不是還在賴床？」白尚桓慵懶的嗓音略帶沙啞，好像也是剛起床。

「你找我有事？」

「叫妳起床上課呀。」

「爲什麼要叫我？」我又沒有拜託他。

「我剛才被小白踩醒，看看時間剛好是五點半，怕妳像昨天一樣遲到，就順便叫妳起床。」

「可是被同學叫起床很奇怪。」我又不是你的女朋友。

「妳被鬧鐘叫醒很奇怪嗎？」

「你是鬧鐘嗎？」我差點笑出來。

「不然是妳男朋友嗎？」

「當然不是！」

「妳不要浪費時間，趕快下床準備出門上課。」語畢，他掛了電話。

「凶屁喔？眞是莫名其妙。」眼看時間不早，我趕緊換了衣服上學。

今天是期中考第一天，班上雖然平常很吵鬧，讀書的風氣不如資優班好，不過面臨重要的考試，大家還是會努力貫徹臨時抱佛腳的信念，就連白尚桓也不列外。

「班長好認眞在念書喔。」黃湘菱朝白尚桓的方向使了個眼色，「看到聰明的人考前念書，感覺就是會考出一大堆一百分，眞是讓人焦躁。」

我轉頭看白尚桓，他單手支著臉頰，另一手輕輕翻過課本頁面，模樣優雅而沉靜，好像一幅畫。

「妳看呆了。」黃湘菱伸手在我的眼前揮了揮。

「哪有？」我眨眨眼回神，將視線拉回課本裡。

當時，我以爲白尚桓只是怕我考試天遲到，才會特地叫我起床，可是期中考結束後，我還是天天在清晨五點半接到他的電話，被他用命令的語氣催促著我速速起床。

雖然有人叫醒我很好，但我不希望那個人是白尚桓。

午休時間，白尚桓像往常一樣趴在窗邊吹風，看起來很愜意。

我走到他的身邊，鼓起勇氣拒絕：「白尚桓，謝謝你期中考那幾天打電話叫我起床，現在考試結束了，你可以不用再那麼做了。」

「妳家住的遠，每天要那麼早起，我只是覺得多個人盯著，妳會睡得比較安穩。」白尚桓站直身子，伸了一個小小的懶腰。

那句話又深深觸動了我的心，原來有人理解且關心著我。

由於是單親家庭，媽媽常常要加班貼補家用，爲了讓她有足夠的睡眠，因此我從小學開始就是自己起床上課。

媽媽說，既然我出生跟了她，就要接受這樣的現實。而這麼多年來，我也習慣了這樣的生活模式，只是有時候溫書晚了，還是會擔心隔天爬不起來，多個人盯我起床，的確會睡得比較安穩。

「可是你原本可以不用那麼早起。」我低下頭小聲地說。

「我打完電話都會繼續補眠。」

「你不覺得麻煩嗎？」

「我很討厭抓同班同學的遲到，叫妳起床只是剛剛好。」他頓了一下，突然想到另一個方法：「不然妳以後起床就先傳個早安圖給我，五點四十五分前沒收到貼圖，我再打電話叫醒妳。」

「可是我不想要……」我拉住他的衣服不斷搖頭。

「妳不想要麻煩我，那就加油點別賴床。」他一副沒得商量的表情，轉身回到自己的座位，拿出糾察臂章準備值勤。

「專制。」我扁嘴嘆氣。

翌日早上，我像往常一樣從棉被裡探出手，按掉床頭櫃上叫鬧不休的鬧鐘。鬧鐘有貪睡設計，五分鐘後會再響一次，我習慣性又倒頭繼續睡，腦海突然閃過白尚桓說過的話。

我猛然嚇醒，胡亂地抓起床頭櫃上的手機，點開白尚桓的LINE，傳了一個早安貼圖給他。

貼圖被迅速已讀，這傢伙眞的在等我傳訊息！

「起床的壓力好大啊……」傳完貼圖，我又無力地埋進枕頭裡。

突然手機叮咚叮咚連叫了好幾聲，完全不給我賴床的時間。

我拿起手機一瞧，白尚桓竟然一連丟了七、八張照片過來，全是小白在床上睡到翻肚的照片。

「可惡！你曬什麼貓照啦。」我用力搥著枕頭，看著小白萌萌的照片，混沌的腦袋完全清醒了。

期中考結束，下課時間班上又恢復一貫吵鬧，只有白尚桓坐的這一區是稍微安靜的。

「你早上回得眞快。」我堆起笑臉，轉身側坐在椅子上。

「因爲小白剛好睡在旁邊。」白尚桓也側過身體，後背斜靠在窗臺邊。

「睡姿超可愛的，牠天天跟你一起睡嗎？」不！

「牠其實有自己的窩，可是不愛睡在那，只喜歡跟我窩在一起。」他拿起手機點開一張照片，是一個貓咪造型的貓窩。

「哇，好可愛的床！」停！

「這是牠的跳臺。」他滑過下一張照片。

「哇，上面還有個逗貓球耶！」不對！我不是來跟你聊貓咪，而是要叫你別再管我起沒起床。

「那是我綁的，小白很喜歡玩球。」白尚桓嘴角輕揚，眼神微微亮了起來，「這是牠的出浴照。」

我仔細看著照片，小白把頭擱在浴盆的邊緣，頭頂蓋了一條小毛巾，像在泡溫泉一樣。

「好可愛喔！」嗚，重點又錯了！

「落湯貓。」他滑開下一張照片，是小白渾身溼淋淋地坐在椅子上，露出一副生無可戀的死魚眼表情。

「哈哈哈……牠的表情跟你好像。牠很討厭洗澡嗎？」我被小白的表情逗笑了。

「很討厭喔。」白尚桓綻放笑容，黑眸瞇成彎月型，「妳想不想抱抱小白？」

「好啊！呃……等等。」我比了個暫停的手勢，壓仰住滿心對貓咪的愛意，戳破他的意圖，「你不要一直岔開我的話。」

「妳不是要跟我聊貓嗎？」他竟然裝傻。

「不完全是。」我收起笑容，擺出正經的表情，「你每天像查哨一樣的盯我起床，讓我壓力很大。」

「好，我不盯了。」意外地，白尚桓一口答應，毫不囉唆。

「謝謝。」我不禁覺得詫異。他今天怎麼那麼好溝通？

然而應該為此感到開心的我，在晚上看書時，卻下意識地一直盯著手機發呆，想著明天開始，我就收不到他的訊息了。

為什麼我會感到失落呢？

可是為了避開那場夢的結局，我必須跟白尚桓保持距離，這樣才是對的。

雖然我如此說服自己，卻預料不到習慣成自然，隔天早上我被鬧鐘吵醒後，竟迷迷糊糊又傳了LINE貼圖給白尚桓。

一送出貼圖，我當場嚇醒。

正想收回訊息，沒想到貼圖又被快速已讀，然後十幾張的小白寫眞照回傳過來。

我看了實在哭笑不得，忍不住回他訊息。

姚可珣：你曬貓曬得太過分了！

白尚桓：我可以再喪心病狂一點。

叮咚！又一張照片傳來。

照片裡，白尚桓摟著小白趴在床上，一人一貓的臉頰相貼，看起來好有愛的模樣。

姚可珣：學校裡，有沒有人知道你是個炫貓魔？

白尚桓：只有妳。

我心跳了一下，以指尖輕輕描繪照片中白尚桓的臉。

只有我，窺知了白尚桓的另一面，對他而言，我是特別的存在嗎？

我莫名變得好在意他的想法。

期中考的校排榜單終於公布了。

普通班跟資優班的差別，就是同學們的考試成績很兩極，好的極好，差的極差。

白尚桓又是全班第一名，萬年校排第三名，跟第一、二名的數資班同學分數相近，差別在人家是以臺大醫學院當目標的用功型怪物，而他既沒目標又不用功。

如他所言，是個很廢的學霸。

班排第二名是余浩彥，第三名是黃湘菱，她因爲被降班的緣故，從暑假開始便發奮念書，果眞被她念出成績來。

我是第十名，由於荒廢了課業一段時間，成績被黃湘菱超越，可說是比上不足比下有餘。

我們，其實沒那麼差。

「可是我去對照語資班的成績，我是第三十名，只進步了六名，還是擠不進校排榜。」黃湘菱沮喪地嘆氣。

「湘菱，不要再去跟語資班比了，要比就跟班上的余浩彥和白尙桓比。」我安慰地拍拍她的手背。

「班長根本是怪物級的，妳是在打擊我嗎？」

「我是希望妳充滿信心地念書，而不是滿懷自卑。」

「我明白，雖然這樣說不太好……」黃湘菱壓低聲音，「但自從來到九班，我眞的找回消失已久的自信，讀起書來變得比較快樂。」

「雖然班上同學的程度不如語資班，不過我覺得大家都很有個人特色，也覺得自己比較適合這個班級。」我眞心這麼認爲。

例如艾婕，她在社團裡相當活躍，小考成績一向不太理想，直到期中考前一個星期才開始衝刺，成績竟然衝上第十一名，可說是爆發力十足。

阿霖雖是墊底的最後一名，不過跟他相處的這些日子，發現他很喜歡看小說和動畫，從中吸收了很多知識，懂的東西非常多，老師們都稱他是知識王。

「黃湘菱。」余浩彥用課本輕輕敲了下黃湘菱的頭，「我教妳那麼多次數學，妳考得不錯應該要答謝我吧？」

「你想要我怎麼謝你？」黃湘菱認眞地問。

「當然是請吃牛排。」

「夜市的嗎？」

「妳有沒有誠意呀？」

「那……我請你吃貴一點的牛排，但你以後要繼續教我數學。」黃湘菱雙手合十拜託。

「既然妳這麼有誠意，那我就勉爲其難繼續教妳。」余浩彥滿意地點點頭。

「各位同學注意！」艾婕自門口進來，走到講臺上宣布：「下個月有一場『環境保護彩繪圍籬』的活動，學校規定二年級每班要推派一組參加，請問有沒有人想去？」

「彩繪圍籬？」同學面露疑惑。

「就是在牆上畫圖。」

「用什麼畫？」

「用油漆。」

「那太難了吧！而且畫完一定會搞得全身髒兮兮。」

全班吵鬧了半天，結果都沒有人想要參加。

艾婕走到余浩彥身旁，「余浩彥，我找不到人，你畫畫那麼厲害，可以幫我嗎？」

「可是我不會用油漆畫圖。」余浩彥面帶猶豫。

「不是只有你不會，應該全二年級的人都不會。」白尚桓說的有理。

「你去我就去。」余浩彥擺明要拖他下水。

「妳去我就去。」白尚桓轉頭看我。

「我……」我看到黃湘菱在偷笑，立刻逮住她：「湘菱去我就去。」

「咦？」黃湘菱傻了一下，「余浩彥去我就去。」

「余浩彥！」艾婕惡狠狠瞪他。

「好好好，我去、我去。」余浩彥擺擺手，接著一臉竊笑地看向白尚桓。

「麻煩死了。」白尚桓露出不太情願的表情，把下巴重重擱上手掌心。

艾婕在報名表上填下大家的名字，這件事便拍案落定了。

下午的體育課，全班在體育館打籃球。

打完球，我把記分板收進器材室，發現小花靜靜趴在鐵架的最裡側休息。

「小花在這裡幹麼？」我微微一笑，伸手撫摸牠的頭。

小花只是抬頭蹭了蹭我的手，輕輕叫了幾聲，不像往常那樣跑過來蹭零食吃。

「我要回去上課了，再見喔！」我向牠道別，轉身離開器材室。

那天過後，我就再也沒有在校園裡見到小花了。

氣象報告說今年是暖冬，十一月初依然帶著暖意，秋天似乎還沒走遠。

「小花不知道跑去哪了？」我趴在窗臺邊望著中庭的花圃，微風吹過花圃間的走道，捲起幾片落葉在地面旋動。

白尙桓正在安排糾察隊下個月的值勤表，聽到我這麼問時，淡淡回道：「應該是遇上帥氣的公貓，跟著牠私奔了。」

「欸，是這樣嗎？」

「因爲秋天嘛。」他回得理所當然。

「會不會回來時帶著三隻小小貓？」

「牠有剪耳耶。」白尙桓轉頭白了我一眼。

「噢，我忘了。」剪耳代表已被結紮。我吐吐舌，仰頭望著天空，「眞想念小花……」

當時只是感嘆了一下，沒想到隔天早上，我的LINE又被滿滿的小白寫眞照淹沒。

來到學校，我忍不住抗議：「白尙桓，你會不會太誇張？」

「妳不想我叫妳起床，我只好出動小白攻勢。」白尙桓背靠著窗邊，嘴角掛著淺淺笑意，「妳最近都沒有遲到，這成果不是很好嗎？」

「我要把你的變態行徑告訴湘菱。」我轉身走向黃湘菱。

「不行。」他迅速伸手勾住我的頭，將我拉回他的身側，「這件事只允許妳知道。」

爲什麼？我忽然不敢問出口。

白尚桓沉默了下，放柔嗓音：「上星期我聽到妳跟黃湘菱說要回診，檢查結果怎樣？」

「醫生說復原得很好，腦袋裡的血塊已經自主吸收了，上體育課沒問題。」我撥弄著前額的劉海。

「那就好。」他輕輕點頭，「妳今天放學可以等我嗎？」

「幹麼？」我不安地側移一步。

「妳很奇怪。」

「有嗎？」

「妳常常上一秒跟我聊得愉快，下一秒又開始躲我。」

「我只是覺得……我們保持一點距離比較好。」我彆扭地抓抓額頭。

「怕我會喜歡上妳？」

「嗄？」我嚇了一跳。

「怕的話，妳就不應該躲。」

「……爲什麼？」

「因爲愛情模式的其中一種，就是獵物愈逃，獵方愈想追。」他清澈的雙眸望著我。

我尷尬地別開眼一笑，不知道該講些什麼，只能裝傻逃開，同時思索起艾婕和余浩彥的相處方式。艾婕總是大方地跟他說笑，兩人的關係好像也沒起什麼變化，難道我閃躲白尚桓的行爲又造成了反效果？

如果沒有那場夢，我就不用顧慮太多，那該有多好。

放學後，我算著時間來到糾察準備室外，倚靠在門邊。

白尚桓背著書包出來時，發現我站在外頭，微微一愣。

「你不是要我等你。」我沒好氣地說。

「嗯。」他嘴角微微一勾。

出了校門，我和白尚桓並肩走在下山的路上，大概是中午被他那樣一說，現在氣氛變得超級尷尬。

「你找我有什麼事？」我露出微笑，提醒自己態度要自然點、大方點。

「這個星期日要去彩繪圍籬，剛好那天也是浩彥的生日，我只是想問妳，活動結束後要不要一起幫他慶生？」

這種事需要放學後再說？

「當然好呀，你想怎麼幫他慶祝？」

「就請他吃些特別的餐點，妳有沒有推薦的？」他皺起眉頭，似乎想不出要吃什麼。

「吃韓式炸雞如何？」我提議，不久前媽媽帶我去吃過。

「我……不吃雞。」他偏了偏頭。

「爲什麼？」

「因爲啃骨頭好麻煩。」

「它有去骨炸雞可以點啦。」我抿脣一笑，這傢伙竟然連吃東西都嫌麻煩。

「那還不錯。」白尚桓的薄脣又勾起優美弧度。

我收回視線轉而盯著路面。他的笑容愈來愈容易牽動我的心，讓我好生覺得困擾。

下山後來到寵物店門口，白尚桓要我等他一下，便逕自走進店裡。

我獨自站在店外，望著櫥窗裡正在玩耍的貓狗。

不久，白尚桓推門而出，手裡竟然抱著一隻毛色純白的貓。

「哇……小白！」我小聲尖叫，大步衝到他的面前，「好可愛喔。」

「牠很溫馴，不怕生，妳要不要抱抱？」

「可以嗎？」

「嗯。」白尚桓將小白抱給我。

「牠的毛好軟、好蓬鬆。」我小心地將小白抱在懷裡，輕輕撫摸牠的背，小白抬頭用死魚眼的表情瞪我，看起來可愛又欠扁。「你在哪裡撿到牠的？」

「幼稚園大班時，在公園的溜滑梯下面撿到的。」

「這麼說來，牠已經十一歲了？」

「對，阿公級的。」

「哈哈哈……」我伸手摸摸小白的頭，突然有點感傷，「記得最後一次見到小花時，牠躲在器材室的深處，現在想想，當時的牠好像沒什麼活力，不知道是不是生病……」

「不是。」白尚桓打斷我的話。

「我聽說……」貓咪臨死前會躲起來。

「小花絕對是跟公貓跑了。」

「你眞的好溫柔。」我心頭覺得暖暖的，不禁深深吸了一口氣，「好，我相信小花是跟很帥的公貓跑了，現在過著神仙般的生活。」話剛說完，上腹忽然有一股溼溼的溫熱感，同時我聞到一股尿騷味。

我抱開小白，發現制服上沾著黃黃的液體。

「對不起，小白年紀大了，有時候會尿失禁。」白尚桓馬上把小白抱過去，神情難得慌張，「妳先進來，我拿衣服給妳換。」

我被白尚桓帶到寵物店的裡間，員工專用的更衣室。

白尚桓把小白抱回樓上，回來時，帶了一件T恤和毛巾給我，自己則等在門外。

我脫掉制服，簡單清理過身體，再套上T恤，聞到一股洗衣精的香味。

換好衣服，我走出更衣室。

「制服給我，我幫妳送洗。」白尚桓一臉歉然地朝我伸手。

「沒關係，又不是沾到什麼難洗的油漬，我回家自己洗就好。」我不在意地笑了笑，將制服折好裝進塑膠袋裡。

「衣服有點大件，我沒有姊妹，只有哥哥。」

「這是你哥哥的衣服？」

「不，是我的。」他的眼底閃過一絲羞赧。

四周靜了幾秒，我的臉蓦地熱了起來，感覺穿著他的衣服就像被他擁抱著一樣。

白尚桓不知道想到什麼，臉龐同樣浮起淡淡紅暈。

「你、你幹麼臉紅？」我忍不住推他。

「我只是覺得妳穿男生衣服的樣子，很可愛。」他歪頭瞄了瞄我的制服裙，「如果可以配上短褲更好。」

「白尚桓，你的腦袋裡在幻想什麼！」我用力搥他兩下，臉紅得像蘋果一樣。

白尚桓低聲笑了起來，伸手揉揉我的髮頂，再以指節輕輕摩娑我紅通通的臉頰，曖昧的氛圍在我們之間流轉。

我的心跳得好快，發現「喜歡」其實是一種連鎖反應。

那天在糾察準備室裡的一瞬間悸動，就像是點燃引信般，將他這些日子以來不經意展露的小溫柔，全部串連在一起，同時引爆。

我感到鼻頭酸酸的，心頭湧起一股衝動，好想上前抱住他。

「我要回家了，星期日再把衣服還你。」我側頭避開他的手，壓下心裡的渴望，將書包背起來。

「嗯。」他輕應，眼神帶點黯然。

出了寵物店，我揚起微笑朝他揮揮手，「我要去等車了，再見。」

轉身走沒兩步，右手臂突然被人從後面握住，我的心又一陣狂跳，緊張地回望白尚桓。

「姚可珣，我問妳。」他的表情認真到有點嚴肅，「妳叫阿霖不要在走廊上練功，要我別再雕刻橡皮擦印章，妳是不是想要避開夢裡的事？」

我抿了抿脣，沒有否定。

「我在那場夢裡有喜歡上妳嗎？」

「沒有，夢裡我們只是普通同學，你一點都不喜歡我。」我逼自己直視他的眼睛。

「那麼我可以肯定，那不是預知夢。」他又輕輕笑了。

「爲什麼？」

「是的話，那場夢境應該會預見我喜歡妳。」

我呆愣在原地，思緒空白了好幾秒才意識到他在對我告白。我爲此感到無比開心，因爲白尙桓喜歡上我了；又覺得很想哭，因爲，白尙桓喜歡上我了。

「抱歉，搞曖昧太麻煩了，我是不是嚇到妳了？」他鬆開我的手，耳根悄悄泛紅。

「嗯……」我的心亂得不知如何是好。

白尙桓，你知道嗎，那個夢到目前爲止都是準的。

我確實在夢裡預見了你喜歡上我，而我也喜歡著你。

「我……我……」我無法說出實情，理智上明白自己應該要拒絕他，但情感上卻拒絕不了。

白尙桓眼神幽深地看著我，將我猶豫不決的模樣盡收眼底，隔了片刻，他突然笑出聲：「妳不用緊張，也不用給我答案，我只是討厭暗戀的壓抑感，想把喜歡的心情傳達出來而已，這樣以後就不會因爲妳不明白我的心意，而感到煩躁了。」

「你只是想要告白而已？」我有點傻眼。

「嗯。老實說……」他微微皺眉，露出一副難以啓齒的表情，「交往了就要撥出時間陪女友，感覺談戀愛太麻煩了，還是一個人比較自在。」

彷彿被澆了一桶冰水，我垮下肩頭，心情感到無比的失落，因爲白尙桓不想跟我交往；同時矛盾地鬆了一口氣，也是因爲白尙桓不想跟我交往。

「哪有跟女生告白又同時拒絕人的？」我一拳朝他的胸口搥去，覺得自己很沒面子。

「好吧。」白尚桓輕輕嘆了一口氣，「如果妳也喜歡我，我可以認真考慮一下要不要跟妳交往。」

「我才不喜歡你！」

「喔？」

「而且你那麼怕麻煩，根本不是最佳男朋友之選。」我撇撇嘴。

「我也覺得要成爲我女友的女孩，應該要有絕大的包容力。」他一臉漫不在意的笑了笑。

「那個女孩恐怕還沒出生。」

「那我可以再自由一陣子。」

「不只自由一陣子，搞不好是幾十年。」我翻了個大白眼，剛好看見公車到站，便朝他揮揮手，「車來了，再見！」

「等等。」他又拉住我的手臂，「星期日早上九點在火車站集合，妳爬得起來嗎？」

「拜託……」我苦著臉哀求他，「讓我休息一天，不要再用小白的帥照轟炸我。」

「好。」他失笑，凝視我的眼神帶點寵溺。

我快步跳上公車，找了個位子坐下。

白尚桓突如其來的告白，將那場夢是預知夢的可能性又提高了，倘若我能把持住不回應他的情感，加上康叔叔和媽媽沒有結婚，這樣就能扭轉夢裡的兩件事，比起橡皮擦印章和星爆氣流斬，這兩件事的分量顯然是更重的。

拒絕他應該是對的吧？反正他也嫌談戀愛太麻煩，這樣剛好如他的意。

想到這裡，一股莫名的悲傷感悄然湧上心頭，我看向窗外，白尚桓雙手插褲袋的站在路邊，以一種若有所思的迷濛眼神注視著我，不知道心裡在想什麼。

我眨了眨眼睛，轉頭不再看他，就怕自己的表情會洩露心事。

週六，媽媽難得沒有加班，一大早就去菜市場買菜，下廚做了些不曾做過的菜色。

「今天是什麼特別的日子，爲什麼要做這麼多菜？」我看著滿桌精緻的菜色，頓時感到飢腸轆轆。

「我在試做料理。」媽媽解開圍裙在餐桌前坐下。

「試做？」

「廖先生好不容易湊齊三個孩子的時間，約我們明天去他家吃飯，我提議做菜給大家吃，他就開了菜單給我，說是孩子們喜歡吃的。不過這些菜我都沒做過，所以昨晚特別上網查了料理方式，想說先試煮看看，免得明天出糗。」

原來這一桌全是那三兄妹喜歡吃的菜。

「媽媽忘了嗎？明天我要跟同學去參加彩繪活動。」一股醋勁在心頭炸開，我放下碗筷，剛剛入口的澄汁排骨頓時變得無味，「而且明天剛好是其中一位同學的生日，活動結束後我們要幫他慶生。」

「啊，我眞的忘了這件事。」媽媽的臉上閃過一抹歉意，「那妳明天就去畫畫吧，我會跟廖先生說一聲，改天再安排妳跟他見面。」

「好……」我塞了口飯進嘴裡，看著滿桌的菜色卻一點都不想動筷。「媽，我覺得有點奇怪。」

「什麼事奇怪？」媽媽端起碗問道。

「廖先生的三個孩子喬了那麼久，才喬出時間聚在一起，他們是不是故意推託，不想跟妳見面？」

「對。」媽媽毫不隱瞞地點點頭，「他們的媽媽才去世兩年多，的確還不能接受爸爸想要再婚。」

「我也覺得，爸爸那麼快就想再婚，顯得對死去的媽媽很無情。」我可以理解他們的心情。

「不然妳覺得要等多久？」

「至少等個五年、十年吧。」

「可珣，我們都不年輕了。」媽媽搖頭一笑，明顯不認同我的想法，「廖先生對太太的愛並沒有消失，他會接受相親，是因爲有次感冒發燒，孩子們都不在身邊，他找不到人照顧病了的自己。如果孩子可以永久陪伴身旁，他自然可以守著太太的愛，偏偏孩子們遲早都會成家，生活重心會擺在自己的家庭裡，他才會想要相親再找個伴。既然要找伴，趁早找對象不好嗎？難不成要等到七八十歲，變成一個老爺爺再來找嗎？」

媽媽的一席話堵得我啞口無言，大人的想法總是太過理性，不像孩子總把情義擺在第一。

我明白那三兄妹的心態，但如果以廖太太的角度來想，她應該會希望自己的丈夫能再得到幸福，而不是生病沒人照顧吧。

「我知道那三個孩子不能接受我，但凡事總是要努力，試過不行才能放棄吧？」媽媽的眼神很堅定。

「媽媽很喜歡廖先生嗎？」

「感覺還不錯，經濟能力、生活社交，各方面的條件都很好。」媽媽的回答一樣很現實。

「我不是指外在條件，而是他讓妳有心動的感覺嗎？」我不希望媽媽嫁給她不愛的人。

媽媽深深注視了我幾秒，接著搖頭一笑：「可珣，看到喜歡的男生走過窗外就會臉紅心跳，那是十幾歲少女才會有的反應，隨著年紀漸長，經過社會的歷練後，妳會發現自己愈來愈難為誰感到心動，尤其是像我這種離過婚、對愛情幻滅的女人來說，就算遇到條件再好的男人，也只剩下『感覺還不錯』的想法而已。」

「可是媽媽至少要挑一個最喜歡的。」我沒想到對某些人來說，一輩子可能就只有一次心動而已。

「可珣，媽媽都四十幾歲了，不是年輕貌美的女孩，還帶著一個孩子，妳要我挑什麼呢？」媽媽打趣地笑了笑，「人家不挑我就要偷笑了。」

我啞口無言。

「別聊了，妳趁熱嚐嚐味道，再跟我說說感想。」媽媽拿起筷子指指桌上的菜餚。

「好啦。」我每樣菜都各夾了一點品嘗，「我覺得全部都很好吃，沒什麼好挑剔的。」

「希望能合那三個孩子的胃口。」媽媽鬆了一口氣，「對了，白同學會跟妳一起去彩繪嗎？」

我咬住筷子，抬眼瞪著媽媽。

「這就表示會嘍。」媽媽又笑了。

「妳幹麼一直問起他？」

「那次在醫院對他印象滿好的，加上他曾經救過妳，覺得他是一個不錯的男生。」

「他沒妳想的那麼好。」

「怎麼說？」

「他很怕麻煩，常常把雜事推給我，雖然功課很好，卻沒什麼理想和目標，平常看起來也沒什麼衝勁，常常望著窗外發呆。」我低頭攪弄著碗裡的飯，腦海閃過白尙桓耍廢的模樣，其實一點都不討厭。

「年輕時，我也嚮往那種有理想、有幹勁、受歡迎的男孩，就像妳爸爸一樣。」媽媽略帶感慨地嘆了一口氣，「現在我卻覺得平凡一點也不錯，只要有穩定的工作，喜歡賴在家裡看電視，願意吃我煮的飯菜，這樣就足夠了。」

「就像《我們這一家》裡，花媽的老公嗎？」

「是啊。」媽媽點頭一笑。

看著媽媽落寞的笑臉，淡淡的心酸感湧上心頭，曾經被愛情背叛過的人，大概很難再相信心動的感覺，只能憑著理智去分析對方的各項條件。

只不過，我還是無法想像少了怦然心動，要如何喜歡上一個人？甚至是共度一生？

吃完午餐，我幫媽媽把餐盤洗乾淨，隨後回到客廳滑開手機，發現艾婕在LINE裡設了個新群組，將我、白尙桓、余浩彥和黃湘菱拉了進去。

這情形跟那場夢境一樣，我們四人設有一個小群組，不過現實多了個艾婕，跟夢裡又有一點不同。

艾婕在群組裡說明彩繪活動的注意事項：

明天早上九點在火車站集合，然後搭接駁車到彩繪地點。

主辦單位會提供油漆和繪畫工具，由於彩繪時多少會弄髒衣服，建議大家穿舊衣服到場。

活動時間到下午三點，評審老師會選出前三名的作品，現場頒發獎狀和獎金，四點再搭接駁車回火車站。

讀完訊息，想到明天就要見到白尚桓，心情再度變得煩悶。

無法說出口的喜歡、不被對方了解的情意，壓抑在心底是多麼委屈且痛苦，難怪怕麻煩的白尚桓會選擇對我坦白，不想被患得患失的心情掌控住。

但是我呢？我眞的可以將這份喜歡永遠藏於心底嗎？

ღ

氣溫一夜間連降了好幾度，微涼的秋意被遲來的冬意驅走。

我穿上長袖T恤和運動外套，將白尚桓借給我的衣服裝進背包裡，出發前往火車站。

來到集合地點，大家都到了，獨不見艾婕的身影。

「艾婕還沒來嗎？」我問大家。

「她一早打電話給我，說生理痛到下不了床，我就叫她在家休息了，否則只是造成大家的困擾。」說話過程中，白尚桓的視線緊瞅著我，像在觀察我對他的態度有沒有改變。

「生理痛痛起來的確讓人只想在床上打滾。」黃湘菱露出同情的苦笑。

「彩繪的事，我們四個一起努力吧！」余浩彥不在意地笑道。

接駁車抵達車站，我們排隊上車，白尚桓默默插到我的身後，將黃湘菱隔了開。

上車後我找了個位子坐下，白尚桓隨後坐到我的旁邊，我轉頭望了望後座，黃湘菱跟余浩彥坐在一起，兩人有說有笑。

「你怎麼不跟余浩彥坐？」我狐疑地問。

「因爲習慣了。」他上身傾靠過來，以很輕的嗓音解釋：「坐旁邊比較方便，想跟妳說話的時候，只要轉頭就能看到妳。」

「你眞的很懶耶！」我心跳了下，皺眉斜睨了他一眼，再打開背包拿出T恤，「還你，前天跟你借的衣服，我已經洗乾淨了。」

「抱歉，小白造成妳的麻煩。」他歉然地接過T恤。

「沒關係。」我並不在意，「你有帶小白看過醫生嗎？」

「之前看過了，醫生說牠有遺傳性的囊腫腎，隨著年紀愈大腎臟功能會愈差，遺傳疾病也無法治療，只能讓牠好好的養老。」白尚桓將T恤塞進背包，再從提袋裡拿出一杯昂列奶茶，將吸管插好後遞給我，「這是我帶小白去買的，我問牠要不要跟妳賠罪，牠喵了一聲說好。」

「牠那一聲喵，說不定是在說NO。」我忍不住莞爾，接過奶茶喝了一口。

「小白知道我喜歡妳，才沒那麼壞心呢！」他冷不防地丟了一記直球。

我的心又狂跳了幾下，伴著一股熱氣湧上臉頰，忍不住用肩頭頂開他，轉頭望著窗外。

白尚桓輕輕笑了一聲，沒再多說什麼，逕自從背包裡掏出手機上網。

接駁車駛出擁擠的市區，開進一條小路，沿途可見農田風光，零星的住家散落其間。

沒多久，接駁車抵達一處工地。

下車後我環顧四周，發現參加彩繪活動的除了學生外，還有一些社會人士，也有全家自行開車過來的，目測人數應該超過兩百人。再轉頭一瞧，這座尚未動工的工地占地相當大，四邊圍著鐵皮圍籬，外圍則全是農田和荒地。

「這個地方好偏僻，畫在這裡是要給鬼看喔。」余浩彥的神情滿是失望。

「我以為是要畫在人來人往的街道上。」我心有同感。

「沿路沒看到幾戶人家，就算我們畫得再好也沒有人會來參觀，況且工程結束圍籬就要拆掉，感覺很沒意義耶，倒不如回家看書。」黃湘菱嘟著嘴抱怨。

「我也不想做這種麻煩得要死的事。」白尚桓眼神已死，「要畫就趕快畫，不畫就打道回府。」

「走吧！我就是喜歡看你做麻煩的事。」余浩彥拖著白尚桓走向報到處。

工地右側有一間用鐵皮蓋成的工地事務所，現在被拿來當做活動據點，門前設有一個報到攤位，一旁堆放了許多的油漆桶、小梯子和彩繪用具。

活動人員發給我們一個二十八號的號碼牌，還有餐券和彩繪工具。

圍籬已經用紅色粉筆劃分區塊，目測高度超過兩百公分，雖然主辦單位有準備小梯子，但數量不多，必須輪流使用。

「他們只給了幾個紙杯，不夠裝各色油漆。」黃湘菱望著油漆領取處，那裡已經出現排隊的人潮。

「所以我們的動作要快一點，時間拖愈久，某些主要顏色沒了，對我們就愈不利。」白尙桓迅速分配工作：「浩彥和可珣先打草稿，我和湘菱去搶梯子和油漆。」

大家立刻分頭做事。

我和余浩彥快步來到二十八號的畫格前，從背包裡拿出一張圖畫紙。那是前幾天大家討論出的草圖，上面畫了三個小朋友高舉雙手保護地球，地球上種著花草樹木，小鳥和蝴蝶翩翩飛舞，畫面生動活潑。

「我畫右邊的小男生，妳畫左邊的小女生。」余浩彥將粉筆折成兩半，遞了一支給我。

我接過粉筆開始打草圖，沒想到圍籬凹凹凸凸的很難畫，加上要把小圖放大成特大圖，時不時要退到後面看看人物有沒有變型，每個線條修修改改得像狗啃似的。

「妳看左邊那組。」余浩彥壓低聲音，使了一個眼色。

我轉頭一瞧，是全家出動的參賽小組，他們自己帶了椅子、梯子、油漆和刷子，工具非常齊全，完全不需要主辦單位提供的用具。

只見那位媽媽蹺著腿坐在躺椅上滑手機，妹妹拿著平板在旁邊看卡通，爸爸獨自站在梯子上打線稿，畫出流暢的線條，構成漂亮的底圖，一旁的兩個大男孩則蹲在地上調油漆的顏色，似乎經驗豐富。

「看起來好專業。」我輕聲回話。

「可能是彩繪專家。」余浩彥點點頭。

白尚桓和黃湘菱陸續將油漆裝來，兩人拿起刷子準備幫打好的草稿塗色。

「油漆好濃稠喔。」黃湘菱拿著油漆刷在紙杯裡攪動。

「加一點松香水稀釋。」白尚桓指著一個容器，裡面裝著氣味刺鼻的透明液體。

黃湘菱倒了一些溶劑到油漆裡，用刷子攪了攪後，朝圍籬表面刷了兩下，不知道是不是調和的比例不對，油漆竟然像流鼻涕一樣，一條條流下。

「浩彥！救命，油漆流下來了！」黃湘菱情急下直接伸手壓上圍籬，想擋住流淌而下的油漆。

「妳是笨蛋嗎？幹麼用手去擋？」余浩彥抓起抹布輕輕擦拭她的手，沒想到愈擦愈糟，反而把兩人的手全染上油漆，「糟了，油漆用擦的擦不掉。」

「沒關係啦，等畫完再一次洗乾淨吧。」黃湘菱將手縮回去，雙頰泛起一點紅暈。

這兩個人好像教功課教出感情來了。

回想那場夢境，我跟他們在返校日見過一面，不曉得兩人當時是不是情侶？

不知道也好，這樣就不用煩惱要不要扭轉夢裡的事。

我輕輕吁了一口氣並收回視線，發現白尚桓正看著我，眸光裡帶著一絲研究意味。

「怎麼了嗎？」我露出沒事的笑容。

白尚桓用油漆刷指著畫中小朋友的衣服，「上衣的條紋可以省略嗎？」

「不行，加上條紋比較好看。」

「不能只畫件白色T恤嗎？」

「不行。」

「眞麻煩。我喜歡白色T恤，在家裡穿很舒服，外出也不用煩惱配色問題。」他脣角微微上揚。

突然得知他的喜好，我不禁感到欣喜，卻又不能表達出來。

瞧我沉默著，白尙桓接著問：「我的告白讓妳很爲難嗎？」

「有一點。」我輕輕刷著油漆，「你不會嗎？」

「我有什麼好爲難的？」他忽然失笑，說得輕描淡寫：「能夠把心裡的話說出來，我覺得挺舒暢的，如果造成妳的困擾，請恕我無法跟妳說對不起。」

「你好煩，趕快畫啦。」我的心撲通一跳，忍不住肘擊他。

白尙桓剛好拿著油漆，被我這麼一撞，便灑了些油漆在他的手背上。

「對不起、對不起。」我連忙擱下手裡的油漆，拿起抹布想要幫他擦拭。

白尙桓卻伸指在我臉頰上各撇了三下，另一手掏出手機對著我拍了一張照。

「你拍什麼？」我搶過他的手機，只見螢幕裡的我，雙頰多出六根貓咪鬍鬚。

我將手機塞回他的手中，同時不動聲色地拿起沾了油漆的抹布朝他臉上抹去。

白尙桓轉頭閃避我的進攻，但還是沒來得及閃過，左臉被我印上一小塊油漆。

「大貓控！再來呀。」我得意地拋接著抹布。

話剛說完，他一個箭步抄走半空中的抹布。

我暗道一聲不妙，轉身想要跑開時，白尙桓已伸手往我的腰間一勾，將我往後拉回，另一手則抓著抹布作勢要擦我的臉。

「不要……」我低叫一聲，急忙拉住他的手。

「是妳要我再來的。」

微熱的呼息拂過我的耳朵，一股熱度直衝臉頰，我這才意識到自己被白尙桓從後面抱在懷裡，他的臉近在咫尺，姿勢說有多曖昧就有多曖昧。

隔壁閒閒沒事做的妹妹看到我們在打鬧，竟然嘻嘻哈哈笑出聲，我羞紅臉地掙離白尙桓的懷抱，只見余浩彥和黃湘菱也停下工作望著我們，一副抓姦在床的了然表情。

就在此時，從工地事務所方向傳來廣播：「各位參賽者請注意，現在是中午休息時間，請大家帶著餐券來領取便當。」

「我去洗個臉。」我面露尷尬，急急逃離現場。

我一路難爲情地半遮著臉來到洗手間，旋開水龍頭捧了些水潑在臉上，用指尖搓搓臉頰，卻無法完全清除臉上的油漆。

「那個……用水洗不掉的，要用溶劑。」一道怯怯的陌生女聲響起。

我抬起臉，發現身旁站著一位長髮飄逸的女孩，身材略胖，圓圓的臉蛋，單眼皮的小眼睛，看起來有點眼熟，卻想不起來我在哪裡見過這個人。

「請問妳是……」我疑惑問道。

「我是薇雅高中的學生。」女孩滿面笑容的自我介紹，「妳忘了嗎？我們有過一面之緣，當時我去你們學校參觀，我還在中庭裡跌倒了。」

「原來是妳！沒想到這麼巧在這裡又遇到妳。」我恍然想起翻車事故的和解當天，在中庭遇見一位胖女孩，當時她穿的就是薇雅高中的制服。

「也不算巧合啦……」女孩朝我遞出一條白色蕾絲手帕，上面沾了點油漆漬，「我浸了一點溶劑來擦手上的油漆，妳要不要也擦擦看？」

「謝謝。」我接過她的手帕，對著鏡子擦拭臉頰上的油漆，果眞幾下就擦乾淨了。

擦完臉後，我將手帕還給她，忍不住問：「那天我看到妳上了客運老闆的車，他是妳爸爸嗎？」

「嗯。」女孩臉上露出歉意，「對不起，我爸公司的車故障了，才會害妳出車禍。」

「別提了，事情已經過去了。」我上下打量了她一眼，「不過跟上次相比，妳瘦了好多，難怪我剛才沒認出妳。」

「我正在減肥，不想再被吳芯羽嘲笑。」

「吳芯羽？」我感到詫異，沒想到會聽到她的名字。

「那天被貓咪抓傷手，秉勛學長帶我去保健室擦藥，後來我想請他喝杯飲料道謝，就在IG上傳訊息給學長，結果被吳芯羽看到，她就私訊我，把我臭罵了一頓。」

「有這樣的事？」

「我有截圖下來。」女孩拿出貼滿鑽飾的手機，點開一張照片給我看。

我仔細看過照片裡的對話，吳芯羽罵她是醜到不敢照鏡子的肥豬，自以爲很漂亮，想勾引別人的男朋友，拜託重新投胎過再來。

「她講得好過分。」我驚訝不已。就像艾婕說的，吳芯羽非常害怕何秉勛被人搶走，照這情況看來，她是打算杜絕所有女生接近何秉勛。「不過……妳對何秉勛有好感嗎？還特別跑去他的IG留言。」

「嗯，我覺得秉勛學長很帥氣，幫我上藥時好溫柔喔，從來沒有一個男生那樣對我。」女孩以右手撫摸著左手背，臉上浮現愛慕的神情，「學姊會不會認為像我這種長相和身材的人，沒有資格喜歡別人？」

「不，每個人都有喜歡人的權利，只不過對方未必是適合自己的人。」我提出自己的想法。

沒想到那件事竟然還有後續，更沒想到這個女孩會對何秉勛一見鍾情。

仔細想想，如果自己受傷時，突然有個陽光帥氣的男孩帶著我到保健室，還溫柔地替我擦藥，我大概也會對他一見傾心。

不過我可以肯定的是，何秉勛會帶她去保健室，純粹只是想要經營自己的形象，說不定他還上傳了自己幫她上藥的照片，否則，明明保健室就有老師，他幹麼多此一舉。

「講真的，喜歡何秉勛的女生很多，我希望妳不要對他放太多的感情。」我剛想把手機還給她，一不小心誤觸HOME鍵回到手機的桌布，居然是何秉勛和這女孩的合照，她的手背貼著OK繃，照片左上角顯示著何秉勛的IG帳號。

我內心抖了一下，他竟然真的上傳了照片，這女孩還把照片截圖設成桌布！

「學姊會想要搶回秉勛學長嗎？」女孩的口氣帶點試探。

「不想，他不適合我。」我不用思考便直接否決。

「學姊現在喜歡白學長吧？聽說你們放學常常一起下山約會。」

我沒搭話，感覺這段話好像有些不太對勁。

「剛剛看到妳和白學長抱在一起打鬧，感覺好甜蜜喔，恭喜妳走出情傷。」她的嗓音充滿愉悅，似乎真的替我感到開心。

「妳……」我起了警戒心，覺得她非常奇怪，「好像很清楚我在學校裡的事？」

「我有朋友在你們學校讀書，是她跟我聊天聊到的，而且妳有公開IG，我也是看了妳的貼文才知道這個彩繪活動。」女孩打哈哈笑道，單眼皮的小眼睛笑瞇成彎月型，不知道怎麼地，看起來有點像《愛麗絲夢遊仙境》裡的那隻笑臉貓，帶點詭異感。

「妳有在追蹤我的IG？」

「我只是想看看有沒有秉勛學長以前的照片。」

之前我的確上傳了很多兩人約會的照片在IG上，後來跟他分手，我就把那些照片全刪了。現在聽她這麼一說，感覺自己就像是被人跟蹤和偷窺了一樣，讓我不禁感到驚悚，覺得這女孩不只是怪，甚至有點可怕。

「謝謝妳的手帕，我要回去吃飯了。」我連忙將手機還給她。

「我有把那張對話的截圖印出來貼在鏡子上，每天提醒自己要努力減肥。」她把手機收進側背包裡。

我倒抽了一口氣。這執念也太深了吧！

「學姊，我可以加妳LINE嗎？」她熱切地望著我。

「不太方便，我的LINE只加很熟的朋友。」

「喔……好吧。」她的表情有點失望。

「請問妳叫什麼名字？」我心裡閃過那場夢裡的景象。

「蔡沛薰。」

「妳有英文名字嗎？」

「有，叫Page。怎麼了嗎？」

「嗯，沒事，只是好奇問一下。彩繪加油了，再見。」我朝她擺擺手，慶幸她的名字裡沒有類似「柔依」的發音。

回到彩繪區，余浩彥已經幫大家領回餐盒，白尚桓則搬來了四塊磚頭，讓大家圍著圈坐。

「妳洗好久。」白尚桓遞了個便當給我。

「油漆很難洗嘛。」我接過便當，注意到他臉頰上的油漆，「你不洗掉嗎？」

「很麻煩，等畫完再一起洗。」

連這都可以嫌麻煩，這傢伙真的沒救了。

「隔壁好像在野餐。」黃湘菱使了個眼色。

我側頭往後瞥了一眼，那家人還帶了野餐桌椅來，簡直把彩繪活動當成一日郊遊。

再看看他們的作品，圖案設計得非常好看，兩個兒子剛開始上色而已，顏色上得飽滿又均勻，明顯比一般人還專業。

「艾婕在群組裡問大家畫得怎樣？」白尚桓把手機放在腿上，一邊吃便當一邊看訊息。

「我來拍張照傳給她。」黃湘菱拿起手機朝圍籬拍了一張照片。

我低頭吃著便當，聽見隔壁一家人開始聊起天來。

「老公，我早上看到網路新聞，曉忻的老公出車禍了。」那位媽媽率先開口。

「妳高中的好朋友？」

「對。」

「怎麼會出車禍？」

「好像是她老公酒駕。附近監視器剛好拍到他的車子衝向對面車道，翻滾了三圈又衝進路邊的草地裡，車頭和車身都撞毀了，好可怕，幸好人還活著，已送醫急救。」

那位媽媽的嗓音略帶尖細，咬字非常清晰，我剛好坐在野餐桌附近，想不聽都不行。

「聽起來很嚴重，她老公沒死眞是命大。」

「我之後立刻傳LINE關心曉忻，結果她說她半個月前離婚了。」

原來那位媽媽早上拿著手機不放，是在跟她的高中好友聊天。

「爲什麼會離婚？」那位爸爸又問。

「這……」她言語支吾，「曉忻去加拿大養病，寄住在她大學的朋友家，期間和她朋友的老公出軌了……」

「她朋友一定很後悔當初讓曉忻寄住。」那位爸爸頓了一下，口氣轉爲好奇，「她是生了什麼病，需要到加拿大養病？」

「曉忻的孩子因臍帶繞頸而沒能生下來，心裡一直自責，她想把死去的孩子再生回來，偏偏愈想生就愈生不出來，還得了憂鬱症，後來她老公建議她出國散心，沒想到卻演變成這樣。」

聽到這裡，我頓時呆住，筷子定格在半空中。

那位媽媽說的事，我聽過另一個版本，那個版本是……

「她老公是做什麼工作的？」那位爸爸又問。

姚可珣！快走，不要聽！

只要沒聽到重點，就可以當做我只是聽人閒聊了一段八卦，就像余浩彥和黃湘菱一樣，因爲不知道他們在夢中是否爲情侶，就什麼都不用管了。

我抓著便當匆匆起身，但是來不及了，那位媽媽的聲音已經傳入我的耳中——

「她老公是建築師，開了一家同名公司，叫做康敬堯建築師事務所。」

聽到那個熟悉的名字，我震驚得一時忘了呼吸，過了好幾秒才長喘出一口氣。

沒想到……沒想到康叔叔竟然離婚了！

「姚可珣，妳中邪喔，突然站起來是要嚇死誰？」坐在對面的余浩彥被我的舉動嚇了一跳，整個人從磚頭上往後跌坐在地。

「抱歉，只是感覺好像有蟲子爬到我的腳上。」我連忙撐起笑臉坐下，伸手在腳踝隨便搔了兩下。

「野外的蟲子超多，剛才還有不知名的小蟲飛進我的油漆。」黃湘菱露出嫌惡的表情，雙腳急忙向外轉開，怕我胡掰的小蟲爬上她的腳。

白尙桓沒有說話，凝視我的黑眸透著懷疑。

忽然，一陣強勁的冷風自田野間颳來，吹得四周的人連聲驚叫。

「起風了，烏雲一直往這裡飄來，下午可能會下雨。」白尙桓仰頭望著天空，略微皺起眉頭，「你們吃快一點，吃完馬上動工。」

「我沒帶雨傘耶。」黃湘菱一臉擔憂看著我。

「我也是，早上起床時看天氣還不錯，根本沒想到要帶傘出門。」我看向愈來愈濃密的雲層。

「萬一下雨，這裡連棵樹都沒有，大家準備淋成落湯雞。」余浩彥環顧四周，「看來看去，唯一能遮雨的地方只有工地事務所。」

「那間屋子應該塞不下全部的人。」白尚桓拿起橡皮筋將吃完的便當盒束起。

「不吃了，還是先開工吧。」我闔上只吃了三分之一的便當，聽到康叔叔離婚的消息後，現在完全沒食慾了。

四人端起油漆繼續在圍籬上塗色，沒多久，一滴冰涼的雨水落在我的頭頂。

「糟糕，下雨了！」我驚呼，雨滴很快密密麻麻地從天頂降下。

白尚桓迅速脫下外套，將我摟到他的身側，再展開外套遮擋在我們的頭上，「先躲雨。」他對著余浩彥他們說，同時帶著我往前跑。

當我們跑到事務所前面時，門口已經擠一大堆人。

「請大家往裡面走，不要擠在門口。」活動人員用大聲公引導大家。

白尚桓摟著我擠上前，只見事務所裡已塞滿了人，每個人都成了落湯雞。

「那麼多人擠在一塊，空氣一定很差，我們還是不要進去了。」白尚桓轉而帶著我來到事務所左側的屋簷下。

我拿下遮在頭上的風衣外套，幸好它的材質防水，雖然遮擋的範圍有限，至少蓋住的地方都沒被雨淋濕。

黃湘菱和余浩彥隨後跟來，我們一同靠在牆上望著外面的雨景，氣溫明顯又降了幾度，冷風一吹都會打冷顫。

不久，活動人員用大聲公廣播，說活動遇雨取消，接駁車已經在路上了。

「眞的是白來了。」黃湘菱噘嘴抱怨。

「不能畫完眞是可惜。」余浩彥輕聲嘆氣。

溼冷的牛仔褲貼著雙腿，那不舒服的觸感讓我連動都不想動，只是望著水窪裡的漣漪發呆。

沒一會兒，我忽然想起一件事，拿出手機搜尋了這兩天車禍的相關報導，果眞查到一則交通事故。

我點開新聞，看到影片中的賓士車不只衝到對向車道翻滾了三圈，緊接著還有一台拖車從旁急駛而過，差個半秒就會撞上，驚險的景象讓我忍不住捏了一把冷汗。

影片的後段，救護人員用工具鋸開變形的車門，將駕駛抬出來送上擔架，他的衣服染著斑斑的血跡，傷勢看來頗爲嚴重。

「是剛才隔壁那家人聊到的車禍嗎？」白尚桓竟然在偷看我的手機螢幕，「那個人是妳的誰？」

「他就是我媽媽的同學，之前校車翻車時下車幫忙的那位先生。」

「原來是他，我還以爲是妳的爸爸。」

「我爸跟死了一樣，不曾和我們聯絡過。」

「妳很擔心那位叔叔的傷勢嗎？」

「不只擔心，也很害怕。」我走到比較沒人的轉角處，伸手接住屋簷落下的冰冷水滴，「因爲我在那場夢裡也夢到康叔叔了。」

我小聲解釋，我夢到媽媽和康叔叔結婚，以爲現實中媽媽跟相親對象在交往，康叔叔去加拿大陪伴太太，那件事就不會成眞，現在卻演變成康叔叔離婚收場的局面，增添了兩人結婚的可能性。

「這樣不是很好嗎？」白尙桓聽完反而一笑。

「哪裡好？」

「妳媽媽可以和喜歡的人結婚。」

「可是這樣很可怕，結了婚豈不是印證了夢境是眞的？」我用力強調。

「所以妳想要阻止他們結婚，只爲了一場虛幻的夢？」他朝我皺眉。

「因爲眞的有好多事都跟夢裡的結果一樣，這世上會有這麼多的巧合嗎？」

「如果妳是指橡皮擦印章和星爆氣流斬的事，這還不足以說服我，妳媽媽目前也還沒和那位康叔叔結婚，我覺得妳太緊張了。」

「我不想跟你辯了。」我生氣地轉身。

「大人的感情事沒那麼簡單的，結婚也不是件小事，未必單身就會選擇結婚。」白尙桓雙手握住我的肩頭，將我扳轉過來，以認眞的口氣分析，「不然妳先擺著不要管，倘若他們未來眞的結婚了，我就願意相信一點點預知夢的說法。」

「一點點？」我挑眉。

「很多了。」他微微瞇眼。

「你眞的很鐵齒，我好想敲你的頭。」我雙手扠腰的瞪他。

「妳太迷信了，我也很想敲醒妳。」白尙桓伸手捧住我的臉頰，用額頭輕輕撞了我的額頭一下，「這樣一次滿足兩個願望。」

「叩」的一聲，額頭的微疼讓我有點生氣，眼看他即將把頭退回去，我踮起腳尖想要回撞他，但天殺的身高差竟讓我沒能命中目標，反而直接吻上他的脣。

四周嘈雜的人聲頓時歇止，只剩嘩啦啦的雨聲充塞耳中。

白尚桓沒有閃躲，凝視著我的深邃黑眸裡，彷彿有幾顆星子被點亮起來，微微閃爍。

「對、對不起！」我糗得倒退一步，察覺余浩彥和黃湘菱投來的目光，只能轉身假裝看雨景，不敢看向他們。

「沒關係。」白尚桓倒是鎮定，彷彿沒事般陪我賞雨。

背後尷尬的無聲再度被閒聊聲取代，大雨一樣嘩啦啦下著，將我和白尚桓包圍其中。我不知道他此刻在想什麼，但我可以明確聽見自己心裡的聲音，一次又一次吶喊著——

我喜歡你。

第七章　最好的抉擇是什麼？

雨勢終於轉小，接駁車也大約在下午三點半左右抵達。

活動單位在大家上車時，一人發了一張餐廳招待券，當做是取消活動的補償。

上車後，白尙桓還是若無其事地坐在我身邊，余浩彥和黃湘菱更是有默契地裝傻，彷彿沒看到剛才那一幕。

「我們今天原本活動結束要幫你慶生。」白尙桓轉頭告訴余浩彥。

「改天吧，再不回家洗個熱水澡，大家可能都會感冒。」余浩彥的眼神哀怨。

「先送禮物吧！」黃湘菱從背包裡拿出我們幾個合送的禮物，剛才下大雨時，她一直把背包緊緊抱在懷裡，生怕被大雨淋溼。

余浩彥拆開包裝紙，露出繪圖板的外盒時，驚喜叫道：「Wacom的耶！」

「高階板太貴了，我們只買了最便宜的初階板。」黃湘菱笑著補充。

「不，我很喜歡，謝謝你們。」

我望著車窗外的圍籬，大部分的作品都尙未完工，未乾的油漆被雨水沖刷著，景致看起來有點淒涼，沒想到難得的一次彩繪活動竟然以未完成收場。

回到家，我剛進門就見鞋櫃前面擺著一雙男士皮鞋。

康叔叔出車禍了，來的人應該不是他。

走進客廳，我看見媽媽和一位陌生男士相對而坐，再仔細看看他的臉，果眞是跟媽媽相親的那位廖先生。

「廖叔叔好。」我向他打招呼。

「可珣回來啦？好、好，妳跟媽媽長得一樣漂亮，眞有禮貌……」廖先生起身對我說了些誇讚的話，似乎想博取我對他的好感度，但這一招大概只對小學生有效。

「可珣，妳褲子怎麼全溼了？」媽媽注意到我的慘狀。

「畫到一半突然下大雨……我先去洗個澡。」語畢，我急急逃離客廳。

沖了個熱水澡後，我換上乾淨的衣服來到客廳，坐在媽媽的身邊。

「可珣，妳覺得媽媽嫁給我好不好？媽媽只要嫁給我，就可以不用辛苦工作了，她可以每天煮飯給妳吃，放假時我會帶妳們出去玩……」廖先生開了一堆支票，描繪出一幅幸福藍圖。

我知道他們是以結婚爲前提交往的，但沒想到第一次見面他就跟我說這些，頓時更沒好感了。

「看媽媽的意思，我沒意見。」我轉頭看著媽媽。

廖先生轉而詢問媽媽，那熱切的眼神看得出他很喜歡媽媽。

「但是孩子們還很抗拒這件事，我覺得應該過一陣子再說。」媽媽的話瞬間澆熄廖先生眼中的期盼。

「好吧，我回家後會再跟他們好好溝通。」

送走廖先生後，媽媽的神情看起來有點疲憊。

「媽，今天的聚餐怎麼樣？」我關心問道。

「廖大少爺說他媽媽煮的最好吃，廖二小姐說她不吃洋蔥和紅蘿蔔，廖三小姐說她討厭勾芡的食物，每一樣菜都被嫌棄到不行。」媽媽伸手揉著太陽穴。

「可是那菜單不是廖叔叔開的嗎？」

「他平常都在上班，只知道孩子們喜歡吃什麼，卻不知道孩子們的媽媽在煮那些菜時，還掌握了小孩喜歡吃什麼、不吃什麼的細節。當然，也有可能是那三個孩子故意挑剔，所以剛才他一直向我道歉。」

「媽媽的意思是……那幾道料理全是廖太太的拿手菜？」

「嗯，我的行爲就像侵犯了他們心底屬於媽媽的神聖領域，大概更加討厭我了。」

聽媽媽這麼說，再看到她滿是煩惱的模樣，讓我感到心疼不已，很想對她說出康叔叔的事，但最後還是忍了下來。

隔天早上來到學校，班上竟然多出了兩對班對。

一對是余浩彥和黃湘菱，據說昨天回家後，余浩彥用電繪板畫了一張圖對她表白。

一對是白尚桓和我，說我們兩人曖昧了好久，關係終於在昨天落定。以上是余浩彥散播出去的。

白尚桓沒有出聲反駁，應該也是懶得反駁吧，只冷眼看著同學們瞎起鬨。

「活動取消眞的好可惜，不過你們四個人能夠配成對，應該要感謝我這個大紅娘。」艾婕興奮地狂搥余浩彥的背，接著拿起手機在螢幕上點了幾下，「我要退群組，才不要當電燈泡天天看你們放閃。」

「艾婕艾婕，我可以陪妳閃回去。」阿霖拍著胸膛自我推薦。

「不要，你滾！」艾婕不屑地冷哼。

「嗚，我好傷心啊。」

我看著LINE的彩繪群組，人數從五個人變成四個人，跟我在夢境裡看到的一樣。

這樣不行！

「既然彩繪活動結束，這個群組應該用不到了，我也想退出。」我衝著白尙桓一笑，點下退出群組鍵。

「妳媽媽知道康叔叔的事了嗎？」白尙桓沒有問我退群組的眞正原因。

「她還沒有看到新聞。」我也不想主動向媽媽提這件事。

「那再等個幾天，如果那場夢眞的是預知夢，就一定會有轉折出現。」

我點點頭，同意他的看法。

自從彩繪活動那天下了大雨後，氣溫就像溜滑梯一樣天天往下降，尤其寒流來襲的那幾天，要從被窩裡爬起來上學更是一件痛苦的事，所以我冬天遲到的次數往往比夏天多，不過今年冬天不同，我每天持續被小白的帥照帥醒，不曾再遲到過半次。

白尙桓因爲不願被女友束縛住，後來也沒對我有過特別追求的舉動，因此我也不再閃躲他。我們的日常互動沒什麼改變，他一樣會把雜務推給我，放學時約我到他家的寵物店抱抱小白，每隔幾天就問我媽媽的事進展如何。

但是日子一天天過去，很奇妙的是，那個轉折點並沒有出現。

媽媽還是以爲康叔叔在加拿大過著甜蜜生活，康叔叔也沒有主動聯絡媽媽……不知道他的傷勢恢復得如何？心情有沒有好一點？

明明這樣的結果正是我想要的，但我卻莫名感到愈來愈焦躁。

時間就這樣走到了十二月中，廖先生的母親生病了。

老人家禁不起病，小小一個感冒竟引發急性支氣管炎，在醫院裡住了好幾天。

媽媽每天晚上都會煮稀飯或燉湯去醫院探視廖奶奶，廖奶奶對媽媽讚不絕口，出院後一聲令下，誰都不能阻止兒子和媽媽的婚事。

「所以呢？」糾察準備室裡，白尙桓正在整理器具。

「爲了答謝媽媽的照顧，廖奶奶訂了餐廳要請我們家吃飯，當天可能會定下廖先生和媽媽的婚事。」我被白尙桓拖來做雜工，幫忙整理糾察隊的背心。

「那眞是恭喜了。」

「彩繪活動都過了一個多月，也沒看到你說的轉折點。」

「可珣，妳還看不清嗎？」白尙桓把旗子往桶裡一丟，雙手環胸靠在窗前。

「看不清什麼？」我困惑地看著他。

「妳就是那個轉折點，那個But！」

我整個人呆住了。

「這是我這些日子觀察的結論，根本沒有預知夢這回事，沒有什麼神祕力量，妳的人生是由妳自己抉擇的。」

「不、不是啊！這種事怎麼可能由我抉擇？」我頻頻搖頭，無法接受他的說法。

「妳對媽媽隱瞞康叔叔的事，這就是一個抉擇了。」白尙桓走到白板前，提筆在白板上畫出「媽媽」和「康叔叔」、「廖先生」的關係圖，將我的名字寫在三個人的中間，再拉出一條線連到廖先生，「因爲妳的抉擇，妳媽媽和廖先生結婚就是必然的結果。」

「可是……可是……」我震驚不已。

「妳會猶豫，就表示妳的內心深處認爲這不是最好的結果。」

「可是如果我選擇告訴媽媽關於康叔叔的事，結果可能會變得跟那場夢一樣，而那場夢的結局是你會死啊！」我緊握雙拳，朝他大聲怒喊，「我不要這樣，不想把你推向死亡的可能。」

「又是那場夢。」白尚桓輕輕嘆氣，雙臂抱胸，腰桿挺得筆直，「我在那一場夢裡，到底是怎麼死的？」

我上下打量著他，他這模樣分明是備戰姿勢，不管我說什麼，他都會找理由推翻。

「是夢裡的阿霖用星爆氣流斬打死我嗎？」見我不答，白尚桓主動提問。

「嗄？」我傻了一下，「不是。」

「是我刻橡皮擦印章，不小心割到手腕，流血過多而死嗎？」

「不是……」

「還是妳媽媽跟康叔叔結婚後，兩人合力把我給害死了？」

「這怎麼可能！」

「既然全都不是，那妳爲什麼要阻止？」

「我……我……」我張著嘴，被他的逼問堵得說不出話，支支吾吾了半天，忽然一陣委屈從中湧來，模糊了視線。我蹲下身抱住雙腿，將臉埋在膝頭上，嗚咽一聲哭了出來，

「我……我只是想要證明……證明夢裡的事是可以改變的……」

「妳想要改變全部的事？」白尙桓在我的面前蹲下。

「我……我只想改變最後一件……」我抽抽噎噎說著，淚珠不停地滾落。

我哭得渾身微顫，突然一雙大手捧起我哭花的臉，將我緊緊擁進懷裡。

「不要哭了，我在這裡。」白尙桓的嗓音透著溫柔，「妳明明很怕失去我，卻不願把握現在的我，妳的邏輯眞的很奇怪。」

聽他那樣一說，我再也克制不住自己，雙手緊緊環上他的脖子，眼淚像水龍頭似的，怎麼都無法停止。

「好了，妳不要哭了。」他輕輕拍著我的背。

我還是忍不住哭泣。

「不要哭了。」

這世上最容易惹哭人的話就是不要哭。

「不要哭……」

我止不住淚水都是你的錯啊！

「夠了。」他突然拉開我，一個輕吻印上我的額頭，「再哭就堵住妳的嘴。」

我抽泣了一聲，立刻緊緊閉起雙脣，不敢再哭出一絲聲音。

「好累……」白尙桓鬆開我，往後一坐，兩條手臂擱在雙膝上，無力地垂下頭，好像剛跑完四百公尺競賽一樣。

我拉起外套袖子，輕輕擦去臉上的淚水。

「可珣……」白尙桓抬頭看我，眼神異常明亮，「在那場夢裡，我們其實是情侶吧？」

我停住抹淚的動作，詫異地睜大眼睛看著他。

「妳一直跟夢裡的事唱反調，如果夢裡我們只是普通同學，那麼我跟妳告白的時候，妳應該會接受，這樣就能改變其中一件事了。但是妳沒接受也沒拒絕，這便讓我更加懷疑，在那場夢裡我們其實是情侶。」

「這麼多個巧合，你不覺得可怕嗎？」我嚥了一口口水。

「我只覺得很不可思議而已。」他微微一笑，伸指點了點我哭得紅通通的鼻尖，「雖然對未知的事物心存敬畏，但我還是不願相信眞有這樣的事。」

我翻了一個大白眼，這傢伙眞的鐵齒到不行。

「關於我媽媽的事，我眞的不知道要如何抉擇。」我沮喪地垂下眼簾。

「哪個抉擇不會留下遺憾，那就是最好的選擇，剩下的就讓妳媽媽自己抉擇。」

「我媽媽的抉擇？」

「那是她的人生，她才是主角呀。」

我忽然有一種茅塞頓開的感覺。

「說到遺憾……」白尙桓起身把我從地上拉起來，再拍拍自己的屁股，「以前國中老師問過全班同學一個問題：如果明天是世界末日，人類都會死去的話，你會爲什麼事感到遺憾？」

「你怎麼回答？」我好奇問道。

「我忘了。」他聳聳肩，笑了笑，「不過最近我認眞想過，假如明天就是世界末日，那麼我的遺憾就是沒能跟妳在一起。」

那一刻，我的鼻頭隱隱發酸，滿溢的感動充塞胸口，撐得心口甚至有點疼痛。

康叔叔說過的話突地閃過腦海——

「年輕的時候，覺得未來還很長，才會輕易地說分離；直到長大後，明白有些人一轉身就是一輩子，這時候才後悔，後悔當年不應該因爲分隔兩地而放棄，應該把握機會，好好跟她談一場戀愛。」

「少來了，你明明不想被女友束縛。」感動歸感動，我卻莫名想發脾氣。

「以退爲進嘛。」他輕哼一聲。

「你騙我？」

「呵……夢裡的我，是什麼時候跟妳告白的？」他眼底充滿興味。

我仔細回想了下，「不知道耶，我只記得交往日是五月二十日。」

「妳不想改變日期嗎？」

「什麼？」

「根據薛丁格的貓的定理，一個小小抉擇就會開啓一個新空間；再根據蝴蝶效應，小小的一個改變，都可能引發未來巨大的變化……」

「白尚桓，夠了！」我走上前，張開雙臂緊緊抱住他，「我眞的辯不過你，也老實跟你說，其實我很喜歡你。」

白尚桓也牢牢抱著我，我聽見他的心跳得好快，下一秒，他突然將我壓上窗臺，一手托起我的下巴，低頭在我的唇上落下一個棉花糖般的溫柔輕吻。

如果明天就是世界末日，我會為什麼感到遺憾？

答案立刻分曉，錯過白尚桓將是我最大的遺憾。

康叔叔說的對，不管未來如何，都不應該因為分離而不愛，而是要珍惜在一起的時光。

我不想錯過白尚桓，這就是我此刻的抉擇，不會留下遺憾的抉擇。

ღ

元旦當晚，廖奶奶在港式飲茶餐廳設宴，請我和媽媽吃飯。

我仍是沒和媽媽提及康叔叔的事，想親自見見廖家的人，再做最後的決定。

席間，廖奶奶不斷對媽媽稱讚自己的兒子有多好，嫁給他一定會幸福，但是廖家三兄妹的臉色都很臭，尤其是廖二姊和廖三姊的嘴巴噘得半天高，用餐時還把餐具弄得叮噹作響，明顯不給媽媽面子。

當廖奶奶詢問媽媽婚期可否訂在農曆年前時，廖二姊突然跳起來，指著媽媽冷冷罵道：「她根本不愛爸爸，只是貪圖我們家的財產而已。」

廖三姊更是絕了，竟然吐槽自己的爸爸：「其實我爸的溫柔都是裝出來的，他以前對我媽也沒有多好，常常使喚她做家事。」

這八點檔般的超展開讓我傻眼不已，雖然我明白媽媽想要努力的心，但依這情況看來，將是一場長期抗戰。

沒人會坐視自己的媽媽受委屈，想到媽媽和康叔叔高中時因為錯過而感到遺憾，倘若我繼續隱瞞康叔叔離婚的事，讓媽媽嫁給廖先生的話，等到某天他們再次相遇，發現兩人又錯過第二次時，他們的遺憾一定會更深，我也會良心不安的。

想到這裡，我非常肯定自己該如何抉擇，於是起身對廖家姊妹說：「我媽媽是眞心想要找個伴侶，如果妳們不喜歡我的媽媽，那我就把媽媽帶回家，不分給妳們了。」

語畢，我毅然將媽媽拉出餐廳，同時告訴她關於康叔叔的事。

隔天放學後，我把這件事說給白尙桓聽。

「妳媽媽聽完的反應呢？」白尙桓帶著我在商店街逛街，追問後續的事。

「她急得當場打電話確認，但沒能撥通，我媽就直接開車殺到康叔叔家，當康叔叔拄著枴杖開門時，模樣看起來頹廢又落魄，我以爲我媽會衝上前抱住他，沒想到她竟然賞他一巴掌，罵他發生了那麼大的事情竟然沒有告訴她。」我詳細說明當時的情況。

「那個當下，妳覺得有神祕力量在影響妳的抉擇嗎？」白尙桓一臉認眞地問道。

我愣了一下，輕輕搖頭。

「是不是覺得一切都是自己決定的？」

「你眞的很會辯呢，要不要考慮當個律師？」我沒好氣地斜瞪他。

「我沒有那麼崇高的理想。」他又是一臉漫不在意的笑，「覺得我很廢嗎？」

「是很廢，不過總比滿口理想卻沒行動力的人好。」據我的觀察，白尙桓從不推卸班長和糾察隊的工作，反而抱持著要做就快點做、做完就可以好好休息的心態，其實滿有做事效率的。

「前面那家店的冬季限定烤奶茶很好喝。」白尚桓忽然拉住我的手。
「眞的？我想喝喝看。」我有些害羞地回握他的手。
前往飲料店的途中，我們經過一間名牌運動鞋專賣店，我無意間朝店內瞥了一眼，意外看到兩個熟悉的身影。
我忍不住停下腳步，白尚桓的手被我扯住，也跟著駐足，順著我的視線看向店裡。
只見何秉勛和吳芯羽站在櫃臺前面，像怕被結帳的店員看到一樣，兩人在底下悄悄掏錢。我留意到何秉勛從皮夾裡抽出三千塊，吳芯羽則掏出了一小疊千元鈔票給他。
何秉勛收下她的錢後，將整疊鈔票拿給店員，店員當面一張張點算，如果我沒數錯，總共是一萬兩千塊。
結完帳，店員將一個提袋遞給何秉勛，他滿面開心地牽起吳芯羽的手，轉身準備離開。
我趕緊拉著白尚桓躲進隔壁的服飾店裡，等他們走遠才走出店面。
「妳以前也常常買東西給他嗎？」白尚桓突然問。
「沒有，你不是看過吳芯羽退回來的東西，大多是手工做的禮物。」我自嘲地笑了笑，「不得不承認，跟她比起來，我送的東西眞的很小孩子氣，難怪會被何秉勛甩。」
忽然間，我的左肩沉了一下，白尚桓竟然把自己的書包掛在我的肩上。
「你幹麼？」我疑惑地問。
「妳腦袋又太閒了，找點事讓妳做。」語畢，他快步往前走。
「你……喂！」我背著兩個重重的書包，急急追過去。
白尚桓加快腳步跑給我追，直到來到一間飲料店前，他才接過書包拿出皮夾，點了兩杯烤奶茶。

我微微喘息，心裡一點都不生氣，我知道他的用意是不希望我再貶低自己。

「給妳。」他將插好吸管的飲料杯遞給我。

「謝謝。」我接過奶茶輕輕啜了一口，香醇的滋味頓時暖進心裡。

「好喝嗎？」他伸手撫順我的劉海。

「好好喝喔！」我狗腿地露出燦笑。

白尚桓別開臉，耳根悄悄浮現一點赧紅。

回公車站的路途中，由於剛剛看到何秉勛和吳芯羽的緣故，我突然想起一件事，忍不住問：「對了，暑假的新生訓練當天，我遇到一個薇雅高中的女生，她說她的手被小花抓傷了。後來我在體育館前面碰見你，小花當時還下不了樹，你記得嗎？那天你有看到發生了什麼事嗎？」

白尚桓回想了一下，回道：「那天我看到那個女生拿石頭丟小花，我便走過去跟她說：『同學，根據統計，很多殺人犯都有虐待或殺害動物的前科，美國的聯邦調查局已經把虐待動物列入A級犯罪，與殺人放火同罪。』」

「你說得太認真了吧。」我忍不住發笑。

「結果我說完，她立刻哭著跑走了，好像被我罵得很慘一樣。」

「原來她是被你罵哭的。」

「我沒罵她，我只是在講理。」他沒好氣地強調，「妳怎麼忽然問起這件事？」

「因為我彩繪活動那天又遇見她了。」我把遇到蔡沛薰的事說了一遍。

「手機拿出來，這世上怪人很多，妳最好把IG和臉書設成不公開。」他臉色略帶嚴肅。

「我知道了。」我拿出手機重設社群網站的隱私權。

「妳還有留著何秉勛的照片嗎？」

「早就全刪了。」

「那就好。」白尚桓沒再多問什麼。

意外地，他好像很介意何秉勛的存在，我想以後在他的面前，還是少提起何秉勛吧。

思緒走到這裡，我站到白尚桓的身側，右手高舉著手機想跟他自拍。

「妳幹麼突然拍照？」鏡頭中，他咬著吸管看我，神情有些不自在。

「記錄我們的第一次約會啊。」我對他露出燦笑。

「只是在我家附近走走而已，這哪算約會呀。」

「不然你想逛哪裡？」

「有個地方我一直很想去，可是自己一個人去很奇怪。」

「什麼地方？」我好奇了。

「貓咪咖啡廳。」白尚桓微微挑眉。

「我也想去耶！」我一臉驚喜，對於自己跟他有共同興趣感到開心。

「我們約一天去吧。」他笑開了，露出潔白整齊的牙齒。

隔天又有寒流來襲，早上來到學校，看到白尚桓頂著寒風站在校門口值勤。

「早，辛苦了。」經過他的面前時，我微笑對他說了聲早安，他回我一個死魚眼的表情，那表情讓我覺得很可愛。

向前走了幾步，我忍不住掏出手機，轉身對著白尚桓偷偷拍了一張照片。

「平常上課那麼懶散，可是值勤時倒是挺帥的。」我抿笑看著照片。

剛踏進教室，就見阿霖抓著手機對余浩彥叫嚷：「你看何秉勛的IG，他昨天又買新鞋了！」

「這雙鞋要一萬多塊，他可眞捨得花錢，玩鞋玩得眞大。」余浩彥接過手機，看著IG照片嘖嘖搖頭。

「可是我不覺得那雙鞋有多好看。」黃湘菱跟著湊過去看。

「哎，女生都嘛不懂潮鞋，那是穿給男生看的。」

「我也覺得不好看，但那就是『潮鞋』呀。」艾婕附和余浩彥的話。

「好羨慕！我也好想要。」阿霖崩潰地扯著頭髮。

我在座位坐下，想起昨天何秉勛買鞋時，吳芯羽付了大部分的錢，雖然情侶間的付出是你情我願，但她這樣寵著何秉勛眞的好嗎？

「可珣。」黃湘菱轉過頭來，「何秉勛用的東西好像愈來愈潮耶。」

「不清楚耶，早就沒有追蹤他的IG了。」我聳聳肩。

「對了，語資班上星期發生班費被偷的事，妳聽說了嗎？」

「沒有，怎麼會被偷？」我訝異地問。

「這學期管班費的人是瑛琪，她把裝班費的錢包放在書包的底層，直到上星期四，他們班要用錢的時候，她才發現錢包裡的班費不見了，重點是，她完全不知道是什麼時候被偷的。」

「瑛琪也太大意了吧！」我也幫忙收過錢，明白保管班費要非常小心。

「她個性就是大剌剌的。」黃湘菱沒轍地攤攤手，頓了一下，突然壓低音量，「欸，再加上上次掉手機的事，妳覺得有沒有可能是做賊的喊抓賊？」

聽黃湘菱這麼一提，我的腦海裡突然閃過吳芯羽幫何秉勛買鞋的情景，那筆錢還挺多的，加上她跟高瑛琪很要好……

不！吳芯羽的父母都會給她獎學金，我記得她提過，說她從小到大存下來的錢有上萬塊，應該不會做出偷錢的事，更何況高瑛琪是她的好朋友，吳芯羽怎麼可能會陷害她？

「再怎麼揣測也要有證據，沒證據的話就不能亂說。」我提醒黃湘菱說話要小心。

「我知道，不過這樣倒是幫我擺脫了嫌疑，證明偷手機的是語資班的人。」黃湘菱得意地輕哼一聲。

「老師心裡應該也有底了，知道自己班的學生嫌疑最大。」

「老師目前是勸偷班費的人自首，瑛琪還要求報警驗指紋，希望可以找出真正的犯人，不然未來開同學會時，她都會被貼著嫌疑犯的標籤。」

早自習的鐘聲響起，黃湘菱回過頭去，阿霖和艾婕也各自回到座位。

沒多久，白尚桓値勤回來，經過我身邊時，我隱約感覺到他身上挾著的淡淡寒氣。

「手都凍僵了。」他輕輕搓動雙手想暖和指頭。

我立刻翻開書包，從夾層拿出一個未拆封的暖暖包遞給他。

白尚桓看到不禁笑了，立刻撕開包裝袋取出暖暖包，放在掌心裡搓揉著。

第一節是班導的課，她上課的時候很喜歡拿著課本，沿著走道一邊走一邊唸課文。白尚桓一如往常地倚著窗臺而坐，那姿勢只要他一抬眼，視線就會對上隔壁的我。察覺他的目光，我忍不住轉頭看他，然後兩人相視一笑。

「班長、副班長，上課要專心，不要眉來眼去。」班導的聲音在我們的身後響起。

我嚇了一大跳，連忙低頭看著課本，聽見四周傳來曖昧的笑聲，我糗到不行，班導繼續唸著課文，穿過我和白尚桓中間的走道。

這時，白尚桓忽然轉正身體，背著班導，偷偷將手伸向我。

下意識地，我將手伸了過去，以指尖輕輕勾住他的手，停留了三秒才又放開。

微亂的心跳，不住上揚的嘴角，明明只是一個牽手的小動作而已，我卻覺得此刻的時光無比美好。

下課後，我打開手機看到媽媽傳了個訊息，說晚上要陪康叔叔回診，要我自己買飯吃。

「見色忘女兒。」我嘟囔了一句，側頭看了眼白尚桓，只見他雙臂攏著外套及暖緩包當枕頭，趴在桌上睡得好香。

瞧他略長的劉海下，長長的睫毛蓋住眼睛，睡得毫無防備，我順手舉起手機偷拍了一張他的睡臉，暗自竊喜。

語資班的班費被偷事件，拖了幾天後還是不了了之。

由於那收著班費的錢包被不少人摸過，就連班導自己都曾碰過，加上高瑛琪無法確定班費被偷的日期，學校認爲就算報警也查不出什麼，更不想影響校譽，於是這件事拖了再拖、敷衍了又敷衍，最後還是沒有報警，由高瑛琪和班導各自墊錢，將此事私了了。

「瑛琪那麼高傲，心裡一定很不甘。」體育課打完排球，我和黃湘菱坐在一旁的臺階上休息，聊起語資班班費被偷的事件。

「聽說之後瑛琪跟全班同學嗆聲，說如果被她查到是誰偷的，她一定會讓那個人死得很難看。」黃湘菱一直有在關注這件事，希望此事能夠洗刷自己偷竊的嫌疑。

「眞像她直來直往的作風。」我微微一笑，遠遠看見余浩彥和白尙桓抱著排球朝我們走來。

「其實我滿同情瑛琪的，畢竟她教過我功課，希望她可以找出眞正的犯人。」因爲她們有相同的經歷，這次事件發生後，她不再記恨高瑛琪，反而還同情起她的遭遇。

「累死。」白尙桓走到我的身後，一屁股坐下，將上身靠在我的背上。

「才打幾下球就累，你太廢了吧。」我的身體被他壓得往前彎。

「天冷嘛。」

「夏天打球你也喊累。」

「天熱嘛。」

「那什麼季節比較適合你？」

「晚上睡覺……」他的聲音略帶睏意。

「晚上不是季節，睡覺也不是運動吧！」我哭笑不得，從運動外套的口袋裡掏出手機，開啓自拍模式，伸長手拍下白尙桓倒在我背上的廢樣。

看著照片裡，白尙桓和我背對背、後腦碰後腦的模樣，那畫面其實看起來很有愛，再點進相簿，發現裡頭多了許多白尙桓的生活照。

我好像偷拍狂啊！

這想法使我愣了下，我突然想起在那場夢裡，我的手機裡也是存了一大堆白尙桓的照片，這表示……我正在印證夢裡的一件事嗎？

可是拍自己的男友也沒什麼不對，應該很多人都是這樣，況且就像白尙桓說的，拍照這件事跟夢裡白尙桓的死是沒有關係的，如果因介意而不拍下跟他相處的每一刻，萬一……萬一夢境的結局成眞了，我卻連他的一張照片都沒有，那才會後悔吧。

那就盡情拍吧！

ღ

一月中，期末考結束，學校終於放寒假了。

寒假的第一天，我特別打扮了一番，學艾婕弄起鬈劉海，穿上最好看的衣服，擦上珊瑚色潤唇膏，趕赴白尙桓的約會。

到了約定的地點，只見白尙桓穿著白色大學T加黑色長褲，外面搭了件毛呢大衣，手上提著一個寵物提籠站在那。

「小白。」我彎身看著提籠裡面，小白靜靜趴在棉布上，睜著大大的眼睛望著我。

「妳剪頭髮了？」白尙桓注視著我。

「嗯，昨晚剪的。」我撥了一下髮尾，「我從小習慣留短髮，比較方便整理，只要稍微長長一點就會想剪掉。」嘴上這麼說，實際是我昨天發現頭髮過肩，變得跟那場夢裡的髮型一樣，才忍不住想要剪掉。

「妳早上要那麼早起床，短毛的確比長毛好梳理。」他眼底滿是笑意，伸手揉了揉我的劉海。

「白尚桓，我不是你的寵物啦！」我佯怒地搥他一拳。

「走吧。」白尚桓笑了笑，牽著我的手走進店裡。

這是一家可以帶自家貓咪來的寵物友善咖啡店，櫥窗上貼了許多貓咪圖樣的裝飾貼紙，店內採歐式復古風的裝潢，櫥櫃上擺了滿滿的貓咪相關商品，牆上還有貓咪的彩繪圖案，讓人一進來就感覺心要融化了。

白尚桓幾天前就已經預約，此時店員領著我們直接入座，我低頭看看桌面，餐墊紙上印有可愛的貓咪插畫。

「先別放小白出來，讓牠適應一下新環境。」白尚桓將提籠放在內側的椅子上，小白張著大眼望向籠子外面，看起來有點緊張。

服務生送上菜單，白尚桓點了茄汁海鮮義大利麵套餐，還幫小白點了一個罐罐，我則點了一個青醬培根義大利麵套餐。

點完餐，我轉頭瞧瞧四周，忍不住拿出手機拍下店內的各項擺飾。

「這家店的風格好可愛。」我微笑看著一張張照片。

「我以後也想開一間這樣的店。」白尚桓淡淡說道。

「好啊、好啊！」

「妳覺得好？」

「有哪裡不好嗎？」

「老師都覺得我應該要努力讀書，以後進大企業工作，不然就浪費了我的聰明頭腦。」

「可是要經營一間店也不是件簡單的事吧。」我不服氣地表示，「雖然羨慕你很會讀書，不過就算給我像你那樣的頭腦，我也不是做大事的料，也不會有遠大的抱負。」

「原來我們是同類。」他瞇眼笑了笑。

我呵呵傻笑一聲。才不是同類呢，畢竟我沒有天才般的腦子。

此時，服務生送上餐點，我留意到我們的餐盤和湯匙上都有貓咪的圖案，小白的盤子則是葉片形狀，上頭鋪著罐頭貓食，點綴著一片貓薄荷，可愛得讓我又拿起手機狂拍。

「妳媽媽和康叔叔有進展嗎？」白尚桓拿起餐具用餐。

「嗯……廖先生想挽回媽媽，不斷地打電話給我媽，我媽覺得自己不應該辜負他的情意，可是又放不下對康叔叔的感情，爲此心煩了很多天。」我放下手機拿起叉子，聞到食物的香味，感覺肚子也餓了起來。

「後來妳媽怎麼抉擇？」

「後來我媽接到廖先生大女兒的電話，她委屈地跟我媽道歉，希望我媽能嫁給她爸爸，還說結婚後他們三兄妹都會搬出去住，不會打擾到我媽的生活。」

「這是廖先生怕挽不回妳媽，逼孩子向妳媽道歉的吧？」白尚桓微微失笑。

「嗯，這一道歉反而把事情搞砸，我媽決心和廖先生分手，要他多多關心孩子。」我無奈地嘆了口氣，「但之後我媽跟康叔叔也沒有交往，只是常常陪他回診、做飯給他吃。」

「對大人來說，結不結婚其實不重要。」

「也對，能夠陪在康叔叔的身邊，我媽應該覺得很滿足了。」

聊到這裡，白尚桓將小白從籠子裡抱出來放到椅子上，把餐盤擺在牠的面前。

小白吃貓食時，白尚桓一邊輕撫牠的背，眼神帶點寵溺，我不由自主地又拿起手機拍下他和小白的互動。

吃完主餐，店員送上甜點和咖啡，甜點是蜜桃乳酪蛋糕，上頭點綴著貓掌形狀的餅乾，盤子上還用巧克力醬畫了一隻跳舞的小貓，咖啡則飄浮著貓咪的立體拉花。

「叉不下去。」白尚桓抿著淺笑，手裡拿著叉子遲遲無法下手。

「我也是，這拉花太可愛了，捨不得喝。」我苦著臉看著咖啡。

我們對視一眼，忽然很有默契地同時拿起手機想要拍照，剛才一直沒有動作的他，像按捺不住心裡渴望似的，對著甜點和拉花咖啡拍了好幾張照片。

「憋很久喔！」我調侃他。

「哪有。」白尚桓轉頭摸摸小白的頭，耳根悄悄泛紅。

後來我們掙扎了好久，久到拉花都快要消下去了，才狠下心將甜點和咖啡送進肚子裡。

我們兩人一貓在店裡坐了一下午，白尚桓聊了一些養小白的趣事，難得話匣子大開。

離開時，我們買了一組馬克杯，馬克杯的杯身雕有立體貓咪，一個是白貓，一個是黑貓，當兩個馬克杯靠在一起，兩隻貓咪就會呈現出親親的模樣。

臨走前，白尚桓還請店員幫我們和小白拍了一張合照，結束了今天的約會。

「接著就寒輔見了。」傍晚的風很冷，我拿出圍巾準備圍上。

「我不喜歡上寒輔，搞不懂多上那五天的課是能加強什麼？」白尚桓忽然抽走我的圍巾。

我納悶地轉身面向他，看著他把圍巾環上我的後頸，然後輕輕一拉。我不由得往前踏了一步，他同時低下頭，一個輕吻悄悄印上我的唇。

我愣了兩秒，一股熱氣直衝雙頰，白尚桓隨即鬆開圍巾將它繞上我的頸間。我害羞地以圍巾掩住嘴唇，對他的喜歡充盈在胸中，好像快要滿溢出來。

回家的路上，只要一想起今天的約會，我的嘴角就不住上揚。

剛進家門，我發現玄關處多了一雙男性皮鞋。

我換上拖鞋走進客廳，果然看到康叔叔坐在沙發上，沙發扶手邊擺著一對枴杖，對比先前不修邊幅的模樣，今天的他剃了鬍碴，修剪了頭髮，又恢復成型男的打扮，只是臉色還是有點憔悴。

「可珣穿得這麼漂亮，是剛約會回來？」康叔叔溫和地笑問。

「只是跟同學吃飯而已。」我有點害羞地撥了撥側邊頭髮。

「跟白同學嗎？」媽媽又來了。

我張著嘴啞了幾秒，才輕輕點了一下頭。

「妳跟白……」媽媽的眼神亮了起來，張口想要問些什麼。

康叔叔很快地用手肘推了媽媽一下，打斷她到嘴邊的話，「孩子大了，妳不要每件事都窮追猛問的。」

「叔叔的傷恢復得怎樣了？」我心中一鬆，跟客套的廖先生相比，我真的比較喜歡溫柔又體貼的康叔叔。

「好多了。」康叔叔的臉上閃過一絲尷尬，「眞丟臉，讓妳看到叔叔這麼狼狽的一面。」

我想起後來聽媽媽說過，康叔叔的前妻怪他忙於工作很少陪她，才會害原本就走不出喪子之痛的她得了憂鬱症，而那位出軌對象常常帶她外出散心、傾聽她的煩惱，她才會轉而愛上那個男人……

很諷刺地，媽媽跟我卻是被只愛玩樂、不顧工作的爸爸拋棄，因此我反而覺得像康叔叔這麼勤奮工作的人很好。

「叔叔，我之前失戀時，同學跟我說不要覺得自己不夠好，因爲別人的一兩句話就否定自己，那才是眞正的笨蛋。」我藉白尙桓說過的話安慰叔叔。

康叔叔神情落寞地搖搖頭，嘆了一口氣。

「我媽媽也是工作狂，一年到頭都在加班，工作狂應該最能理解工作狂，不會怪你不陪她的。」

「可珣！妳在講什麼？」媽媽神色緊張地喝斥我，康叔叔則低頭笑了一聲。

我吐吐舌，轉身一溜煙地跑回自己的房間。

關上房門，我從背包裡拿出貓咪馬克杯，感覺一股甜甜的暖意流過心間，我眞心祈禱這份幸福能夠永久持續。

一個星期後，終於還是迎來了白尚桓最討厭的寒輔。

我習慣性地一早傳了個早安貼圖給白尚桓，可是等我梳洗完畢，那則訊息仍是顯示未讀，我心想他大概還在睡覺，就沒再吵他了。

直到我搭校車前往學校的路上，他還是沒有回我訊息，便打電話給白尚桓，沒想到他的手機竟然關機了。

下了校車，我在校門口沒見到白尚桓的身影，進到教室也沒看見他。

「余浩彥，白尚桓有跟你說他今天不來上課嗎？」我覺得奇怪，便拍拍余浩彥的肩問他。

「沒有耶。」余浩彥搖搖頭，「這種事他應該是跟妳報備吧，怎麼會問我。」

「昨晚我還跟他聊天了，他沒說不來，只是抱怨上寒輔很浪費時間。」

「可珣，班長如果不來應該會跟老師請假，妳要不要去問問？」黃湘菱提出建議。

「好，我去問老師。」

下樓來到辦公室，我向班導詢問：「老師，請問白尚桓今天是請假嗎？」

「對，早上他媽媽打電話給我，說家裡養的貓昨晚過世了，他難過到沒辦法來上課。」

班導面露同情。

得知小白去世，我的心彷彿被狠掐了一下，痛得呼吸凝滯了幾秒，淚水隨即盈滿眼眶。

「妳還好吧？」班導瞧我臉色不對勁。

「我想請假去找他。」我努力克制想哭的情緒，但還是忍不住哽咽。

「白尚桓連妳都沒聯絡，我想他真的很傷心，妳還是先讓他靜一靜吧。」

跟老師道謝後回到教室，余浩彥和黃湘菱問我結果，我一說完，眼淚就再也壓抑不住的掉了下來。

「小白就像他的弟弟一樣，從小陪著他一起長大，失去小白一定就像失去家人一樣。」

我接過黃湘菱遞來的面紙，輕輕擦去淚水。

「我也喜歡狗狗，可是想到總有一天會跟牠們分離，就打消飼養的念頭。」余浩彥嘆氣。

「我也是，小時候養過楓葉鼠，可是楓葉鼠的壽命只有兩、三年，牠死掉的時候我也哭了好久。」黃湘菱瞧我眼淚掉個不停，又抽了一張面紙替我拭淚。

「男生都不喜歡被女生看到脆弱的一面，妳就先讓阿桓自己待著，等他心情調適好了就會聯絡妳的。」余浩彥很了解白尚桓的個性，他的建議跟班導一樣。

「我知道了。」我含淚點點頭。

寒輔第一天，我完全沒有心思聽課，只要一想起小白去世的事，眼淚就不斷湧出。

我想起小花不見的時候，白尚桓一直對我洗腦，說小花是跟帥氣的公貓私奔，後來我再想到小花，心裡只覺得感嘆和懷念而已，不曾有過現在這般強烈的悲傷感。

爲了不讓我難過，白尚桓才會那麼說，但溫柔的他卻無法令自己接受小白的離開。

隔天，白尚桓還是沒有來上課，我傳了訊息關心他，他也已讀不回，似乎心情尚未平復。

寒輔第三天放學時，我正在收拾書包。

「姚可珣，外找喔。」阿霖在門口大喊。

我抬頭一瞧，站在教室門外的人竟然是何秉勛。他來找我幹麼？

「不會是要找妳復合吧？」黃湘菱拉住我的手。

「這怎麼可能。」我搖頭一笑。

「聽說他跟吳芯羽吵架了。」她壓低聲音說。

「湘菱，妳怎麼知道那麼多八卦？」

「之前為了追偷班費事件，我和語資班的同學一直保持聯絡，是她跟我說的。」

「他們為什麼吵架？」我有點好奇。

「好像是何秉勛常常背著吳芯羽跟其他女生聊天，讓吳芯羽很不爽。」

「她之前不就是背著我跟何秉勛偷傳訊息，現在終於體會我當時的感受了吧。」我揮揮手和黃湘菱再見，背起書包走到何秉勛的面前。

「妳好像封鎖了我的LINE，我只好親自來找妳。」何秉勛露出偶像式的陽光微笑。

「請問有什麼事？」我雙手抱胸，嗓音不帶感情。

「請問妳，柔依是誰？」

乍然聽到這個名字，我心頭震了一下。

「芯羽說，妳要她小心柔依這個人，我向她解釋自己根本不認識什麼柔依，但她還是半信半疑，常常私下警告我的女生朋友離我遠一點，甚至偷看我的訊息。」何秉勛的笑容不變，就像在跟我閒聊，但我聽得出他的聲音裡滿是不悅。

我沒想到吳芯羽嘴上說得瀟灑，實際上還是很介意「柔依」，這件事終究還是引起效應了。

我果真不該說出夢裡的事。

「柔依到底是誰？」何秉勛加重語氣質問。

「是我不該說出那個名字。」我的思緒糾結成一團，不知道該怎麼回答。

「妳的意思是，妳故意虛構一個女孩，製造我跟那個女孩曖昧的假象，在我和芯羽之間埋下了一顆不定時炸彈？」他恍然大悟地挑高眉毛。

「我不是那個意思。」

「不然妳是什麼意思？」

「我無法解釋。」雖然吳芯羽搶走了我的男朋友，但我不希望她像夢裡那樣走上自殺的結局，才會告訴她柔依的事，並不是想挑撥她和何秉勛的感情。

「跟我去見芯羽，妳無法解釋也要想辦法解釋清楚！」何秉勛突然抓住我的手，拖著我離開教學大樓。

我茫然無措地被他一路拖到體育館，籃球隊的隊員正在練球，吳芯羽低著頭坐在場邊的椅子上，高瑛琪陪在她的身側，一手輕拍她的肩膀，好像在安慰她。

「姚可珣，妳快跟芯羽說柔依到底是誰！」何秉勛用力將我扯到吳芯羽的面前。

吳芯羽緩緩抬起頭，發紅的眼圈顯然剛才哭過。

「她瞎掰的吧。」高瑛琪脣角勾起一抹嘲諷。

「才不是。」被她這麼一激，我決定坦白，希望可以修補先前的錯誤，「我在車禍昏迷時做了一場夢，夢見何秉勛把妳給甩了，跟一個名叫柔依的女孩在一起。」

他們明顯呆愣住，三人互看了一眼。

「這是妳巴不得我跟芯羽分手，日有所思、夜有所夢吧。」何秉勛噗哧笑了出來。

「竟然把夢當眞，難怪妳會被語資班刷下去。」高瑛琪露出像在看著笨蛋的眼神。

「所以妳是騙我的，根本沒有這個人？」吳芯羽的口氣帶點埋怨。

「柔依存不存在，那並不是重點。」我凝視著她的眼睛，回想過去和何秉勛交往的情況，「問題是，何秉勛相當享受被女生圍繞的優越感，他對每個女生都很好，暗地裡也常常背著妳跟其他女生聊天吧，說句難聽的，芯羽妳當初就是這樣介入我們的，所以妳才會沒有安全感，害怕別的女生也用同樣的手段搶走何秉勛，因此處處打壓她們。」

吳芯羽一張臉倏地刷白，何秉勛的臉色也變得難看，口氣轉爲不悅：「難道妳交了男友，就會跟其他男生斷絕往來，一句話都不講嗎？」

「不是要你斷絕往來，而是要學著避嫌，這是對女朋友的基本尊重。再說，如果你們彼此信任，又怎麼會被我的一句話影響感情？」我頓了一下，瞥見何秉勛腳下的球鞋，沒來由的一股氣湧上心頭，「還是你只是貪圖芯羽會贊助你買鞋？這雙鞋要一萬二，芯羽出了九千……」

這話似乎踩到兩人的痛處，何秉勛冷不防扯了下我的手臂，打斷我的話，吳芯羽也慌張地從椅子上跳起來，用力推開我。

我反應不及，整個人被推倒在地，屁股痛得差點飆出淚來，大動作引得一旁的籃球隊員紛紛停下動作看著我們。

「姚可珣我告訴妳，我每次要買新潮鞋，都會先上網賣掉前一雙鞋，賣得的錢就交給芯羽保管。以鞋養鞋，這是一種玩鞋的方式，妳不懂就不要亂講！」何秉勛快速眨著眼睛，顯然對我突然爆出的事感到措手不及，他一邊壓低聲音用警告的語氣斥責我，一邊觀察四周的反應，似乎很在意別人的目光。

「秉勛的鞋都是潮鞋，即使是二手的詢問度也很高，賣得很好。」吳芯羽貼在何秉勛身邊，緊緊挽住他的手臂，像在幫他澄清什麼。

我啞口無言，的確不清楚玩鞋的細節。

「芯羽……」高瑛琪以銳利的眼神審視著吳芯羽，「妳不是說妳最近成績退步，妳爸媽不再給妳獎學金嗎，妳哪來那麼多錢幫何秉勛買鞋？」

「剛剛說了，那是秉勛的錢。」吳芯羽的眼神飄移。

「喔。」高瑛琪面無表情的應了聲。

彷彿急著轉開話題，吳芯羽突然提高聲音，用大家都能聽見的音量控訴我：「我會覺得沒有安全感，那全是因爲妳捏造了柔依這個人，讓我心裡產生疙瘩和猜忌，不然我根本不可能質疑秉勛的眞心，更不會去警告秉勛的女生朋友。」

「你們都不檢討自己的問題，卻把吵架的事一味怪在我身上。」我兩手撐地站了起來，再撿起書包拍拍上面的灰塵。

「我跟秉勛會吵架本來就是妳造成的，妳心機眞的很重，不但不認錯，還一直轉移話題，挑撥是非。」吳芯羽緊咬著我不放，一副被我迫害的模樣。

「妳不要再讓我聽到妳亂講話，否則我跟妳沒完沒了。」何秉勛恢復冷靜，以護衛者的姿態摟著吳芯羽。

「感情這種事就是要好聚好散。」

「見不得人好的恐怖情人，不要也罷。」

「對呀，幹麼故意亂造謠拆散人家……」

身後的閒言閒語讓我感到心寒，難道夢裡提過的挑撥離間，指的就是現在這個情況？

「我也不想跟你沒完沒了，我承認現實沒有柔依這個女生，我願意跟芯羽道歉，這件事就到此爲止，以後你們不要再拿這件事當吵架的藉口。」我黯然說完，在何秉勛和吳芯羽一臉錯愕的注視下離開。

來到體育館外面，我轉身望著一旁正在興建的綜合活動大樓，大樓外搭著鷹架、罩著防護網，內心又浮起一股不安。

如果道歉能夠解決這件事，我願意道一百次歉，只求柔依事件不要再衍生出其他事端。

手機突然響起，我收回思緒從書包裡掏出手機，來電顯示竟然是白尚桓。

我連忙接聽，「喂。」

「對不起，前兩天都沒有回妳的訊息。」白尚桓的聲音略帶沙啞。

「沒關係，你現在的心情好點了嗎？」

「不怎麼好。」

「我……很想見你。」

「妳還沒回家嗎？」

「嗯。」

「我在店門口等妳。」

「好，我馬上下山。」掛掉電話，我快步走向校門口。

半走半跑地趕到商店街，遠遠我就看見白尚桓兩手插在外套口袋裡，背靠著玻璃櫥窗。我喘著氣跑到他的面前，只見他的神色有點疲憊，眼睛下面掛著淡淡的陰影，顯然這幾天都沒有睡好。

白尚桓沒說話，只是牽起我的手往前走，轉進一條巷子，跨上階梯進到一座小公園裡。傍晚的氣溫明顯降了幾度，公園裡僅剩下幾個孩子在玩溜滑梯，白尚桓鬆開我的手，在鞦韆上坐了下來，兩手肘擱在大腿上，垂頭望著地面。

「這裡是你撿到小白的公園嗎？」我把書包擺在旁邊的石椅上，在他隔壁的鞦韆坐下。

「嗯……」他沒有抬頭。

我兩手抓著鞦韆的鏈子，來回輕輕盪著。

過了半晌，白尚桓似乎整理好情緒，才低聲開口：「那天早上，我起床發現小白不在我的腳邊，我覺得很奇怪，四處找牠，發現牠趴在飼料碗的前面像是睡著了，可是我一摸牠的身體，卻是冷冰冰的……牠怎麼可以在我睡覺的時候，自己偷偷死掉？」

聽到這裡，我的眼圈跟著一熱，視線瞬間變得模糊。

「我想起前一天晚上，小白靜靜地坐在床邊陪我，但我光顧著跟妳傳訊息聊天，完全沒發現牠不舒服……如果我早點發現，說不定來得及送牠去看醫生，就算眞的不行了，至少我可以抱抱牠，陪著牠走，而不是讓牠躺在冰冷的地上，孤零零離開。」白尚桓略帶哽咽的嗓音充滿自責，就像他當時覺得自己沒能救回我一樣。

「阿桓，你眞的很溫柔。」我輕輕拭去眼角的淚水，「貓咪是高傲的動物，牠們有自己的尊嚴，如果我是小白，我才不想被你看到我虛弱的模樣，更不忍心見你爲了我難過，我想記住的是你溫柔的笑臉，再吃一次你餵的飼料，吃飽飽的再離開。」

白尙桓沒有回話，我看見他的腳邊有幾滴水痕。

「不管你有沒有醒著，小白只要跟你待在同一個空間，就覺得你陪伴牠走完最後一刻了。」我起身走到他的面前，伸手摸了摸他的頭。

白尙桓環抱住我的腰，這親暱的動作不禁讓我羞紅了臉。

我輕輕撫摸著他柔軟的髮絲，肚子突然發出咕嚕的一聲。

白尙桓抬起頭，嘴角勾起一抹笑意，剛剛滿是憂傷的神情像烏雲散盡般豁然開朗。

「好丟臉……」我糗得想找地洞鑽。

「我們去吃飯吧。」

「好。」

我後退一步，用力將白尙桓從鞦韆上拉起，轉身要拿書包時，他忽然從後面環抱住我。

「謝謝。」白尙桓將臉埋在我的頸側。

「跟你之前爲我做的事相比，這點安慰不算什麼。」我轉頭看他，臉頰與他輕輕相貼。

白尙桓，我才要謝謝你喜歡我，讓我和你一起共度快樂的時光，更在你深陷悲傷的時刻，願意讓我陪伴在你的身側，一起分擔你的憂傷。

雖然白尚桓的心情平復了些，但他依然缺席了整個寒輔。

寒輔結束，農曆年隨即到來，媽媽煮了很多年菜，邀請康叔叔來家裡吃年夜飯。以往的過年，我和媽媽總是沒什麼話說，吃完年夜飯就各自回房休息，但是今年餐桌上多了個人，氣氛忽然變得很熱鬧，康叔叔就像是我和媽媽之間的潤滑劑。

開學後，我一如往常地搭校車上學。

白尚桓同樣在校門口值勤，從氣色看來，似乎已經恢復了精神。

「早安。」經過他的面前，我習慣性跟他道了聲早，但他的視線卻掠過我看向後頭，皺起了眉頭。

我回頭一瞧，一輛賓士車大剌剌地停在校門口正中央，司機拉開後車門，從裡面走下一位長髮飄逸的女孩，她穿著嶄新的校服，上圍豐滿，乍看平凡的臉蛋有些眼熟，但我一時想不起自己在哪看過她。

雖然不是令人驚豔的美少女，不過她搭賓士車上學的排場，足以吸引眾人的目光。

女孩一走進校門，白尚桓便以記名板攔住她，面無表情地說：「同學，上下學尖鋒時段，車子不能直接停在校門口，校門的左邊才是家長接送區。」

「對不起，我剛轉學過來，不清楚學校的規定，我回家後會跟司機叔叔說的。」女孩立刻垂下頭，好像不敢直視白尚桓。

「蔡……佩薰？」我唸出女孩繡在制服上的名字。

蔡佩薰聞聲抬頭，看到我，她露出燦爛的笑臉，「學姊，我們又見面了。」

「妳……」我不敢置信地上下打量她，「才幾個月沒見，妳變了好多，我都認不出是妳了。」

「我又瘦了好幾公斤，寒假還去縫了雙眼皮，是不是看起來比較漂亮？」她散發出自信的光彩。

「嗯，眞的變得好漂亮。但妳……怎麼會轉學來我們學校？」

「因爲我想追秉勛學長。」

聞言，我倒抽了一口涼氣。

「這半年我拚命減肥，每餐都吃得很少，剛開始常常餓到哭、餓到睡不著，後來就慢慢習慣了。我還學著打扮自己、努力讓自己變得有氣質，可是即使這樣，我還是只敢偷偷追蹤秉勛學長的IG而已……直到那天，妳說每個人都有喜歡人的權利，我才得到勇氣，決定爲自己勇敢一次。」

我？是我鼓勵了她嗎？

「可是……何秉勛不是跟吳芯羽交往中嗎？」我的思緒亂成一團。

「我知道，但我還是想試一試。」蔡佩薰的臉上寫滿堅持，「對了，我改英文名字了。」

「什麼？」我微微瞪大眼睛。

「我現在不叫Page，叫Zooey喔。」

「Zooey……」我心頭震了一下，那是柔依的英文發音。「爲什麼妳忽然改名？」

「因爲我聽說學姊做了一個夢，夢見秉勛學長被柔依搶走了。」

我心臟狂跳，「妳聽誰說的？」

「前陣子某個意想不到的人突然私訊我，跟我說了這件事，還說吳芯羽非常介意『柔依』，將這個名字視爲禁忌，如果我能夠成爲柔依，一定可以引起秉勛學長的注意。」蔡佩薰露出天真的微笑，但眼瞳裡的深沉卻讓我不寒而慄，「因爲那個人的提議，我才決定成爲柔依，我要讓那個夢境變成眞的。」

「那個人是誰？」我急急問道。

「對不起，我答應過她不能說。」蔡佩薰歉然地笑了笑，轉身走向教務處。

我忽然感到暈眩，沒想到柔依事件被我點燃引信後，暗地裡早已悄悄引發效應。

那場夢是眞的，我必須接受這個事實。

第八章　等價交換的未來

開學的第一天，班導利用早自習時間選幹部和換座位。

這學期的座位是用抽籤的，不過前三名可以自己挑選喜歡的位子，白尚桓等我抽完籤後，便挑了我隔壁的座位坐下，而學期成績第二名、第三名的余浩彥和黃湘菱也隨後跑來跟我們湊在一起，坐在我們的前面。

當阿霖準備抽籤時，班導突然蹦出一句：「阿霖，你上學期倒數第一名，要不要挑個風水好一點的位子？」

「倒數第一名也可以挑座位喔？」阿霖一臉驚喜。

「你想挑哪裡？」

阿霖的視線馬上轉向艾婕。

「可以不要嗎……」艾婕露出嫌惡的表情。

「但我說的風水好位是那裡。」班導伸手指向我們這一區。

「喔……」阿霖的眼神黯下，背著書包走過我和白尚桓中間的走道，伸手拉開白尚桓後座的椅子。

對！坐那裡就對了！

我心跳莫名地加快，暗自祈禱他趕快坐下，沒想到阿霖低著頭遲遲不入座，下一秒，他忽然把椅子靠上，轉而拉開我後座的椅子坐下。

「爲什麼你要挑這裡？」我猛然回頭問他，感覺心涼了半截。

「因爲艾婕討厭我，坐這裡可以離她遠一點。」阿霖瞄了眼遠處的艾婕，垂下眼簾，神情沮喪。

這情景又跟夢裡一樣，阿霖眞的坐在我的後面。

緊接著是選幹部的時間，白尚桓又被同學提名連任班長，而我自然又被他指定爲副班長，繼續替他做雜事。

第一節下課，班長被廣播召到學務處，我轉頭看阿霖，他正低著頭玩手機。察覺到我的目光，阿霖抬頭看我，愣了一下，說：「我保證不會在走廊上玩星爆氣流斬。」

「阿霖，其實……」我有點難以啓齒，很想跟他說預知夢的事，可是經驗告訴我，對當事人說了通常都不會有好事發生，只好先探問：「你相信預知夢嗎？」

「信！不只是預知夢，異世界、外星人、鬼怪呀……我全都信。」阿霖的眼神綻放光彩，「而且我覺得，預知夢搞不好其實是過去的自己靈魂出竅，附身在未來的自己身上，看到了未來的事，只是靈魂回到原來的時空後，以爲自己做了一場夢。」

「附身？」我聽了覺得有點奇異，「那未來自己的靈魂呢？」

「當然是沉睡在身體裡，這情況就跟被鬼附身一樣。」

「好像有道理。」我愣然點頭。過去的自己，靈魂附身在未來的自己身上，這理論好像說得通耶。

而且做夢是不會有痛覺的，可是我在那一場夢裡的感覺都很眞實，眞實到醒來後都還清楚的記著。

「我剛剛那樣說，妳會不會覺得我很中二？」阿霖收起笑容，吶吶問道。

「不會呀，我覺得你的想法挺有趣的。」

「哦？如果妳有興趣的話，歡迎隨時跟我討論。」阿霖嘻嘻一笑。

「好啊。」我微笑點頭，忍不住想八卦一下，「你很喜歡艾婕吧？」

似乎沒料到話題會突然切入這件事，阿霖愣了一下才回：「嗯，第一次見到她時，就有一種被電到的感覺，心撲通撲通的跳，整個世界都亮了起來。」阿霖搔了搔後腦勺，露出難為情的表情。

「喜歡她就不要鬧她呀，像我們現在這樣聊天，我就覺得你很帥。」

「因爲我有僞裝。」阿霖伸手摸摸下巴，擺出耍帥的動作，「可是面對喜歡的女孩，我不想掩飾自己眞正的模樣，我就是個喜歡動漫和輕小說的宅男，像何秉勛那樣就很假掰耶！」

聽到他批評何秉勛，我一時有點尷尬。

「喔，對不起。」阿霖連忙道歉，「其實你們交往的時候，我還沒那麼討厭他，但是他跟吳芯羽交往後，時不時就向我們炫耀他的潮鞋和衣服，讓我看了很不爽。」頓了一下，阿霖突然趴在桌上假哭，右手猛搥桌面，「嗚嗚……其實是我買不起，嫉妒他啦！」

「別這樣說，我倒覺得是他最近花錢花得太凶了。」我被他誇張的言行逗笑了。

阿霖收起哭聲，趴在桌上安靜了片刻，才悶悶說了句：「我以後會離艾婕遠一點，不會再跟她說話，惹她生氣了。」

我不知道該回他什麼，只好拍拍他的肩頭表示安慰。轉身坐正，我跟艾婕忽地對上眼，她馬上把頭轉開，不知道怎麼了。

一如往常，開學第一天的課都很輕鬆，不過受到柔依事件的衝擊，我也只是對著黑板放空發呆。

中午草草吃完午餐，我來到走廊透氣，趴在欄杆上望著陰沉的天空。

爲什麼我會遇上這麼奇怪的事？難道是因爲我抱怨自己的青春全被考試塡滿，上天便賜給我這麼刺激的冒險人生？

「可珣，妳還好嗎？」黃湘菱的聲音傳來。

「嗯？」我轉頭看她，她和余浩彥的手上都拿著飲料，應該是剛從福利社回來。

「何秉勛之前在IG發文罵妳，讓妳心情很差吧？」

「他罵我什麼？」我沒再追蹤他的IG，完全不知道有這件事。

「罵妳破壞他和吳芯羽的感情。」

「手機借我，我想看看那則貼文。」

「何秉勛刪掉了。」余浩彥接口說。

「刪了？」

「我看到那則貼文就馬上打電話告訴阿桓，他知道後很生氣，私訊何秉勛，說鞋店的店長常常帶著愛犬到他家的寵物店美容，憑著這份交情，要調個監視器畫面應該不難。之後何秉勛就把貼文刪了。」余浩彥解釋。

「原來如此。」我忍不住笑了。不管何秉勛和吳芯羽之間是怎麼協定的，明顯都是吳芯羽買單，若是公開當時的畫面，何秉勛豈不丟臉，難怪他馬上刪了貼文。

或許是看到我們三人在外面聊天，白尚桓這時候突然走出教室。

「你們聊。」余浩彥看到他走過來，便拉著黃湘菱回教室。

白尚桓慵懶地趴在欄杆上，「妳一個早上都不說話，是不是在糾結『柔依』的事？」

「你怎麼知道那件事？」印象中，我沒跟他提過呀。

「早上妳和那位學妹說的話我全聽見了，加上何秉勛的貼文裡有提過，稍微推測下，不難了解事情的始末。」

「你是不是又覺得那是因果關係？」

白尚桓微微勾起嘴角，沒有否認。

「你爲什麼叫他刪文？」

「他說妳因爲一場夢，就對吳芯羽鬼扯，說他會被柔依搶走，故意害他們吵架。我認爲這個理由太牽強，因爲感情事最需要的是溝通，如果他們有好好聊過，怎麼會被妳的一句話搞得吵架？恐怕兩人之間還有其他爭執原因。」

「我眞的夢到何秉勛和柔依交往，吳芯羽還因爲這樣……自殺了。不過夢裡我看不清楚對方的長相，無法確定那女生是不是蔡佩薰。」我沮喪地垂頭。

「根據國外學者的研究，具有豐富想像力和創造力的人，作夢的內容也會比一般人精彩，像我的夢就都很枯燥，沒什麼戲劇性的起伏。」白尚桓又提出理論反駁我。

「唉，別管那場夢了。」我忍住對他翻白眼的衝動，「我只是覺得，如果他們因此分手了，這不就是我的錯？」

「可珣，人和人的相處是AB圓交集，並不是AB圓同心，妳沒有偉大到所有人都以妳為圓心打轉，一句話就可以操控全局。」白尙桓伸手圈住我的後頸，露出微微淺笑，「妳要吳芯羽小心柔依，結果是演變成她跟何秉勛公開批評妳，並沒有造成他們分手喔。」

「可是就跟橡皮擦印章一樣，這件事是我起頭的。」我強調著。

「不，妳忽略了一個很重要的細節。」白尙桓不認同地搖搖頭，「學妹為什麼會成為『柔依』？」

「她說是某個人的建議……」我愣了一下，緩緩睜大眼睛，猛然抓住白尙桓的手臂，「那個人、那個人……」

「對，學妹背後還藏著一個關鍵人物，那個人利用妳的話，催化了這件事。」

「肯定是跟吳芯羽有過節的人，她為了鋤除接近何秉勛的女生，應該得罪了不少人。」我想起吳芯羽罵蔡佩薰的話，實在是有點惡毒，「那我現在該怎麼辦？」

「事情發展至此，這件事的局內人已經轉變為學妹、關鍵人物、何秉勛和吳芯羽，他們才是主角，這是他們之間的事，妳只是擦邊球而已。」白尙桓撫上我的頭頂，輕輕揉弄幾下，「要鬥就讓他們自己去鬥，妳不要再把麻煩攬上身。」

「可是蔡佩薰的背後好像醞釀著一場陰謀。」

「難道妳又要跑去警告吳芯羽？」

「她不會信我的，搞不好又認為我在搞破壞。」

「妳知道就好，不過她遲早都會來找妳求證那場夢的眞實性。」白尙桓預測道。

「我不會再跟她講任何事的。」截至目前為止，只要我先講出夢裡的事，接踵而來的都沒好事。「不知道蔡佩薰會怎麼進攻何秉勛？」

「這很簡單。」白尚桓不假思索地提出分析，「憑她的家世背景，只要送何秉勛一大櫃的潮鞋，他應該就會乖乖跟她走了。」

「這也太沒骨氣了吧！」我嗤之以鼻，頓了一下，轉而問他：「你……心情好多了嗎？」

「好很多了，不過看到小白的玩具時，還是會忍不住鼻酸。」他輕輕嘆氣，眼神透著淡淡悲傷。

「會想再養隻貓嗎？」

「不，這種心痛一次就夠了。」他想都不想，直接否決。

我伸手拍拍他的頭，能夠擁有這麼溫柔的主人，相信小白一定是帶著滿滿的幸福離開這個世界。

ღ

一個星期後，蔡佩薰成了學校裡的話題人物。

她就讀一年級語資班，聽說寒暑假都會去美國度假，英語說得非常流利，身爲客運公司的千金，她每天像公主一樣由司機接送，使用的皮夾、飾品等全是名牌。雖然沒有令人驚豔的美貌，不過個性平易近人、胸前豐滿，使得她在男生圈裡頗受歡迎。

「昨天放學去體育館打球時，那個學妹有來看籃球隊練球，還說她想加入籃球隊。」午休時間，阿霖聊起他遇到蔡佩薰的事，「後來籃球隊的人就教她投籃，她才做一個跳投的動作，所有人就哇嗚的叫了起來。」

不出我所料，為了接近何秉勛，蔡佩薰第一步便是申請加入籃球隊。

「你們男生注意的應該不是她的球技吧。」黃湘菱用嫌惡的表情睨著阿霖。

「坦白講……她的身材真的很好。」阿霖嘿嘿一聲，搔著後腦勺。

「哼！你們男生有奶就行。」

「那是理想，不過女朋友沒有巨乳也沒關係。」余浩彥笑著安慰她。

「何秉勛和吳芯羽有看到她嗎？」我打探道。

「有，何秉勛歡迎學妹加入籃球隊時，吳芯羽一直拉他衣角，好像不希望他跟學妹搭話。」

「學妹的家世太好，她緊張了。」黃湘菱對著我說。

「可是她說在薇雅高中，她的家境只能算是小康，而且外貌不夠亮眼，常常被同學冷落。」阿霖又補充了一段。

「那所是貴族學校耶。」余浩彥特別強調貴族二字，「聽說在校門口接送的車再便宜也起碼是B開頭的。」

我很難想像那是什麼世界。

接下的日子，蔡佩薰跟吳芯羽兩人如何過招，變成我們的午餐話題。阿霖因為有朋友在籃球隊，所以他每天放學都會去體育館打球，經常帶回蔡佩薰的八卦，知道她如願進了籃球隊。

這天早晨，阿霖背著書包匆匆跑進教室，高舉手機叫嚷著：「你們看、你們看！這是我朋友傳給我的，是學妹以前的照片。」

同學紛紛圍上，我跟著探頭一瞧，照片裡的蔡佩薰大致是我去年暑假遇見的模樣，胖胖的身材、圓圓的臉蛋，以及狹小的眼睛。

「哇！跟現在差好多。」幾個同學驚訝地大笑。

「原來她有割雙眼皮，之前單眼皮半蓋著眼睛，看起來好像在瞪人。」余浩彥揶揄道。

「這麼胖要瘦下來其實不容易，雖然有微整，不過她的鼻型和嘴型不難看。」大概是身爲女生都曾減過肥，可以體會其中的痛苦，黃湘菱反而給予肯定。

「都說胖子是潛力股，很多人減重後判若兩人。」除去背後的陰謀，我也覺得一個女孩爲了追求自己喜歡的人，努力改變自己，這份毅力眞的不簡單。

短短一天，蔡佩薰胖子時期的照片便在校園裡流傳開來，可沒人知道是誰公開的。

隔了幾天，阿霖又捎來最新八卦：「昨天蔡佩薰一走進體育館，就有女生嘲笑她雙眼皮是不是去韓國割的。」

「她怎麼說？」艾婕不知道什麼時候冒了出來。

「我從小因爲外貌被同學嘲笑，一直覺得自卑，直到我偶然遇上秉勛學長，才開始決心減肥，希望自己可以美美的出現在他面前，哪怕只是讓他看自己一眼也好。」阿霖模仿女生的語調，還原當時的情況。

「這不就是當眾對何秉勛告白？」艾婕冷哼一聲。

「對呀，學妹還說她每天都吃得很少，每晚去健身房跑步，常常半夜餓到睡不著，講著講著，她突然抱著肚子蹲在地上喊胃痛，然後何秉勛就帶她去保健室了。

「吳芯羽看到應該會氣死。」黃湘菱探頭對我說。

我轉頭看著隔壁的白尙桓，他一手撐著下巴，一副對八卦沒興趣的表情，發現我在看他，這才給了一句評論：「挺厲害的，懂得利用缺點扭轉劣勢。」

我輕輕嘆氣。的確很厲害，不知道是她的主意，還是那位神祕人物給的建議？

蔡佩薰這麼一告白，客運小公主喜歡上籃球王子，這件事在校園裡鬧得沸沸揚揚。

後來在大胖妹爲了心上人而努力減肥的奮鬥史加持下，周遭甚至開始出現爲她加油的聲浪，這讓吳芯羽氣炸了，在朋友之間以「賤人」來形容她，每天放學都會去體育館盯梢。

但是依我對何秉勛的了解，緊迫盯人反而會讓他覺得沒面子，對吳芯羽的好感度下降。

「姚可珣，外找！」

我抬頭看向教室門口，來人居然是吳芯羽，果然被白尙桓說中了。

剛走出教室，吳芯羽便一副興師問罪的模樣，劈頭直問：「蔡佩薰說認識妳。」

「我跟她只見過兩次面，一次是翻車事故和解當天，一次是在彩繪活動上，跟她不是很熟。」我淡淡解釋。

「她的英文名字叫Zooey，是妳設局想圓自己說過的謊嗎？」

「不是，她的出現也讓我很詫異。」

「眞的不是妳在搞鬼？」她用懷疑的眼神睨著我。

「不是。」我坦然迎視她。

吳芯羽冷冷地瞪視我許久，忽然垂下眼簾，囁嚅問道：「那場夢……妳夢到的柔依就是她嗎？」

蔡佩薰的進攻太猛烈了，讓吳芯羽不禁開始相信我提過的夢境。

「夢裡那人的五官很模糊，我無法確定是不是她。」看到她強迫自己低聲下氣，我突然覺得她有點可憐，忍不住提醒：「妳是不是有得罪過誰？」

「妳為什麼這麼問？」吳芯羽的眼神呆滯，彷彿腦海跑過一長串名單，臉色隨即轉為蒼白。

「因為……」我正想說出蔡佩薰背後有個神祕人物的事，突然想起夢裡我得知吳芯羽自殺時，白尚桓跟我說過一句話。

「妳已經很盡力在幫她了。」

表示在那一場夢裡，姚可珣選擇幫助吳芯羽，具體幫了什麼事我不清楚，不過顯然並沒有達到效果，反而招致何秉勛怨恨，被籃球隊的人輕蔑，甚至說是我害了吳芯羽。

如果我此刻提醒吳芯羽，她勢必會把我當成戰友，而我可能為了想反轉她的下場，選擇跟她一起對付蔡佩薰，最後落得一個臭名，也沒能扭轉結局。

在柔依事件裡，我現下就站在一個抉擇點上。

幫？不幫？

見我露出猶豫的表情，吳芯羽猛然抓住我的手，低聲懇求：「可珣，妳是不是知道什麼我不知道的事？」

我沉默看著她。

「之前……我讓妳那麼傷心難過，我願意道歉……」吳芯羽一臉難堪地垂下頭，「秉勛是我的初戀，我真的很喜歡他，只想用盡全心對他好……如果妳知道什麼，可不可以請妳幫幫我？」

內心交戰了許久，直到上課鐘聲響起，我才毅然地輕輕撥開她的手，決定聽從白尚桓的話，狠下心當一個徹底的局外人。

「抱歉，我幫不上忙。何秉勛不喜歡女生鬧脾氣和抱怨，你們還是坐下來好好溝通，這才是最重要的。」語畢，我冷然轉身進教室。

吳芯羽在背後呼喚我，但我沒有回頭。

隔了一陣子，白尚桓預測的事情又發生了。

阿霖滑手機，指著一張鞋子的照片說：「這雙潮鞋一發售就被人搶購一空，網路上幾乎是翻倍在賣。學妹說是臺灣炒鞋炒得太誇張了，她有親戚住在國外，說國外款式超齊全，託親戚買還反而比較便宜。」

「何秉勛有請她帶鞋嗎？」我嚥了一口口水。

「嗯，但是吳芯羽當場發飆不准他買，兩人就又吵了一架。」

「你呢？你有叫學妹帶鞋嗎？」艾婕從旁插話，用質問的口氣問阿霖。

「哈哈……我最近好窮，就算國外的鞋比臺灣便宜，對我來說還是很貴。」阿霖一臉尷尬地搔搔頭。

「潮鞋攻勢來了。」我無奈地看向白尙桓。

「學妹對何秉勛的喜好研究得很徹底，論課金的層級，吳芯羽一定慘敗。」白尙桓淡淡說道。

後來陸陸續續聽說，蔡佩薰的零用錢一天一千塊，存款高達百萬，還是很多名牌店的VIP，買東西不只有折扣，還有會員禮。

何秉勛某天私下請蔡佩薰帶他到名牌運動專賣店，買了一個很帥的背包，吳芯羽知道後勃然大怒，將那背包丟在地上狂踩。

看到吳芯羽節節敗退，當初搶走我男朋友的小三得到報應，照理我應該要覺得開心才對，可是明知內幕卻袖手旁觀的我，愧疚感是一天比一天重。

因爲感情不順遂，連帶著吳芯羽的成績一再退步，壓跨兩人的最後一根稻草終於出現。

五月初，吳芯羽的父母突然來到學校，說女兒開學時拿了補習費卻沒有報名補習班，每天還是很晚回家，錢也不知道花到哪裡去，最近更是情緒起伏很大，動不動就發脾氣大哭。

白尙桓陪我去辦公室找老師簽名時，就見吳芯羽的父母和何秉勛的爺爺奶奶面對面坐在會談室裡，吳家父母的表情很生氣，何家長輩不斷低頭像是在道歉，坐在一旁的吳芯羽不停地拭淚，何秉勛則垂著頭發呆。

「她大概是那種一談戀愛就不顧一切地愛對方，容易失去自我的類型。」白尙桓有感而發。

「我一直覺得很歉疚，怪自己不該向她提起柔依，還隱瞞她關於神祕人物的事。」這些日子以來，我的內心也很煎熬。

「不，就算妳不做那些事情，那個神祕人物一定也會找其他管道或方法，達到自己想要的目的。」

「不知道那個人是誰？」

「肯定是對吳芯羽和何秉勳相當了解的人。」來到門邊，白尙桓拉開辦公室的門讓我先過。

我一眼對上門外的高瑛琪，她正好伸出右手，似乎剛想推門進來。

「妳是來打探芯羽的八卦嗎？」高瑛琪突然搭話。

「才不是，我是來找老師簽名的。」我沒好氣地反駁。

高瑛琪脣角一勾，似乎不太相信我的話，但我早已習慣她這種瞧不起人的高傲態度，也不想多做解釋，便側身與她擦肩而過。

就在那一瞬間，一個很微妙的想法閃過腦海：

吳芯羽和高瑛琪說了心事，她才會知道當時吳芯羽和何秉勛暗中往來的事。當我澄清柔依一事時，高瑛琪也在場，肯定聽進了那些內容，加上蔡佩薰說過，是某個人向她透露吳芯羽非常在意「柔依」的存在，這表示那人掌握了吳芯羽的情感弱點。

那高瑛琪不就符合白尙桓所說，是個對吳芯羽和何秉勛都非常了解的人嗎？

「你覺得神祕人物有沒有可能是高瑛琪？」回教室的路上，我忍不住提出揣測。

「不管是誰都與我們無關。」白尙桓搖了搖我的頭，「妳可不可以把腦袋空出來，幫我想想畢旅要辦什麼活動？」

「對耶，五月十九日就要畢業旅行了，還沒要畢業就提前畢旅，感覺實在很奇怪。」記得那場夢裡，我們的交往紀念日是五月二十日，原來是在這時候告白的。此外，十九日也剛好是我的生日。

「高三要準備考大學，學校希望學生能專心讀書吧。」白尚桓淡淡解釋。

我側頭偷瞄了他一眼，畢旅耶！可以跟白尚桓在外面玩三天兩夜，怎麼想都覺得期待。

這天晚上，我洗完澡回到房間，手機傳來訊息聲。

我點開訊息，是黃湘菱傳來何秉勛IG的截圖，內文大致是說，因爲雙方家長希望兩人好好用功念書，不得已選擇和吳芯羽分手，沒辦法帶給她幸福，他覺得很抱歉。

通篇看下來，何秉勛不斷暗示是吳芯羽的父母要求他們分手，並沒有提及我或柔依的事。

如夢裡所預見的，他們最終分手了，差別是這盆水並沒有潑到我身上，我保全了自己的形象，這證明夢裡的事情是可以改變的，只要在關鍵時刻做出正確的抉擇。

那麼，我絕對要傾盡所能，扭轉白尚桓將會死去的結局。

ღ

「畢旅的活動，當然是要來場刺激的試膽大會！」阿霖興奮地高舉雙手，「一個男生配一個女生，搞不好會擦出愛的火花！」

「不要吧，我怕黑。」黃湘菱縮了縮脖子。

「有余浩彥陪妳，怕什麼？」

「我怕夜遊完會做噩夢。」

「可是我們班女生比較多耶。」余浩彥提出問題點。

「那就一個男生配兩個女生，嚇到時就可以左擁右抱。」阿霖嘿嘿一笑，故意裝出色色的表情。

「你想的美，說不定沒人願意和你配對。」換座位後，艾婕明明坐得很遠，卻常常跑來跟我們湊熱鬧，「重點是，誰要當活動策畫？」

阿霖立刻噤聲，左看看余浩彥、右看看我，明顯是希望我們能接下這工作。

「誰都不用推，我們六個人一起當活動策畫吧。」白尚桓突然一聲令下。

「嗄？可是我想玩，想要牽女生的手一起參加試膽大會呀！」阿霖雙手抱頭一陣怪叫。

「你想太多，沒人會想跟你牽手啦。」艾婕一貫的毒舌，眼底卻藏著淺淺的得意。

距離畢旅還有一個多星期，我們請班上同學提供嚇人道具，同學們也立刻熱情響應，紛紛帶來了鬼面具、鬼手和骷髏頭等，以及一些不穿了的白色衣服，我和余浩彥用紅色顏料在衣服上做出斑斑血跡，看起來效果還不錯。

阿霖雖然口頭說不想當籌備人員，可是當大家開始討論試膽活動的細節時，他竟然成了最熱衷的人，不斷蹦出許多奇奇怪怪的點子，甚至提議大家來一場角色扮演。

最後決定白尚桓和我扮成吸血鬼；余浩彥和黃湘菱扮日本亡靈，阿霖和艾婕則扮演喪屍。

喔，艾婕說是看阿霖沒伴很可憐，只好犧牲自己和他配對。

畢旅前的星期六，我們約好在教室集合，一起製作活動用的道具。

「對了，那天要不要在試膽活動前來一段鬼故事，製造出恐怖氣氛？」余浩彥替鬼面具上色，順便提出想法。

「贊成。」我將塞滿報紙的白布，用細繩綁成上吊的人形。

「那誰要負責講鬼故事？」黃湘菱問道。

白尚桓和艾婕默默看向阿霖，意圖明顯，就是他。

「我從小最喜歡聽鬼故事了，講鬼故事是我的專長之一。」阿霖露出自豪的表情。

「說一個來聽聽。」我笑說。

「先說一個真實的事件，是我爸爸的親身經歷。」阿霖收起笑臉，很快地進入狀況，「我爸大三那年跟幾個同學去海邊游泳，沒想到下水沒多久我爸就突然腳抽筋溺水，同學們急得放聲呼救，幸好附近剛好有一隊救生員正在外訓，他們連忙把我爸救上岸，當時他已經沒有呼吸心跳了，救生員不斷幫他做CPR，才終於吐出一口水被救了回來。」

教室裡一片安靜，大家都停下手邊的工作，聆聽阿霖的敘述。

「我爸說溺水後的那段時間，他感覺自己的身體飄出海面、飛到半空中，看到海邊的陽光很美，忽然想起他跟我爺爺奶奶去阿里山看日出的回憶，接著很奇妙，他的身體竟然咻地返回到那一天，看見十歲的自己和家人一起看日出的景象，已過世的爺爺奶奶都還健在，讓他忍不住掉下眼淚。」

「這應該是靈魂出竅吧。」余浩彥猜測著。

「聽說靈魂可以在不同的時空中穿梭，要回到過去應該也不是不可能。」艾婕也提出自己的見解。

我轉頭看著白尚桓，這鐵齒的傢伙果然又兩手抱胸，一副不相信的神情。

「接著，我爸爸想起初戀情人，他又咻地去到高二園遊會那天，他帶著吉他在臺上自彈自唱了首情歌，對初戀女生告白，兩人接著就交往了。可是後來他們考上不同的大學，初戀女友在大二的時候劈腿，被他抓到她和別的男生在租屋處滾床單。」

「你爸爸想到這裡，不就又返回到那一天？」我忍不住插話。

「沒錯！」阿霖兩手一拍，「我爸才剛想起這段回憶，四周的景色馬上從園遊會變成初戀女友的租屋處，目擊他們滾床單的一幕。我爸非常生氣，撲過去掐住她的脖子，直到她不能呼吸地張大嘴巴發出呃呃呃的聲音，就在那一刻，他猛然被一股巨大吸力吸回原來的身體裡。」

「原來你爸遊蕩在外的靈魂是被女友劈腿喚回的。」黃湘菱聽完噗哧一笑。

「幸好你爸爸有被救回來，不然他對前女友的怨念那麼深，死後一定會變成厲鬼。」艾婕同感地點點頭。

「我之前看過《Discovery》探討瀕死的話題，他們訪問了一些有瀕死經驗的人，發現很多人都有在生死瞬間閃過人生跑馬燈的情況，看見一生裡最美的回憶。」說到這裡，余浩彥突然轉頭看著我。

「對耶，去年的翻車事故，可珣也是在心跳停止的狀態下被救回來的。」黃湘菱眨著大眼，似乎很期待我有相似的經驗可以分享。

「當時我並沒有看到什麼人生跑馬燈，眼前就是一片黑暗。」我窘著臉笑了笑。

「眞的沒有嗎？」阿霖追問著。

「可珣對那場事故有心理陰影，你們別強迫她回憶那天的事。」白尙桓出聲幫我解危，順便帶開話題：「一個鬼故事太短了，再講一個。」

「好吧，再一個。」阿霖清了清喉嚨，「這是我叔叔的親身經歷。」

「你家人怎麼那麼多怪經歷？」艾婕忍不住笑了。

阿霖沒有理會她，自顧自地說起另一件事：「我叔叔在五年前發生了一場很嚴重的車禍，事發那天的傍晚，他騎著機車外出，行經一個十字路口等綠燈時，突然被一輛大型拖車從後面追撞。叔叔的機車連同四輛轎車被猛地撞開，整個人彈出去摔在十字路口的中央，這時他聽見鐵鏈在地上拖動的聲音愈來愈近。叔叔用力撐開眼皮，看到一高一矮的兩道模糊身影正探頭在看他，其中一個說：『有八個，這個是嗎？』另一個回道：『這個不是。』說完，兩道黑影就走開了。後來叔叔被送醫急救，僥倖撿回一條命，事後才知道那起事故總共死了八個人。」

「他遇到黑白無常來勾魂嗎？」黃湘菱好奇地問。

「我叔叔是這麼認爲的。」阿霖點了點頭，「日本的『逢魔時刻』，指的是傍晚太陽即將要下山時，正逢陰陽交錯之際，很容易撞鬼；而台灣也有此一說，叉路口即是陰陽交錯之處，容易發生交通意外，很多孤魂會在那裡逗留，等著抓交替。」

「可珣也是在叉路口發生翻車意外的。」余浩彥又轉頭看我。

「我眞的沒遇到什麼神鬼，也沒聽見什麼鐵鏈聲。」我有點哭笑不得。

「有人有被鬼壓床的經驗嗎？」白尙桓又出聲幫我轉開話題，我對他露出感激的眼神，他朝我眨眨右眼。

「我有。」艾婕接著分享自己的故事，「那是我國中發生的事……」

這天下午，我們一邊製作道具，一邊輪流講鬼故事，明明是初夏和煦的季節，大家卻愈聽愈覺得有股寒意，被嚇得毛骨悚然，之後回想，這也是一個不錯的回憶。

ღ

畢旅的前一天晚上，媽媽特別煎了牛排。

「可珣，明天是妳的生日，剛好遇上妳要去畢旅，我們就提前替妳慶祝了。」康叔叔坐在餐桌前微笑說明。

「謝謝。」過去媽媽常常加班到忘了我的生日，今天的驚喜不禁讓我有點害羞，同時開心不已。

用餐期間，我聊起畢旅要開試膽大會的事。

叔叔跟著聊到他高中時也舉辦了試膽活動，要在樹林裡繞一圈回來。他和媽媽一組，走進樹林裡，突然有同學跳出來嚇人，結果反而是他嚇得跌坐在地，還剛好坐在狗屎上，這有點糗的故事逗得我和媽媽笑開了。

吃完飯，媽媽拿出蛋糕替我慶生。

客廳裡熄了燈，媽媽和康叔叔拍著手唱生日快樂歌，我雙手交握，對著燭光許願。我悄悄瞄了眼媽媽，再看看康叔叔，此刻的我就像個被父母疼進心窩的女兒，感覺好幸福。

吹熄蠟燭，我忍不住說出心裡的一個小祕密：「小時候的生日，我都會偷偷許一個願望，希望能夠得到一個爸爸。」

媽媽張著嘴不知道該回什麼，康叔叔則是微微抿笑，問：「今年有許這個願望嗎？」

「沒有，只希望媽媽健康快樂而已。」我笑道。

媽媽聽了似乎有點感動，她眨了眨眼，隨即遞了一把蛋糕刀給我，「來切蛋糕吧。」

我剛切下第一刀，康叔叔便拿出一個銀色包裝的超大禮物盒。

「謝謝康叔叔。」我受寵若驚，第一次收到這麼大的生日禮物。不知道裡面裝著什麼？

拆開包裝，映入眼簾的是一隻靴下貓布偶，嚇得我立刻從椅子上跳起來。

「怎麼了？」媽媽被我的反應嚇到。

「妳不喜歡這個禮物嗎？」康叔叔露出擔憂的神情，「妳媽媽說妳很喜歡這隻貓，我特地上網從日本訂購的。」

我深深吸了一口氣，緩和驚恐的情緒，坐回椅子上重展笑顏：「不，我很喜歡，只是沒想到叔叔會送我這麼貴的禮物，這個布偶一定不便宜吧？」

「妳喜歡就好，價格不重要。」康叔叔不在意地笑道。

我捏捏靴下貓的腳掌，將它緊緊抱在懷間，下巴蹭了蹭它的耳朵。

姚可珣，妳要堅強，不可以還沒戰鬥就退縮！

畢旅的當天早上，我提著行李和試膽的道具到操場集合，白尚桓一看見我就馬上跑過來幫忙提東西，我朝他一笑。

等待遊覽車的期間，我看見蔡佩薰背著書包走進校門，一旁幾個正在聊天的學妹立刻圍上前，當蔡佩薰是公主似的簇擁著，臉上掛著討好的笑容。

一群人說說笑笑經過我們面前，何秉勛從旁迎上，燦笑著加入她的話題。

「他們兩個已經公然在IG上打情罵俏了。」黃湘菱不屑地冷哼。

「對何秉勛來說，分手兩個星期已經很久了，這不算無縫接軌。」何秉勛跟我分手時，就是這麼告訴我的。

「他的情感還真是收放自如。」余浩彥難以想像地搖搖頭。

我忍不住搜尋起吳芯羽的身影，發現她坐在花圃邊發呆，一副憔悴的模樣。瞧她受了情傷後，精神狀況始終不太好，我很怕她會像夢裡一樣鬧自殺。

遊覽車一輛接著一輛停在校門口，各班聽著教官的指示，依序上車，另外有一群人，他們身上都穿著紅色T恤，是負責帶我們畢業旅行的領隊。

車隊浩浩蕩蕩出發，從北部直接殺到中部，順便參觀中興大學，讓明年即將參加大考的我們，體驗一下走在大學校園裡的感覺。

下午是鹿港老街巡禮，我跟白尚桓牽著手在彎彎曲曲的小路裡逛著，拍了很多照片，買了幾個紀念品，途中還遇到何秉勛和同學有說有笑的走過，一點失戀的感覺都沒有。

參觀完老街，吃完晚飯，我們在某間大飯店Check in，我和黃湘菱她們住一間房。

晚上領隊們舉辦了一場青春晚會，班上的同學都很熱情，跟著領隊的指揮一起跳舞、吶喊，玩得非常瘋狂。

晚會即將結束時，主持人請大家舉起螢光棒，說了一些很感性的話，要大家珍惜這段校園生活，把握與同學們相處的時光，有些女生忍不住哭了出來，我拉了拉白尙桓的衣角，謝謝他一直陪在我身邊。

回到房間，黃湘菱和艾婕推說想休息一下，叫我先洗澡。

等我洗完澡走出浴室，房間裡竟然一片漆黑，只隱約看到幾個人影在移動。我還沒反應過來，就聽有人唱起生日快樂歌，白尙桓點亮小蛋糕上的蠟燭，捧著蛋糕走到我面前。

生日快樂歌加上青春晚會的催化，我忍不住熱淚盈眶。

可能是我們太吵鬧了，引來班導查房，發現大家在幫我慶生，便笑著丟下一句：「不准喝酒、不准喧譁、不准鎖房門、不准砸蛋糕，半個小時後要散會。」語畢就退了出去，惹得同學們哈哈大笑。

收下大家送的小禮物和卡片後，我哽咽表達自己的心情：「謝謝你們，其實我一直不太適應高中生活，覺得自己不斷掉進人生谷底，幸好來到這一班，讓我重新找回笑容。」

「我完全可以理解妳的心情。」黃湘菱跟著紅了眼眶。

「妳又不是壽星，學人家哭什麼？」余浩彥揉揉她的頭。

「好朋友就是要一起笑，一起流淚呀。」

「親一個！」阿霖突然起鬨。

我害羞地搖搖頭，不過白尙桓還是朝我走來，張開雙手抱了抱我，害我好不容易忍住的淚水一下子又滾落了幾滴。

記得在那場夢裡，我看到櫃子裡收著的生日禮物時，還自問二年級的自己是否快樂？

答案是肯定的，二年級的我，非常快樂。

隔天早上，可能是平常都固定早起的緣故，所以我五點多就起床了。

其他人都還在睡，我怕吵醒她們，便悄悄下樓來到飯店的一樓大廳。大廳的左側是咖啡座，擺了一些沙發和桌子，我一眼看到有個熟悉的身影孤單地坐在角落裡。是吳芯羽。

我轉身想要逃回樓上，可是來不及，吳芯羽已經發現我了。

「姚可珣，妳是來嘲笑我的嗎？」她朝我喊道，聲音在寬廣的大廳裡迴盪著。

「我沒那個興趣。」我尷尬地聳聳肩，硬著頭皮走到她的面前，「妳起得眞早。」

「我整夜沒睡，腦袋裡不停想著，他和那個賤人現在是不是正打得火熱？」

「剛失戀都是這樣的，只要一閉上眼睛，腦海裡就會浮現關於那個人的事。」

「我一直覺得妳配不上他，認爲自己比妳更適合他，結果……事實是我比妳還不如。」

她眼神空洞地凝視著某一點。

「不，妳只是失戀而暫時失去了自信，千萬不要覺得自己不夠好。」我以過來人的經驗安慰她。

「妳根本不明白我爲他做了哪些事，有些事甚至比妳送手工卡片還要蠢一千倍，現在卻被他一腳踢開，還被我爸媽天天碎唸，我眞的覺得很不值。」

「是什麼事？」

「會讓妳很想從這個世界消失的事。」

「芯羽，妳千萬不能自殺！」我趕緊在她身旁的沙發坐下，試著勸說，「雖然失戀很痛苦，可是一切都會慢慢好起來的，妳會重新找回自信，重新感受這個世界的美好，就像妳曾說過的，遲早都要學會放下，這不是嘲笑，而是事實眞的如此。」

「我的意思是想躲起來。」吳芯羽直盯著我，「難不成……我在妳的夢裡，最後選擇了自殺？」

「沒有，妳沒有自殺。」我故作鎭定地搖搖頭。

吳芯羽突然冷著臉起身，我下意識抓住她的手臂，很怕她會做出傻事。

「看妳那麼緊張，果眞是自殺呀。」

我一時答不出話，覺得自己不管怎麼講都只會愈描愈黑。

「妳不恨我嗎？」

「說眞的，曾經恨過。」我實話實說，「可是後來我遇到白尚桓，他讓我重新拾回信心，我想跟他一起往前走，不想一再回顧過去那些煩心的事，無論妳之前做了什麼蠢事，如果可以彌補就彌補，不能彌補就帶著悔意繼續前進，自殺是不能解……」

「哼！」吳芯羽冷哼一聲打斷我底下的話，「我沒有妳想得那麼懦弱。」

語畢，吳芯羽甩開我的手，傲然地抬高下巴，轉身朝樓梯走去。望著她的背影，我無奈地嘆了一口氣，希望她能聽進我的話。

第二天的行程是到九族文化村，中部的天氣明顯比北部熱，加上遊樂園的地方大，我們先搭園區覽車到上面，再一路玩下來，每個人都玩得汗流浹背。

白尚桓瞧我拿著衛生紙擦汗，隨手從口袋裡抽出遊樂園的導覽地圖替我搧風。

「涼嗎？」他笑問著。

「超涼的。」我狗腿地朝他一笑，伸手接過地圖，也幫他搧了幾下。

「哈啾！」他揉了揉鼻子。

「你太誇張了！」我好笑地拍打他，「對了，你是把遊樂園的路線背下來了嗎？我看你很少用到地圖。」

「其實這裡我來過三次，大概看一下就想起該怎麼走了。」白尚桓懶得閃躲，直接抽回地圖繼續幫我搧涼。

「那你不就覺得很沒新鮮感？」

「怎麼會呢？跟妳是第一次來，很新鮮呀。」

我聽了感動不已。背包裡突然傳來訊息聲，我掏出手機一看，發現是媽媽傳來的。

點開LINE，入目的是一張兩手相牽的照片，分別在無名指上戴著戒指，下一則的文字訊息寫著：

「五二〇一三一四，我們決定讓可珣的願望成眞！」

「太扯了！」我放聲尖叫。

「怎麼了？」白尚桓一臉狐疑地看著我。

「我媽啦，她和康叔叔剛剛在十三點十四分公證結婚了。」我遞出手機給他看。

「今天是五月二十日，加起來的諧音是『我愛你一生一世』，很浪漫嘛。」白尚桓看著照片笑道。

「哪裡浪漫？明明就是太衝動了。」

「聽說結婚就是靠著一股衝勁才結得成，恭喜妳有個新爸爸。」

我氣鼓鼓著雙頰，看到媽媽跟深愛的男人結婚，心裡其實挺高興的，可是這樣的開心卻潛藏著不安，因為這代表夢裡的事又有一件成眞了。

下午離開九族文化村，遊覽車載著我們入住一座休閒農場。

同學們回房放下行李後，便結群在農場裡四處遊玩，不過爲了晚上的試膽活動，我們策畫小組分成三對，遊玩之餘還得場勘試膽大會的地點。最後大家選中了一條農場小路，小路的右邊種有一排矮樹叢，左邊是一道小斜坡，斜坡上種了一些漂亮的花草。

晚上大約七點多，吃完飯，我們六個人換好衣服來到試膽大會的地點，這才發現白天看起來景致怡人的小路，晚上竟然詭譎的駭人。

余浩彥和黃湘菱穿著日本白色浴衣，上頭血跡斑斑，頭上綁著亡者頭巾；艾婕和阿霖披著剪成布條狀的衣服，臉上化了爬滿血管的喪屍妝；白尙桓則扮成吸血鬼，頂著一臉白妝，塗了點紅色口紅，一身白襯衫加黑長褲，老實說看起來還挺美形的，而我穿著胸口染紅的白色小禮服，頸肩還有兩個牙印。

或許是腦洞大開，光是想到脖子上的牙印代表自己被白尙桓咬了，便一股燥熱感竄上，讓我臉紅又心跳。

我們把上吊的人偶、染血的白布，還有其他驚悚道具布置在樹叢間，阿霖當關主，講鬼故事製造氛圍之餘，順便控管進場的人數和時間；白尙桓負責最後一站，清點結束試膽的同學人數；剩下的四人則擔起嚇人的任務。

「晚上沒燈看起來好陰森，恐怖的氣氛滿點。」余浩彥打了個冷顫。

「我覺得好可怕，會不會嚇著嚇著就遇到什麼啊？」黃湘菱的聲音滿是害怕。

「可珣、艾婕、湘菱，妳們三個女生不要離浩彥太遠。」白尚桓叮嚀著。

晚上八點整，阿霖和白尚桓帶著全班同學來到試膽大會，阿霖開始講鬼故事時，白尚桓點燃了一大把的香，沿著小路往最後一站走，每隔幾步就在泥地插上一支香。

這個儀式是阿霖要求的，說是藉此告知四方神靈，我們只是在遊戲而已。當然啦，白尚桓對這個說法並不相信，不過因爲周遭很暗，點了香至少可以幫同學們引路。

負責嚇人的我們分散在四個地點，各自躲在矮樹叢後面，手裡拿著綁了假蜘蛛和假蛇的釣竿，準備嚇大家。

淡淡的月光灑落一地，四周的景物隱約可見，好像有什麼東西躲在黑暗裡蠢蠢欲動，嚇得我不敢亂看。直到試膽的同學走近，我拿著道具嚇他們，從樹叢裡一邊尖叫一邊跳出來扮鬼，嚇得不少同學放聲驚叫，這才沒有時間胡思亂想。

不知道輪到哪一組了，我躲回小樹叢後面靜靜等待，突然身後傳來輕微的腳步聲，且愈來愈靠近。

恐懼感瞬間飆升，我閉著眼睛抓起釣竿就往後甩打，手腕猛然被扣住。

「噓，是我。」是白尚桓的聲音。

「怎麼是你？」我馬上睜開眼睛，鬆了一口氣的癱軟在地。

「已經有人走到終點了，我擔心妳一個人會害怕，就叫風紀幫忙點人頭，自己過來找妳。」他在我的身側蹲下。

「等待的期間比較可怕，等到他們一組一組經過時，就不那麼怕了。」

「同學們的反應很好，還有人說差點被你們嚇得尿褲子。」

「有恐怖就好，不然大家就白忙了。」我輕輕笑了。

白尙桓笑而不語，只是靜靜凝視著我。

夜風輕輕拂過，草葉沙沙的聲響在我們的四周繚繞著，抬頭可以看見漂亮的夜空。

「好多星星。」我呢喃著。

「嗯。」他似乎蹲累了，直接在草地上坐了下來。

又一組同學經過，我馬上跳起來張牙舞爪地鬼叫幾聲，同學們被我嚇得抱頭往前竄。

「哈哈……」我強壓下笑聲，蹲回白尙桓的身邊。

「玩得很瘋嘛。」

「嚇人比被嚇輕鬆。」忽然，一個閃爍的光點輕盈飛過，「哇，有螢火蟲耶！」

「聽說螢火蟲是鬼指甲變的。」白尙桓在我耳邊低聲說著。

「你別嚇我。」我忍不住往後縮，後背碰到他撐在地上的左手臂。

白尙桓側頭凝望著我，我無法移開視線，感覺心跳愈來愈快，微熱的曖昧氛圍流轉在兩人之間。

「我擔心妳特地過來陪妳，結果妳一點都不害怕，讓我覺得心好冷……」他的唇輕輕印上我的唇。

耳邊傳來同學的低語，我擔心被人發現，不禁緊張地抓住白尙桓的衣服，他側過身將我緊緊抱在懷裡，微涼的薄唇繼續在我的唇上揉壓著。

當試膽的同學經過時，我聽見有個女生問：「這邊沒有鬼嗎？」

「聽我大哥說，他們大學去夜遊試膽的時候，扮鬼的人被眞的鬼嚇昏了……」

聽到這裡，白尙桓忽然伸手在我的腰間輕輕呵癢，我忍不住噗哧低笑，細碎的笑聲立刻被他的吻強壓下，我情不自禁地勾住他的後頸，兩人緊緊相擁著。心頭閃過一個模糊的揣測，記得夢裡的我們，交往日是五月二十日，該不會就是指現在這個天雷勾動地火的時刻吧？

下一組同學的腳步聲逐漸接近，白尙桓終於鬆開我，我喘了一口氣隨即跳起來嚇人，還好幽暗夜色足以藏住我臉上的緋紅。

輪到最後一組同學時，守在中段的艾婕突然發出慘叫，我和白尙桓馬上跑向她的位置察看，原來是艾婕玩上癮了，竟然伸手偷摸男同學的屁股，結果那位同學嚇得轉身一踹，把艾婕踹倒在地。

「妳有沒有怎樣？」阿霖聽到慘叫聲，趕過來關心。

「當然有！肚子好痛啊……」艾婕的聲音滿是委屈。

「還能走嗎？」

「不能……」

「我背妳回去休息。」阿霖在她的前面蹲下。

「不要，你又不是我男友，我幹麼讓你背？」艾婕扭扭捏捏地拒絕。

「只有男友才可以背嗎？」

「廢話！」

「那⋯⋯我可以當妳十分鐘的男友嗎？」

艾婕頓了好幾秒後，輕輕點了一下頭。

阿霖二話不說馬上背起艾婕，快步朝農莊的方向跑去。

除去艾婕發生的意外，這一晚的試膽大會非常成功。白尚桓交代風紀股長把全班同學帶回去，策畫小組則留下收拾場地。

我們抱著道具箱返回農莊，農莊外面有個兩層樓高的露天咖啡座，左右邊各設有一座木製樓梯，燈火通明，很多學生在上面喝飲料聊天。

我看到何秉勛站在樓梯中間講電話，表情看起來很愉悅。

突然間，吳芯羽一臉呆滯，像幽魂般地下樓走到何秉勛的身後，他似乎察覺後面有人，邊回頭邊往一旁讓路，沒想到吳芯羽卻忽然伸手朝他用力推去。

事發突然，目擊的人都嚇傻了，連尖叫都反應不及，就見何秉勛從樓梯上滾下來。

白尚桓率先衝過去，尖叫聲晚了三秒才響起，周遭頓時亂成一團。

我和黃湘菱、余浩彥隨後追過去，看見何秉勛的臉上有些擦傷，意識還算清醒，他一手壓著右腿在地上左右打滾，直喊著好痛。

「你先別動，誰快去叫老師過來！」白尚桓壓住何秉勛扭動的身體，指揮現場情況。

畢竟跟何秉勛交往過，看到他受傷了，我不禁為他感到擔心。

吳芯羽為什麼要這麼做？

一眼瞥見何秉勛掉在地上的手機，我撿起來一看，螢幕顯示的通話者名字是「Zooey」。她該不會是聽到何秉勛和蔡佩薰的通話內容，一時被嫉妒沖昏頭才會把他推下樓？

我轉頭望向樓梯，吳芯羽還呆立在樓梯中央，好像失了魂一樣，而在她的身後，高瑛琪緩緩走到樓梯口，臉上的神情很複雜，隨後抿了抿嘴，以怨恨的眼神睨了吳芯羽一眼，唇角勾起一抹嘲諷的冷笑。

等待救護車的期間，吳芯羽被教官帶走，高瑛琪若無其事地走下樓，繞過眾人走向小木屋區。

我快步追過去攔住她的路，求證道：「是妳讓蔡佩薰成爲『柔依』，幫她追何秉勛的嗎？」

高瑛琪面無表情地看著我，不承認也不否認。

「我不懂，妳跟芯羽不是好朋友嗎？」

「早就不是了。」她冷冷地說。

「爲什麼？」

「因爲她偷了同學的手機、偷了班費，還把這些事全嫁禍給我！」高瑛琪指著胸口，嗓音略微激動，「妳知道這些日子以來，每個同學看我的眼神都充滿戒心，全都當我是監守自盜的小偷嗎？有人從皮夾拿錢時，還會提防我有沒有偷看，只要有同學掉了東西，我永遠是被懷疑的那一個。黃湘菱至少眼不見爲淨，可是我無法離開這個班級，每天都要承受那些刺人的目光。」

「妳有證據證明是芯羽偷的嗎？」我完全不敢相信吳芯羽會做這樣的事。

「這要感謝妳，爆料說看到芯羽幫何秉勛出錢買鞋。雖然何秉勛說那是他賣鞋得來的錢，但我是心存疑慮的，畢竟舊鞋換新鞋還是要補價差，何況他買鞋買得那麼凶。加上芯羽最近很少拿獎學金，哪來的錢代墊，我才懷疑她可能是偷了班費，好買鞋討何秉勛歡心。」高瑛琪頓了一下，仰頭望著夜空，「至於手機一事，我想起芯羽那天是值日生，放學要留下來做資源回收，只是大家都認爲她是好學生，才不曾懷疑過她。但我後來查何秉勛的IG，發現手機被偷後沒幾天，他又買了一雙新鞋。」

「這些都只是妳的猜測，妳沒有證據吧？」我提出質疑。

「證據就是班費被偷後，我心想那個小偷食髓知味，一定還會再犯案，就故意在皮夾的鈔票間夾了幾片剃刀，等對方掉入陷阱。果然寒假返校日當天，我去外掃區打掃回來，就發現芯羽的手指被割傷了，鈔票上還染了一點血。我問她怎麼受傷了，她說是不小心打破茶杯，撿碎片時被割傷的，哼！鬼才相信。」高瑛琪露出微笑，顯然對自己的計謀得逞感到得意。

「那……妳有拆穿她嗎？」

「我沒有戳破她，她自己後來覺得心虛，處處躲著我。」難怪吳芯羽會跑來問我夢境的事，要我幫她，而不是找高瑛琪商量，原來其中是有原因的。

「因爲不敢再偷了，芯羽才會挪用補習費討好何秉勛，何秉勛會那麼容易被蔡佩薰釣走，還不都是她自己慣出來的。」高瑛琪嘲諷地笑了笑。

「既然妳確定犯人是她，怎麼沒向老師揭發她？」

「因爲我給過小偷機會了，是她不肯出來自首，當時我就向全班放話，說如果被我找到真正的小偷，我絕對會讓那個人死得很難看！」

我驚駭得說不出話。

「覺得我很可怕嗎？」她雙眼笑眯起來，「我只是替自己討回公道而已。」

望著遠方樹影，我深深吸了一口氣，「今天早上，我在飯店大廳遇到芯羽，她說她很後悔為了何秉勛做了一堆蠢事，那些蠢事讓她很想消失在這個世界上，我想她指的應該就是妳說的這些事。她已經知道自己不對了，妳還要繼續針對她嗎？」

「妳說呢？」

「我希望妳停止。」

「好，聽妳的，這件事到此為止。」她拍拍我的肩頭。

「妳……答應了？」我有些錯愕。

「因為，妳是我的共犯嘛！」高瑛琪皮笑肉不笑，以一種威脅的眼神盯著我，「蔡佩薰那個豬頭學妹，竟然笨到把我的存在洩露給妳，剛開始我還擔心妳會提醒芯羽有人在背後搞鬼，沒想到妳選擇沉默幫了我一把，我應該要跟妳說聲謝謝。喔，對了，這是我們的共同祕密喔。」說完，她朝我比了一個「噓」的手勢。

我震驚地看著她，彷彿被人從頭上打了一記重拳。

「高瑛琪，誰是妳的共犯呀？」

就在我的思緒糾結成一團時，白尚桓清冷的聲音隨著夜風飄來。

高瑛琪一愣，轉身一看，白尚桓不知何時已走近我們身邊。

「是我要可珣別插手吳芯羽的事，她配合的人是我，怎麼會是妳的共犯？」白尚桓朝我走來。

「能夠跟白大隊長合作，眞是我的榮幸。」高瑛琪掩脣，呵呵假笑。

「並不是跟妳合作，我只是想保護可珣遠離各種麻煩。」白尚桓回她一記微笑，笑意卻沒有達到眼底，「剛才妳被吳芯羽的行爲嚇到了吧，警覺自己該收手了，否則她做出更嚴重的事那就不妙了。所以當可珣要妳停手時，妳答應之餘還硬扣一頂共犯的帽子給她，其實是想要讓她產生歉疚感，逼迫她不准把這些事情說出去。」

「白尚桓，我說的是事實，柔依那件事的確是可珣先挑起的，芯羽會落到今天這個下場，她不可能一點責任都沒有。」高瑛琪的話戳中我這些日子以來，心裡的糾結。

「那我來改寫這個結局。」白尚桓的目光一沉，「待會我就去找教官聊聊妳和吳芯羽背地裡互捅的事，到時候妳要承受的不再是一個班級的異樣眼光，而是全校同學的。」

「白尚桓！吵輸了就找教官，丟不丟臉呀？」高瑛琪的臉色微怒。

「我是不怕丟臉。」白尚桓歪著頭裝傻，「如果妳怕丟臉的話，可以和可珣商量，求她叫我不要跟教官說。」

「你只是想嚇唬我，不會想蹚渾水的。」

「這妳又錯了。」白尚桓忽然失笑，伸手將我摟到他的身側，「雖然我討厭麻煩，但是女朋友要求的事，再麻煩都會去執行的。」

我望著白尚桓認眞的神情，忍不住偷笑。

「姚可珣！」高瑛琪狠狠瞪著我。

「商量不是這個口氣吧。」白尚桓搖頭提醒她。

高瑛琪欲言又止，頓了好幾秒，才一臉難堪地小聲說：「姚可珣……如果妳公開了這些事，會毀掉我和芯羽的。」

「我明白。不如妳跟芯羽私下談談，把心結解開。」我誠心建議。每天都記恨著一個人，這種日子怎麼會過得開心？

「不可能！」高瑛琪一口回絕。

「妳不願意，我也無法強迫妳做，這件事就這樣了結吧。」語畢，我拉著白尚桓離開。

這天晚上，吳芯羽的父母連夜將女兒接回家，說要帶她去看心理醫生。

我躺在床上翻來覆去，只要一閉上眼睛，腦海裡就會浮現吳芯羽把何秉勛推下樓梯的情景，怎麼都睡不著。

假如當初我幫了吳芯羽，我就會成爲她的戰友，結局應該會跟夢裡一樣，吳芯羽自殺未遂後轉學；不幫，就成了高瑛琪的共犯，受傷的那個變成是何秉勛。

不管做出哪個抉擇都會有人受到傷害，沒有完美的結局，難不成……

這兩種命運所要付出的代價，其實是等價的？

最終章　最不平凡的幸運

畢業旅行結束後，吳芯羽一直沒有來學校上課。

何秉勛的父母本來要控告吳芯羽蓄意傷害，後來在校長的協調下以和解收場。沒多久，吳芯羽的父母替她辦理轉學手續，高瑛琪最終還是沒和她解開心結。

聽說，吳芯羽將赴國外讀書，遠離這裡的是非。

何秉勛藉口在家休養，直到期末考當天才拄著枴杖來考試，考試結束的鐘聲一響，蔡佩薰馬上出現在他的教室門口，幫他背書包，還請司機開車載他回家。

聽說，何秉勛出事前就是在對她告白，吳芯羽可能是聽到了才會情緒失控地推他下樓。

這一天，我們幾個人趴在走廊欄杆上，又看到蔡佩薰扶著何秉勛走向校門口。

「渣男！」這個月，黃湘菱把何秉勛罵了上千遍。

「臉皮跟輪胎一樣厚，完全無視別人怎麼批評他。」艾婕也不遑多讓，好像在跟黃湘菱比賽誰罵得狠。

「兩個人各取所需，一個要人，一個要錢，這沒什麼不好。」余浩彥笑著表示。

「可是這樣會幸福嗎？」阿霖搔著後腦勺提出疑問。

「幸不幸福，時間會帶來答案的。」我想起媽媽和康叔叔繞了一大圈才修成正果，「如果他們是彼此的命定之人，就算分隔數年，就算各自婚嫁，最後還是會走在一起的。」

「妳媽媽和康叔叔最近相處得如何？」白尚桓還是一概不理八卦，只關心我的大小事。

「叔叔傷好後回到事務所工作，還讓媽媽辭掉工作到他的公司幫忙，兩個人現在每天一起上班，放假時一起作菜、一起窩在沙發上看電視、一起看電影逛街，反正天天都黏在一起，好像要補足以前沒能在一起的時間，我都快被他們閃瞎了。」

「這不是挺好的嗎？」

「是啊，挺好的！」關於那場夢境，我覺得媽媽的結局是完美的。

不過何秉勛受了傷還被冠上渣男之稱，跟夢裡完全相反，好像得到報應一樣，這結果對我來說也算是不完美中的完美。

事實證明，只要在命運的關鍵點做出不同抉擇，就有機會改變未來，這也更堅定我扭轉白尙桓之死的意志。

「對了，你們什麼時候要搬家？」白尙桓突然問我。

「叔叔說房子會在七月中旬裝潢好，等放暑假後，我和媽媽就會開始打包家裡的東西。」我回答。

「咦？可珣要搬家嗎？」艾婕好奇地問。

「她媽媽再婚了，要搬去新爸爸家住。」黃湘菱代替我回答。

沒錯，夢裡我和媽媽搬往新家，這件事也即將應驗了。

事情發生在六月中旬，康叔叔不想讓媽媽住在留有前妻回憶的家，想把房子賣了換一間新的，剛好他有個朋友要移民國外，急著把臺灣的房子和車子賣掉，兩人的需求一拍即合，案子便很快就成交了。

房子過戶後，康叔叔帶著我和媽媽去參觀，果真就是夢裡的那間別墅，還有那台白色的

BMW，因爲對方的太太不常開車，車子相當嶄新。

七月中旬，別墅裝潢完畢，康叔叔替媽媽添購了一些新家具，也幫我買了一台筆電。趁著搬家，我丟掉很多舊東西，包括跟何秉勛相關的一切，毫不留戀。

搬到新家後，康叔叔和媽媽邀請了一些朋友來家裡作客，也要我找一天約朋友來玩，於是我選了一天假日，約大家來我家聚餐。

黃湘菱到場時嚇了我一跳，因爲跟那場夢一樣，她眞的把長髮剪短了，並燙成微鬈，看起來非常俏麗，余浩彥還直誇她可愛。

媽媽準備了很多拿手菜招待大家，順便調查白尙桓的身家。說是調查，其實不過是媽媽問一句，余浩彥和阿霖搶著爆白尙桓的料，一群人鬧得很。艾婕還偷偷虧我，說媽媽是在鑑定她未來的女婿，讓我羞窘不已。

晚上七點多，我送大家到公車站搭車。

我跟白尙桓走在最後頭，快到公車站的時候，他悄悄握住我的手，我仰頭望著他，他溫柔地對著我笑了笑。這個景象使我想起那場夢，可當時我卻把他的手甩開了。

想到這裡，我的心狠狠擰痛了一下。

公車來了，大家都上車了，白尙桓卻沒有跟上去，只面帶微笑看著我。

我正想問他怎麼了，突然一道尖銳的剎車聲響起，白尙桓被一輛失控的轎車撞飛……

「啊——」我驚叫著從床上彈起，喘息不已。

又是夢……伸手抹掉額頭上的汗，我轉頭看著牆上的月曆——八月十日，距離夢裡白尙桓的死亡日愈來愈近了。

日漸加深的不安感，讓我連續做了一個多星期的噩夢，也沒胃口吃東西，氣色變得很差。

即使這樣，我明白害怕是沒有用的，絕不能就這樣退縮。

我坐到書桌前，翻開一本筆記本，裡面列著關於夢境的各項細節。每天我都會對照內容反覆確認，仔細回想一遍，怕自己忽略了什麼重要的關鍵。

最後我做出了一些假設：

八月十九日，班級返校日。

未來的我被阿霖打暈後，靈魂沉睡在體內，而一年前因爲翻車事故昏迷的我，靈魂出竅且跳躍時空，附身在未來的我身上。

八月二十日，白尚桓車禍死亡。

我悲傷得暈過去，靈魂又返回一年前原本的身體裡，以爲自己做了一場夢，其實是靈魂穿越看到的眞實未來。

夢裡的白尙桓提過，說我曾經邀他蹺掉返校日去旅行三天，當時我不相信自己會提出這種邀約，現在倒是明白了。

因爲我想把白尙桓帶離學校，避開死亡日。

不過未經媽媽的允許，白尙桓一定不會答應和我出去玩三天，況且八月二十日那天糾察隊有要事處理，責任感強烈的他一定會出席，就算我跟他說那天會出事，鐵齒的他也一定不會相信。

再來，拜那場夢所賜，我在一年前就得知阿霖未來會因玩掃把，不小心將我打暈，以及白尚桓會在學校的三岔路口出車禍身亡。

那麼夢裡的我應該會像現在一樣，禁止阿霖在走廊上玩掃把，並且在關鍵時刻將白尚桓帶離事發現場，這樣也許就能避開他的死劫。

可是夢裡的我不僅沒有躲開這些事，反而還被阿霖打暈……爲什麼？

我雙手抱頭，絞盡腦汁仔細思考。

難不成……這牽扯到多重平行時空？

假設，二〇一八年的姚可珣身處在A時空，因車禍昏迷，靈魂跳躍至一年後，附身在自己身上，當時所經歷的種種，包括吳芯羽輕生一事，全都將在A時空中陸續發生。

之後姚可珣因目睹白尚桓發生車禍，暈了過去，靈魂又返回到一年前的身體裡。她清醒後一定會努力想要改變未來，可惜經過一年的努力，她沒有成功扭轉任何一件事。

而現在坐在書桌前的我，則已成功反轉柔依事件，結局從吳芯羽自殺變成何秉勛骨折，也就是說，相對於A時空，我已在那個關鍵點分岔出另一個B時空。

由此推論，我現在應該是處於平行世界的B時空裡。

問題又回到原點，A時空的姚可珣明知道自己將會被阿霖打暈，爲什麼沒迴避呢？

「是她求我表演的……」

對了！「姚可珣」被阿霖打暈，換成我醒過來後，阿霖曾經委屈地如此辯解。

是A時空的姚可珣求他表演的！

這表示……A時空的姚可珣是不得不讓阿霖打暈的，因為那個時空的未來已定，她知道自己救不回白尚桓，可是她不能放棄。

不能放棄，那就必須要讓一年前的姚可珣附身，這樣當她返回過去時，她才會繼續想辦法改寫未來。

當A時空的姚可珣意識到這一點時，時間可能已經迫在眉梢，才會緊急叫阿霖表演星爆氣流斬，甚至沒能留言給自己一年前的靈魂。

所以現在身處在B時空的我，絕不能省略這個關鍵點。我也必須要被阿霖打暈，讓B時空一年前的姚可珣附身，讓她知道我所經歷過的事，以防要是我救不回白尚桓，她還能夠繼續尋求突破點，想辦法改變其他事，再分岔出另一個C時空。

我相信她會傾盡全力去做的，因為她就是我，我們都愛著白尚桓。

以此類推，只要持續努力，相信總會有一次，總會有一個時空，姚可珣將成功救回白尚桓。

想到這裡，我的心感覺沉甸甸的，彷彿被大石頭壓住了。

深深吸了一口氣，我毅然拿起紅色奇異筆，在筆記本封面寫下：

給來自二〇一八年的姚可珣

接著我在筆記本裡詳述這一年間會發生的大小事，提示她在柔依事件的最後，只要讓白尚桓去向教官打高瑛琪和吳芯羽的小報告，就能得出第三種結局，創造出第三個平行時空。

最重要的是，請她務必在八月二十日那天，把白尚桓帶離學校前的三岔路口。

可是……事情有這麼簡單嗎？有沒有可能白尚桓的死法、時間和地點會改變？
或者就算他逃過一次死劫，後續還會有第二次、第三次、第四次？
我不知道。
我只能把我的想法統統寫下來，留給另一個我慢慢驗證。

ღ

八月十九日，班級返校日。
一早，我確認過自己的手機和筆電都沒有鎖密碼，筆記本也好好擺在書桌上後，便出發前往學校。
踏進三年級的新教室，就見白尚桓在擦黑板，板擦以一個半弧來回劃過黑板，粉塵輕輕飄揚在他的四周，我站在門邊默默望著他，想把他的模樣深深刻進心底。
「妳幹麼不進來，發什麼呆？」他察覺我的目光，轉頭對著我笑。
「只是很想你。」我不假思索就回答。
白尚桓愣了一下，拿起粉筆在黑板上寫字，嘴角微微上揚。
「暑輔結束才幾天不見，妳就凍未條啦？」余浩彥在旁邊揶揄。
「這是一日不見如隔三秋嗎？」黃湘菱笑著接話。
「你們夫婦兩個一搭一唱，眞是恩愛呀。」我反擊回去，在自己的座位坐下，視線還是不由自主地追著白尚桓跑。

就在此時，一位男老師走進教室，同學們馬上回到座位坐好。

這位老師，就是我在A時空裡見過的那位男老師。他對著全班宣布：「各位同學，你們班導今天有事請假，由我代課。今天的外掃區是……」

代課老師直接點名座號，分派打掃的區域，我果然被分配到擦窗戶，阿霖負責打掃走廊，白尙桓和幾個同學則分配到外掃區，一切就跟「當時」一樣。

白尙桓起身準備前往外掃區，我忍不住跳起來拉住他的衣服。

「怎麼了？」他一臉奇怪地看著我。

「我……」我的聲音哽在喉頭，鼻頭傳來一陣酸楚，頓了幾秒才揚起微笑，「我眞的很喜歡你。」

「喔喔喔喔──」全班同學發出曖昧的鼓譟聲。

「阿桓，你們有話好好說，不要冷戰喔。」余浩彥反而以爲我們吵架了。

「也不可以衝動就提分手。」黃湘菱臉上流露出擔心。

「阿桓，我眞的很喜歡你！」我微微低下頭，更大聲地強調。

「同學……」代課老師出聲，「告白請在放學後。」

「老師，可是他們是班對耶！」阿霖哈哈大笑。

「我們沒有吵架，沒有要分手呀。」白尙桓被我搞得一頭霧水。

「我只是想要讓你知道……」我話還沒說完，白尙桓就當著全班同學的面，將我摟進懷裡。

他伸手輕輕拍著我的後腦勺，低頭在我耳邊輕喃：「我知道，我也很喜歡妳，有話等打掃回來再說。」

語畢，白尙桓鬆開我，俊俏的臉龐覆上了一層淡淡的紅暈，害羞得不敢直視我。

目送白尙桓和其他同學一起走出教室，鼻頭的酸楚直湧進我的心裡。

阿桓，你不知道，等你打掃回來後，這個身體裡的靈魂可能會換成一年前的我。

等我再次醒來的時候，你可能會在她的幫助下避開那場死劫；也有可能我會從此失去你，活在一個沒有你的世界裡。

「打掃啦！」阿霖打開置物櫃拿出掃把。

我拿著抹布和水桶，滿懷心事地走到洗手臺，提了一桶水回到走廊。

「阿霖。」做好心理準備，我輕喚阿霖的名字。

「幹麼？」阿霖露出一貫的笑臉。

「你可不可以表演一次星爆氣流斬給我看？」

「爲什麼？」阿霖不解地環顧四周，「妳不是說不能在走廊上使出這招嗎？」

「我需要你的星爆氣流斬去拯救一個人。」

「嗄？」

「眞的！」

「妳……發燒了嗎？」阿霖用手背碰碰我的額頭。

「我沒有發燒，我是認眞的，請你在這裡表演一次。」我語氣堅定。

「可是……」

「一次就好，求求你！我以後會告訴你原因的。」

「爲了拯救一個人……好吧。」阿霖果眞答應了。

我抓著抹布爬上窗臺，「你可以表演了，我在這裡看。」

阿霖歪著頭看我，臉上彷彿寫滿問號。儘管覺得我很奇怪，不過他還是說到做到的揮舞起掃把。

看他耍著掃把，我吸了一口氣，轉頭面向教室，等待他用掃把打到我的那一刻。

啪！

小腿猛地傳來一陣痛楚，痛得我無法站穩，在窗臺邊一滑。

姚可珣！一年前的我！快來，快來附我的身！

我集中精神在心裡呼喚一年前的自己，雙手故意放開扶著的窗框，身體隨著重力傾倒，突然，視線不經意地掃過教室裡的黑板，我看見早上白尙桓寫在黑板上的幾個大字。

8／19 返校日

白尙桓寫的阿拉伯數字9，跟許多同學的筆順不同。

大部分的人是先畫一個圈，再往下寫一豎。可是白尙桓採用西方人的寫法，從圓圈下方用繞圈的方式一筆勾成，像是個螺旋。

看到那個形狀特別的9字，我的腦海中如電光石火般閃過一幕影像。

同時間，身體重重跌落至地板上，劇烈疼痛沿著神經竄過我全身的每一個細胞。

「啊！姚可珣從窗臺上摔下來了！」同學們的尖叫聲在走廊上迴盪。

「可珣，妳有沒有怎樣？」有人在搖晃我的身體，聲音聽起來是黃湘菱。

我鬆開緊緊抱頭的雙手，仰躺在地上，看見黃湘菱和余浩彥擔憂地圍在兩側。

「妳有沒有撞到頭？」余浩彥關心問道。

「沒有，我沒事。」剛才我及時伸手護住了頭，並沒有像預期那般被撞暈。

「對不起！我不是故意的，請妳原諒我！」阿霖咚地一聲在我面前跪下。

「白痴！」余浩彥朝阿霖的後腦勺拍了一下，「掃把是拿來打掃的，不是用來練星爆氣流斬的。」

「我知道呀，可是……可是她……」阿霖委屈地指著我。

「是我叫阿霖表演的，你們不要責怪他。」我在黃湘菱的攙扶下，從地上站起來。

「技術那麼差還表演。」艾婕揪住阿霖的耳朵。

「痛痛痛……」阿霖摀著耳朵喊痛。

「我真的沒事，你們不要再罵阿霖了。」我連忙將他們分開，裝作一點都不覺得疼痛，催促同學們離開走廊，「大家快去打掃，早點掃完、早點回家。」

大家見我好像沒事，便各自散開回到自己的工作崗位。我撿起抹布想要再爬上窗臺，阿霖馬上搶過抹布，將掃把塞到我手裡。

「地妳掃，窗戶我來擦。」說完，他跳上窗臺開始擦拭窗框。

我拿著掃把一邊掃地，一邊望著黑板上白尚桓寫的數字，回想剛剛摔落前閃過腦海的那幅影像。

那是A時空裡的一幕，白尚桓滿身是血倒在地上，他伸手想撫摸我的臉，我悲傷地握住他的手。

影像定格。

我瞥見他的掌心裡寫了一行字，不過記憶有點模糊，只隱約記得——

8／19 畢冊

那是A時空的白尚桓臨死前留給我的訊息。

當我從車禍昏迷中醒來後，只要想起白尚桓死亡的那一幕，就會感到心痛難忍，慢慢地，我不敢再去回想，直到剛才看到白尚桓寫在黑板上的數字，我才又想起那個細節。

霎時間，擺在眼前的抉擇變成兩個，一個是撞暈，讓一年前的姚可珣附身；另一個是不能撞暈，去追查白尚桓留下的訊息是什麼用意。

情急之下，我選擇了後者。可是我選完馬上感到後悔，因爲這樣等於跟一年前的姚可珣斷了連繫，很有可能不會再有第三次、第四次……甚至更多次的機會去救白尚桓。

「姚可珣。」阿霖蹲在窗臺上問我，「剛才妳說要救一個人，那是怎麼一回事？」

我難過得想要大哭，咬了咬下脣才解釋：「阿霖，說了你可能不會相信，我在一年前昏迷的期間，感覺自己穿越時空，去到了一年後，預見了一些事情，而某個人會死亡。醒來後，很多事情都應驗了，所以我想要救那個人。」

「那個人是誰？妳可以講詳細一點嗎？」阿霖雙眼發光，似乎很有興趣。

「我剛才錯過了一件事，現在思緒很亂，也很害怕，沒辦法跟你多講。」我的語氣透著焦躁不安。

阿霖凝視著我，突然伸手拍拍我的肩頭，揚起鼓勵的笑容：「妳知道穿越是很多漫畫和小說常用的題材吧？」

我輕輕點頭。

「妳是自己故事中的主角，主角會有主角的威能，妳要相信自己的能力，一定可以救回白尙桓的。」

「你怎麼知道我要救的是白尙桓？」

「因爲這是公式，每個作者都是這麼設定。」

我被阿霖的話逗笑了，受到他的鼓舞，倉皇的心情漸漸平復。

打掃完畢，白尙桓從外掃區回來，黃湘菱馬上跟他說我從窗臺上摔下來的事。

「妳有沒有受傷？」他立刻抓著我問。

「沒有。」我裝作若無其事笑了笑，其實全身還是很痛。

「妳之前不是禁止阿霖使出這招了嗎？今天怎麼會叫他在走廊上表演？」

「因爲……想求證一些事。」

「結果呢？」白尙桓微微瞇眼，似乎猜到我想幹麼。

「失敗了。」我在他的注視下，垂下頭吶吶地說。

「妳不要迷信過頭，害自己受傷也拖累別人。」他冷冷丟下這句話就走開。

一股酸楚在鼻頭凝聚，我用力咬了下脣，止住想哭的情緒。

放學的路上，白尚桓獨自走在前面，我像垂著耳朵的小狗般，默默跟在他身後，兩人一直沒有交談。

來到商店街，白尚桓輕輕嘆了一口氣，轉身問：「妳要直接回家嗎？」

「我……」一個念頭驀地閃過，我故意假裝腿軟，身體往前晃了下。

「妳怎麼了？」他連忙扶住我。

「沒事，只是天氣好熱，我覺得頭有點暈。」

「先來我家休息一下吧，我爸媽去喝喜酒，應該晚上才會回來。」

「好。」

白尚桓帶著我走進店裡，來到二樓的住家客廳。

這並不是我第一次上來，之前他生日的時候，我跟余浩彥他們曾經來他家裡慶生，他的爸媽也知道我和他正在交往，待我非常客氣。

我在沙發上坐下，白尚桓倒了一杯溫開水給我。我喝了口水，抬眼看著牆上的全家福照片，白尚桓滿面微笑抱著小白，模樣青澀。

「那是什麼時候拍的？」我指著全家福照，輕聲問。

「國三的暑假，我爸媽結婚二十週年那天。」他回答。

「我可以看看你國中的畢業紀念冊嗎？」

「怎麼忽然要看？」

「就想看看以前的你。」

「國中每個人看起來都矬矬的。」

「不行嗎？」我有點失望。

「如果是妳的話，沒什麼是不行的。」白尙桓微微一笑，起身走回房間，拿出一本國中畢業紀念冊。

「你在哪一班？」我放下馬克杯，伸手接過。

「三年一班。」他在我的身側坐下。

我很快翻找到白尙桓的大頭照，那時的他頭髮削短，臉頰帶有一點嬰兒肥，頗爲呆萌。

「浩彥跟我同班。」他翻到下一頁，指著余浩彥的大頭照。

「眞的都矬矬的。」我拿出手機翻拍余浩彥的照片，傳給黃湘菱。

白尙桓似乎不生我的氣了，就著一張張照片聊起過往的趣事，我來回把畢冊翻看過一遍，並沒發現有什麼特別之處。

一股失落感襲上心頭，我隨即提醒自己不能往壞處想，便闔上國中畢冊，露出微笑：「我想看你國小的畢冊。」

「國小那麼幼稚有什麼好看的？」白尙桓失笑，皺著眉頭看我。

「想看看撿到小白那幾年的你。」我找了個藉口。

提到小白，白尙桓完全無法拒絕，立刻再度起身回房找出國小畢業紀念冊。

畢冊裡的生活照有張白尙桓跟小白的合照，我忍不住打趣：「你抱著小白的模樣好萌好可愛，小時候明明很愛笑，爲什麼長大變成這樣？」

「誰知道。」他輕笑著聳聳肩。

將國小畢業紀念冊從頭到尾看過一遍，還是沒發現任何蛛絲馬跡，一顆心不禁又往下沉。難道在A時空裡，白尚桓寫在掌心裡的訊息並不是給我的，是我想太多了？

「妳該不會還要看幼稚園的畢冊吧？」他斜覷我一眼。

「國中、國小都看了，當然不能錯過幼稚園嘍。」再試一次吧。

「等我一下，幼稚園的畢冊被我媽收在樓上的倉庫。」他起身走向通往三樓的樓梯。

趁著白尚桓不在，我滿心焦急地拿起他的國中和國小畢冊，再重新翻看一遍，手指不自覺微微顫抖。

心裡愈來愈害怕，但我絕不能放棄，因為我已經沒有失敗的機會了！

過沒多久，樓上傳來拖動椅子還是梯子的聲響，安靜了幾秒，緊接著似乎有什麼重物落到地上，發出響亮的碰撞聲。

「阿桓！」我急忙從沙發上跳起來跑上三樓，看見白尚桓趴倒在地上。

「腳好痛……」白尚桓用手壓住右腿，眉頭緊蹙，似是相當疼痛，「我搆不到鐵架上的畢冊，所以搬了梯子踩上去，沒想到梯子其中一截突然斷了……」

我連忙扶他坐起，轉頭看向梯子，中間的一截橫杆果真斷掉了，再拉起白尚桓的褲管查看，他右腳踝被劃傷，正在流血。

「我扶你去看醫生。」

我扶著白尚桓下樓，在寵物店店員的協助下，到對面的診所就醫。醫生檢查過後，表示傷口並無大礙，但白尚桓腳踝扭傷，必須休養一個星期。

回到白尚桓的家後，我讓他坐在沙發上休息，在他的右腳下墊了個抱枕。

「對不起，我不該要求看畢冊的……」我把冰袋敷在他右腳的紗布上。

「不是妳的錯，是我自己忘了我爸前幾天就說過，倉庫裡的梯子壞了。」他有些懊惱。

「醫生說明天可能會更腫，這樣……你明天不就不能去學校了？」

「我原本以爲可以完美卸下糾察隊長的職務，看樣子只能交給副隊長處理了。」他無奈嘆氣。

我凝視著白尚桓黯然的面容，猛地恍然大悟。

當A時空的白尚桓，親眼目睹姚可珣果然被一年前的自己所附身時，他不得不相信之前姚可珣宣稱的那些預言都是眞的，也明白自己可能逃不過死亡的未來。

但是白尚桓不是會呆呆等死的人，他一定會拚命尋找方法，企圖扭轉自己的命運。

他不知道自己什麼時候會死，只能根據之前A時空的姚可珣曾提過，想蹺掉返校日跟他去旅行，推敲出自己的死亡日期應該就是返校日那幾天。

白尚桓認爲自家倉庫那壞掉的梯子也許能成爲突破口，所以他才會在掌心寫下訊息，在生命的最後一刻，爲我指引一個可能的方向，希望我返回過去後，可以利用此事讓白尚桓留在家裡，雖然無法保證這麼做就可以避開死亡，但至少多一線生機。

想到這裡，我心口緊揪了一下，淚水模糊了視線。

「可珣，我沒有怪妳，妳不要哭。」白尚桓溫柔地安慰我。

眼淚不斷沿著我的臉頰滑落，我覺得很歉疚，因爲在那個白尚桓生命中的最後一刻，陪在身邊的不是深愛著他的姚可珣，而是還沒跟他相戀的姚可珣。

而當時沉睡在自身體內的姚可珣，她一定很希望我能幫她救回白尚桓，可惜我沒能做到。當我返回一年前，那個姚可珣接著醒來，眼前所見卻是白尚桓冰冷的身體，她一定會傷心欲絕。

白尚桓拉住我的手，讓我坐到他的身側，柔聲說：「只是扭傷而已，妳怎麼哭得好像我死了。」

「看到你受傷，我覺得很心疼。」我抬手擦去臉上的淚水。

「那聽到妳從窗臺上摔下來，我的心就不痛嗎？」他伸指在我的額頭彈了一下。

「對不起……」我低頭道歉。

「妳懂了就好。」他又揉揉我的髮頂。

「你明天要乖乖待在家裡休息，不可以亂跑喔。」我不放心地叮嚀他。

「我感覺腳踝已經開始腫了，明天可能連站都不能站。」

「我明天再來看你，好嗎？」

「好，記得帶上妳國中、國小、幼稚園的畢冊。」他打趣說著。

我點點頭依偎進他的懷裡，雙手緊緊抱住他的腰，閉上眼睛誠心祈禱，祈禱明天能夠無風無浪地結束。

ღ

回到家，我馬上坐到書桌前，將今天發生的事記錄在筆記本上。

寫沒幾個字，我又煩躁地把筆丟開，因爲錯過了被阿霖打暈的時機，一年前的姚可珣沒機會附上我的身體，她看不到這本筆記本，無法得知這一年間會發生什麼事了。

如果自己打暈自己，能不能把她引過來呢？

我不知道，也不敢嘗試，因爲關鍵時刻的明天即將到來。

爲了保險起見，隔天我起了一個大早，搭公車來到商店街。

正値暑假，加上時間尙早，整條街的店門都還深鎖著，看起來一片冷清。

我在對面店家的騎樓下，偷偷觀察寵物店門口的動靜，以防白尙桓不聽話跑去學校。

快九點的時候，白尙桓的爸媽開車出門了，我便傳訊息給白尙桓。他回得很快，說他剛起床，我跟他說我等一下會過去找他。接著我到不遠處的超商，買了御飯團和兩杯奶茶。

剛走出超商，遠遠就看見一輛物流車停在寵物店前，司機先生下車打開貨櫃翻找貨物，此時寵物店的門突然打開了，白尙桓拄著枴杖走出來。

我連忙跑過去，白尙桓見我來了，微笑著解釋：「我幫我哥代收東西。」

司機先生抱著一個小紙箱走過來，我幫忙接過那個紙箱，由白尙桓提筆在貨單上簽名。我感覺到司機先生朝我投來打量的目光，忍不住轉頭看他。

「妳是姚可珣同學？」司機先生的話音略帶遲疑。

「嗯。」我仔細看著司機先生的臉，「啊！你是之前的校車司機叔叔？」

「對呀。」

「叔叔現在在物流公司工作？」白尙桓也認出他了。

「是啊，翻車事件後，我就被開除了，改到物流公司送貨。」司機叔叔露出尷尬的表情，

「妳的傷勢完全好了嗎？有沒有留下什麼後遺症？」

「半年前去醫院複檢過，醫生說恢復得很好。」

「那就好、那就好。」司機叔叔欣慰地點點頭，「那時候……事故發生的太突然了，我丟下妳自己先逃生，事後實在良心不安……」

「叔叔，事情都過去了，我現在很健康，請你不要再自責了。」

「聽到妳這麼說，我好像放下心裡的一塊大石。」司機叔叔吁了一口長氣，道了聲再見便轉身走回物流車。走沒幾步，他好像想起什麼，又折返回來，神色有些怪異，「有件事……我不知道該不該跟妳說。」

「什麼事？」我好奇地問。

「就是……那個三岔路口有問題。」

「嗄？」

「當時我看到鬼了。」

我傻了一下，與白尚桓對看一眼，「是當下發生了什麼奇怪的事嗎？」

「那天我跳車後沒多久，校車跟著就翻覆了，我想到妳還在車上，急忙從地上爬起來，拖著腳步走向車尾，就在那一瞬間，車窗玻璃突然砰地一聲爆裂開來。」說到這裡，司機叔掏出手機，找出新聞照片，「你們看，當時情況眞的很嚴重，車尾附近的幾面車窗玻璃全都炸開了，只剩下窗框而已。」

我和白尚桓看向那張照片，確實如同司機叔叔所言。

「當玻璃炸開、碎片向外四射時，我嚇得舉起雙手擋住頭部，」司機叔叔一副心有餘悸的樣子，「然後……我從縫細間往外看去，見到一個半透明的人影抱著妳從車尾的車窗鑽出來，把妳輕輕放在地上，接著那個人影就像一陣煙似的，消散不見了。」

這是怎麼回事？我忍不住打了一個寒顫。

「你當時也有看到這一幕嗎？」我望著白尙桓。

白尙桓回想了一下，肯定地答道：「那時我立刻就繞到車尾處，想看看能不能把妳從窗戶裡拉出來，可是我過去的時候，妳已經躺在車外的地上，我以爲妳是因爲車輛的撞擊而從車窗彈出車外。」

司機叔叔看向白尙桓，「不知道你還有沒印象，你過來車尾時，我癱坐在地上，一句話都說不出來。」

「嗯。」白尙桓點頭。

「就是看到那個鬼影，我才會嚇到腿軟。」司機叔叔嚥了一口口水，眼神帶著驚恐，「我有向校長和警方提起這件事，可是他們都不信，覺得我是過度驚嚇而語無倫次。」

「叔叔有看清楚鬼影的長相嗎？」我怯怯地問。

「說眞的，那段期間我的心理狀況一直都很糟，光是想起那場車禍就覺得恐慌，直到最近情況好轉，才漸漸回想起當時的細節。」司機叔叔頓了一下，目光的焦點落在遠處，彷彿陷入了回憶，「那個鬼影……是個男生，他穿著你們學校的校服，白襯衫上都是血，臉上也有……他把妳放到地上後，還在妳的額頭親了一下……」

「啊！」我嚇得肩頭微微瑟縮。

「眞的！他親了妳。接著他抬頭跟我對上眼，神情看起來很悲傷，清秀的五官有點……」

司機叔叔歪了歪頭，好像在思考要怎麼形容，忽然他抬眼看向白尙桓，「長得跟你挺像的。」

「我不是鬼。」白尚桓面無表情地瞪著司機叔叔。

「我知道，可是……真的跟你長得很像。」

「叔叔，人陷入危急的時候，記憶很容易會混亂，你會不會因爲現場也看到我，所以就把我的五官錯植到那個鬼影臉上？」白尚桓理性地提出質疑。

「這……」司機叔叔被他這麼一說，抓了抓脖子，神情多了些不太肯定，「反正我看到的就是這樣，你們不相信就算了。」

語畢，司機叔叔便轉身走回物流車。

「阿桓……」我感覺雙腿在顫抖，「叔叔的話，我信。」

白尚桓皺著眉頭看我。

「昨天我會要求看你的畢冊，那是另一個時空裡的你臨死前在手心留下訊息，要我那麼做的。」

白尚桓沉默著，沒有吐槽我。

「阿霖說過，他爸爸溺水瀕臨死亡時，感覺自己回到了過去，看見過往那些美好的回憶。如果那樣的經歷並非是大腦閃過人生跑馬燈，而是人在即將死亡的那一瞬間，靈魂就會飄離肉體，穿越至其他時空，那麼去年校車翻覆的時候，司機叔叔看到的那個渾身染血的身影，會不會就是未來車禍過世的……」

你！

我猛地停住話，微微瞠大雙眼，腦中閃過一個很駭人的想法。

如果剛剛的說法成立，那麼白尚桓若是避開了那場死劫，他的靈魂無法返回一年前的翻車事故現場，也就不能把我給救出來。

而我會立刻消失在這個世上，因爲白尙桓救不了我，所以我早就死了？

白尙桓一臉古怪地凝視著我，相信聰明如他，一定也推論出我所想的事情了。

就在我與他默默對視時，一道尖銳刺耳的刹車聲響起，我轉頭望向聲音源頭，一輛闖紅燈的轎車正朝著白尙桓的方向衝過去。

倘若白尙桓死了，一年前的我就會被他所救而活下來。

倘若白尙桓沒死，我就會馬上消失在這個世界上。

猶豫不到半秒，我便衝上前傾盡全身的力氣，用力將白尙桓撞開。

碰！

阿桓……

這是我不會後悔的抉擇。

冰冷的黑暗將我包圍，我感覺身體不斷地往下墜。

「可珣，快醒來！」白尙桓略帶縹緲的嗓音在四周繚繞。

身體墜落的速度逐漸減緩，一個微小的光點穿過黑暗，在我的眼前慢慢擴張，愈來愈大、愈來愈亮。光影交錯的景物慢慢變得清晰，有時候閃過媽媽的臉，有時候是康叔叔的臉，其中也有白尙桓的臉，直到身體好像落在一團溫暖的棉花上，我終於不再下墜。

我緩緩睜開眼睛，矇矓的視線漸漸清晰，發現自己身處在病房。轉頭瞥向身旁，白尚桓趴在我的床邊睡著了，一隻手緊緊握住我的左手，暖暖的陽光從窗外斜灑進來，映在我的棉被上。

我試著握了握左手，感覺全身的骨頭都快散了，隨便動一根指頭都痛。

白尚桓被我擾醒，抬頭對上我的眼睛，沒有激動大叫，只是舉起左手撐著臉頰，懶懶地笑說：「妳終於睡醒了。妳媽媽和康叔叔回家休息，下午由我照顧妳，妳肚子會餓嗎？」

我愣愣搖頭。這是在做夢嗎？

「會不會口渴？」

我又一次搖頭。

白尚桓鬆開我的手，在病床的控制器上按了幾下，將床面升高，讓我得以不費力地坐起。

「我……沒有被車子撞死嗎？」我不解地問。

「沒有，不過昏迷了四天。」

「可是車子明明朝我衝過來了……」照那樣的車速，我不死應該也會殘廢。可是現在似乎除了全身痠痛外，我並不覺得四肢哪一處有骨折。

「那個時候……」白尚桓正要解釋，突然傳來敲門聲。

我轉頭看向門口，來人竟然是司機叔叔。

「我剛好送貨經過，順路進來探病。」司機叔叔提著一袋水果。

「謝謝叔叔。」白尚桓撐著枴杖起身，接過水果擺在置物櫃上。

「妳眞是福大命大，兩次車禍都大難不死，出院後一定要去簽樂透。」司機叔叔半開玩笑地說，彎身在旁邊的椅子坐下。「當時眞是嚇死我了，我才剛把車開走，那輛轎車就直接衝撞進寵物店裡。」

「撞進寵物店？」我睜大眼睛。

「嗯。」白尙桓搖頭嘆了一口氣，「我家的店門全毀了，幸好員工還沒上班，否則後果不堪設想。」

司機叔叔心有餘悸地說：「我聽到撞擊聲後馬上停車跑回去察看，只見白同學似乎是被妳推開，逃過一劫。他忍著疼痛迅速爬到妳身邊，當時情況很糟，妳的心跳竟然又停了。我趕緊打電話叫救護車，白同學則拚命幫妳做心臟按摩，最後居然眞的把妳給救回來了！眞是不幸中的大幸。」

我詫異地望著白尙桓。

「上次急救失敗，我有找教官學習正確的CPR實施方式。」白尙桓微笑解釋。

「人沒事就好，叔叔是覺得妳連兩次遇到車禍，出院後最好去廟裡拜拜。」司機叔叔與我們閒聊了一陣，便起身準備回去送貨。

「叔叔！」白尙桓突然叫住他。

「怎麼了？」司機叔叔停下腳步回頭。

「叔叔上次說校車翻車後，你跑到車尾想救可珣，結果校車的車窗玻璃整片爆開，接著你看到了什麼？」

「我沒有騙你們，那件事眞的很邪門。」司機叔叔露出餘悸猶存的表情，「我看到一個身體半透明的女生，把姚同學從車內背出來放在地上，然後……轉頭衝著我一笑。」

「女生？」我一愣，之前司機叔叔不是說是男生嗎？

「叔叔確定是女生，不是男生嗎？」白尚桓有點失笑。

「我的視力二．〇，雖然那隻鬼是半透明的，但我還是看得很清楚，她穿著裙子、短頭髮、五官很秀氣……」司機叔叔歪了歪頭，似是思索該怎麼形容，然後眼珠一轉，對著我說：「呃……長得跟妳挺像的。唉！你們不信就算了，就當我是記憶錯亂啦。」

司機叔叔離開病房後，我忍不住追問：「叔叔的記憶是不是改變了？」

「嗯。」白尚桓雙手抱胸，微微一笑，「換我說說我看到的情形。當妳推開我的那一剎那，我看到妳的身體瞬間變爲透明，轎車穿過妳，直接撞進寵物店，之後妳的身體又從虛轉實，癱倒在地上……接下來的事就跟司機叔叔口述的一樣。」

「爲什麼會這樣？」

「問妳呀。按照阿霖的說法，叉路口即是陰陽交錯之處，妳是不是靈魂回到過去救了妳自己？」

我倒抽了一口涼氣。難道在我選擇推開白尚桓的那一瞬間，就等於我已經死了，必須消失在這個世界上，身體才會轉爲透明，意外地避開了轎車的衝撞？

接著我的靈魂返回過去救了自己，因爲得救了，等於我在這個世界還活著，因此身體才會從透明又回復實體？

「我完全沒有任何記憶。」我有些困窘。

「不記得也無所謂，只要妳沒事就好。」白尚桓在我的病床邊坐下。

「你相信我真的到過未來嗎？」

「我已親眼所見，能不信嗎？」

「如果不認識我，說不定你就不會遇到這種事。」我的手指絞著棉被，鼻頭隱隱發酸。

「可珣，即使我會反覆死上一百次、一千次，我依然會選擇與妳相戀。」他一臉認真地握住我的手，「況且，說不定這是我的命運，我注定那一天會死，而全世界有那麼多人，唯有跟妳相遇才能找到解套的方法。」

「我很想跟另一個時空的白尚桓說聲謝謝。」

「我也是，雖然自己跟自己道謝還滿奇怪的。」

「我只要想到他們是悲劇收場，心裡就很難過。」淚水模糊了我的視線。

「那我們就該繼續相愛下去，不要辜負他們的努力，在這個時空譜出最完美的結局。」

白尚桓伸指擦去我眼角的溼潤，捧起我的臉頰，在我的唇上落下一記輕吻。

「哈啾！」

突來的聲響讓我急忙退離白尚桓的唇，他沒好氣地翻了一個白眼，轉頭冷冷瞪向病房門口，就見余浩彥他們不知道什麼時候來了，四個人躲在門邊偷看。

「人家在親親，你在哈啾什麼？」另外三個人掄起拳頭朝阿霖身上招呼。

「剛剛鼻子突然很癢，我又不是故意的。」阿霖雙手抱頭遮擋眾人的攻擊。

「你不會忍住嗎？」

「忍不住啊……」

三個人又踢又搥，把阿霖打得縮在地上。

「喂，醫院裡不能喧譁。」白尙桓出聲阻止，眾人這才收起拳腳放過阿霖一馬。

「可珣，身體好點了嗎？」黃湘菱來到病床邊，遞了一把花束給我。

「我剛剛才清醒過來，現在全身痠痛中。」我接過那束花。

「妳怎麼那麼倒楣，連兩次遇到那麼可怕的車禍？」余浩彥插話。

「因爲她有使命在身，必須拯救自己心愛的人。」阿霖頂著一頭被打亂的頭髮，站在床尾呵呵笑道。

「你以爲可珣跟你一樣中二嗎？」艾婕又一掌朝他後腦拍下去。

「我說的是眞的！不信你們問她。」阿霖滿臉委屈地指著我。

六隻眼睛帶著詢問一起掃向我。

「好像是眞的。」我認眞地點頭。

六隻寫滿狐疑的眼睛轉而掃向白尙桓。

「要回答這個問題還眞是麻煩。」白尙桓皺著眉頭，一副不耐煩的樣子。

「班長都懶得吐槽你了，你動漫可不可以少看一點？」艾婕掄起拳頭又要揍阿霖。

「慢著！」阿霖大喝一聲，比了一個暫停的手勢，「妳打我一下就要當我一天的女朋友喔。」

「當就當，誰怕你啊！」艾婕雙拳齊出，一下又一下招呼在阿霖身上，於是九班的第三對班對誕生了。

「好痛啊……」阿霖沒有閃躲，嘴上喊痛，臉上卻是帶笑，「姚可珣，如果妳下次要拯救世界，一定要算上我一份。」

「喔不！我不要拯救世界。」我用力搖頭。

「那麼麻煩的事，我才不幹呢。」白尚桓立即眼神死。

「也算我一份，我一定會盡力拖阿桓下水。」余浩彥就是喜歡替白尚桓找事做。

「浩彥去我就去，哈哈。」黃湘菱挽住他的手臂。

在瘋話連篇的病房裡，白尚桓與我相視微笑，此時窗外的陽光正好。

十七歲的這一年，我漸漸明白，長大後的世界不如小時候想像的那麼美好，努力不一定能得到回報，認眞不一定會收獲讚美，成績的好壞也不一定等於未來的成就高低。

曾經以爲自己與眾不同，卻在屢次跌倒和失敗中慢慢認識自己，承認自己的軟弱和不完美，再透過淚水培育出繼續前行的勇氣。

而遇見你，是這段晦暗的日子裡，最不平凡且幸運的一件事。

感謝你的溫柔以對，讓我成爲你心裡最好的那個女孩。

全文完

後記

穿越時空來敲門的靈感

跟上部作品《香草之吻》一樣，請大家不要因爲好奇就偷翻結尾，畢竟破梗就會少了許多解謎的樂趣唷。

在寫這篇後記的此刻，剛好線上有讀者問我爲什麼想寫預知夢和穿越這樣的題材，我就趁這個機會和大家說說這個故事的由來吧！

去年我爲了拿LINE的免費點數換貼圖，下載了一個APP叫「LINE Q」，是個可以線上發問和回答問題的應用程式，當時我瀏覽了一下內容，想看看Q民們都問些什麼，意外地看到一則很奇幻的問題。

有位Q民發問，說他高中時的某天下午經過操場，覺得那天的夕陽黃得有點奇怪，突然迎面走來一個不想碰見的人，他下意識地躲到一旁的巨型垃圾桶後面，結果莫名其妙睡著了。

醒來後，他發現依然是黃昏時刻，但是校園裡卻靜悄悄的，更奇怪的是，學校裡原本只蓋了一半的大樓竟然蓋好了。

這時前方走來一位學生，他好奇問起對方大樓的事，那人告訴他，大樓是去年動工，今年才蓋好的。

那位Q民覺得怪怪的，不由自主走回垃圾桶後面，沒想到又莫名其妙睡著，再度醒來時，好像回到原來的時空（？），那棟大樓依然只蓋了一半。

他看看手錶，從他睡著到再次醒來，只過了幾分鐘而已，因為感覺很真實，他便上網提問，想知道是不是他穿越時空去了未來？

老實說，這則提問看起來像創作文，其他Q民都認為他應該只是做夢而已。

可是我看完他的奇幻經歷後，便很興奮地跟每次都會在我卡稿時鼓勵我的小天使雪見說：「糟了！我好像有靈感狂冒出來，好想寫預知夢和穿越一類的題材！」

雪見鼓勵我試著挑戰，於是，我便開始寫《對你心動的預言》。

可是動筆不久，家裡就出了點事，連帶影響到我的寫作心情，當時我情緒低落到覺得自己不是個稱職的家人，不誇張，真的很想從此自網路上消失。

後來有讀者在POPO粉絲團裡問我怎麼不見了（笑），接著我就接到總編輯馥蔓關切的來電。

總之，經過一段時間的調適，我終於慢慢找回寫作的動力。真的很感謝馥蔓以及關心我的讀者們，謝謝你們願意給我時間，願意等我，支持我完成這個故事。

再來聊聊故事中某些角色的設定，那源自於我和雪見一段相似的求學心路歷程。

我們在國中都是名列前茅的學生，可是上高中後名次卻淪為倒數，因為考不好，不僅得承受來自家人的沉重壓力，漸漸在同學面前也感到自卑。

可珣從資優班降轉到普通班，這也是我國中的親身經歷。當時班上有十個人被踢出前段班，就如同故事裡提到的一樣，被踢出的這些人中，有人自暴自棄墮落、有人拚命讀書想再回到資優班、有人性格轉而傲慢無禮，覺得全校的人都看不起自己。

而我雖然被分到一個很吵鬧的班級，可是很幸運地遇到一位剛從師範大學畢業、充滿教學熱情的老師，在老師的鼓勵和指導下，我的成績反而變得比以前更好，並且在那個班級裡遇見我的初戀——帥氣的班長，哈哈。

至於可珣和媽媽起爭執，媽媽為了讓可珣專心讀書，禁止她接班務，而可珣為了找回自信，努力幫班上做事，卻不被同學放在心上，這則是雪見的親身經歷。

因為成績不好，我們在學校裡變得自卑，笑容愈來愈少，換來的是同學們的逐漸疏遠。這是一種惡性循環，我們因此更形孤僻，失去信心，也影響了往後面對生活的態度。

直到多年後的一場高中同學會，當大家開心分享高中趣事時，我發現自己對於高中的記憶特別晦暗，充斥著許多不開心。

然而待畢業多年後再回過頭看，才體會到高中三年眞的是人生中一段非常短暫的過程而已，如果人生可以重來，我眞希望那三年的自己能夠自信地展露微笑，無懼成績的好壞。

所以對於那些非常用功、認眞、守規矩，卻怎麼也無法獲得好成績的孩子們，即使達不到師長或自我的期許，也希望你們不要過度苛責自己，別讓自卑的情緒奪走你們的笑容。

第一次寫這種帶點奇幻的故事，不免有些疏漏，謝謝總編輯馥蔓和編輯岱昀的指導和修稿，也感謝一直支持我寫作的家人，以及翻開這本書、陪伴著我一路走來的大家。

明年我依然會繼續為大家說故事的！

琉影

國家圖書館出版品預行編目資料

對你心動的預言／琉影著. -- 初版. -- 臺北市：城邦原創出版 ： 家庭傳媒城邦分公司發行, 2019.01
面；公分

ISBN 978-986-96968-4-5（平裝）

857.7　　107021570

對你心動的預言

作　　者／琉影
企畫選書／楊馥蔓
責任編輯／楊馥蔓、姜岱昀

行銷業務／林政杰
總 編 輯／楊馥蔓
總 經 理／伍文翠
發 行 人／何飛鵬
法律顧問／元禾法律事務所　王子文律師
出　　版／城邦原創股份有限公司
台北市中山區民生東路二段 141 號 6 樓
電話：(02) 2509-5506　傳真：(02) 2500-1933
E-mail：service@popo.tw
發　　行／英屬蓋曼群島商家庭傳媒股份有限公司城邦分公司
聯絡地址：台北市中山區民生東路二段 141 號 11 樓
書虫客服服務專線：(02) 25007718．(02) 25007719
24小時傳眞服務：(02) 25001990．(02) 25001991
服務時間：週一至週五09:30-12:00．13:30-17:00
郵撥帳號：19863813　戶名：書虫股份有限公司
讀者服務信箱 email：service@readingclub.com.tw
城邦讀書花園網址：www.cite.com.tw
香港發行所／城邦（香港）出版集團有限公司
地址：香港九龍九龍城土瓜灣道 86 號順聯工業大廈 6 樓 A 室
email：hkcite@biznetvigator.com
電話：(852)25086231　傳眞：(852) 25789337
馬新發行所／城邦（馬新）出版集團 Cité(M)Sdn. Bhd.
41, Jalan Radin Anum, Bandar Baru Sri Petaling,
57000 Kuala Lumpur, Malaysia.
電話：(603) 90563833　傳眞：(603) 90576622
email:services@cite.my

封面設計／Gincy
電腦排版／游淑萍
印　　刷／漾格科技股份有限公司
經 銷 商／聯合發行股份有限公司
電話：(02)2917-8022　傳眞：(02)2911-0053

■ 2019 年 1 月初版
■ 2024 年 2 月初版 12.8 刷
Printed in Taiwan

定價／280元

ISBN　978-986-96968-4-5

POPO城邦原創 www.popo.tw
城邦讀書花園 www.cite.com.tw